NACHHALTIG
TOT

Klaus Brabänder, Karin Mayer u. a.

Energiegeladene Öko-Krimis

edition oberkassel

2013

Alle Rechte vorbehalten.
Verlag: edition oberkassel Verlag Detlef Knut, Lütticher Str. 15,
40547 Düsseldorf
Herstellung: BELTZ Druckpartner GmbH, Hemsbach
Lektorat: Daniela Jungmeyer, Barbara Klein, Klaus Söhnel
Umschlaggrafik: © Thomas Wiesen (ti-dablju-styles)

© edition oberkassel, Düsseldorf 2013

www.edition-oberkassel.de
info@edition-oberkassel.de

Auflage 2013
Printed in Germany

ISBN: 978-3-943121-21-6

Bibliografische Information der Deutschen Bibliothek:
Die Deutsche Bibliothek verzeichnet diese Publikation in der
Deutschen Nationalbibliografie; detaillierte bibliografische Da-
ten sind im Internet über http://dnb.ddb.de abrufbar.

Inhalt

Klaus Brabänder

GAS

Beatrice Bernstein rieb sich die Augen. Es war zwar erst acht Uhr am Abend, eine Zeit, zu der Journalisten den zweiten Wind bekommen, aber der Heuschnupfen machte sie fertig. Die Augen tränten, der Schädel brummte von den Niesattacken, und das Medikament, das ihr der Arzt verordnet hatte, machte sie müde, half aber nicht gegen die allergischen Symptome.

Wie sie in diesem Zustand den Artikel über die Haushaltslage der Bundeshauptstadt bis zur Redaktionskonferenz am nächsten Morgen fertig bekommen sollte, war ihr ein Rätsel. In der hektischen Welt des Journalismus' war für Einzelschicksale der Mitarbeiter kein Platz. Was zählte, war die Auflage, sonst nichts. Darüber zu klagen, war müßig. Sie hatte sich diesen Job ausgesucht und vorher gewusst, wie das Spiel läuft.

Beatrice konzentrierte sich mühevoll. Sie hatte gerade einen neuen Anlauf genommen, um wenigstens die einleitenden Erklärungen zu Papier zu bringen, als das Telefon klingelte. Insgeheim war sie froh über diese Störung, die sie für weitere Minuten von ihrer Pflicht abhielt.

„Beatrice Bernstein", meldete sie sich.

„Sie sollten in Ihren Briefkasten schauen!", sagte eine männliche Stimme.

Knacken. Stille. Ende.

„Hallo? Wer ist denn am Apparat?"

Was soll das denn jetzt?, fragte sie sich, starrte auf den Hörer in ihrer Hand und schüttelte den Kopf.

In der Redaktion kam es öfter vor, dass sich anonyme Anrufer meldeten. Meist waren es verwirrte Querköpfe oder feige Denunzianten. Aber der Mann, der gerade am Telefon gewesen war, hatte ihre private Festnetznummer gewählt, und die hatte aus ihrem beruflichen Umfeld niemand außer ihrem Redaktionsleiter Alfred Kronwitter.

Freddie konnte es nicht gewesen sein, denn es war weder seine Stimme noch hatte er Sinn für derartigen Humor. Beatrices überschaubarer Freundeskreis kommunizierte nahezu ausnahmslos über das Mobilfunknetz. Oft genug schon hatte sich Beatrice die Frage gestellt, warum sie überhaupt einen Festnetzanschluss hatte.

‚Sie sollten in den Briefkasten schauen.' – Eine Briefbombe als Racheakt? Wofür? Möglich war alles, aber dann bräuchte niemand vorher anzurufen. Ein heimlicher Verehrer, der sich nicht traute, seine Botschaft persönlich zu überbringen? Unwahrscheinlich. Sie galt als unnahbar, und dieses Image pflegte sie konsequent. Sie brauchte keinen Mann und wollte auch keinen. Weder früher noch jetzt mit fünfunddreißig noch später! Wenn sie sich überhaupt zu jemandem hingezogen fühlte, dann zum eigenen Geschlecht, aber es war ihr noch kein passendes Wesen über den Weg gelaufen. Was also sollte in dem Briefkasten sein? Die einfachste Lösung war, nachzuschauen.

Von außen betrachtet war an ihrem Briefkasten nichts Besonderes. Er hing in einer Reihe von zwanzig Kästen, war hässlich, zerkratzt und trug ein Namensschild. Beatrice steckte langsam den Schlüssel ins Schloss und öffnete die Klappe vorsichtiger, als sie sich vorgenommen hatte. Im Inneren lag ein Briefumschlag, weiß, ohne Adresse und Absender. Mit angehaltenem Atem betrachtete sie den Umschlag, fühlte ihn nach verdächtigen Kanten ab. Schließlich siegte die Neugier, und Beatrice öffnete den Umschlag. Er enthielt einen Zettel, auf dem in Druckbuchstaben geschrieben stand:

Rahnsdorfer Str. 62, Friedrichshagen

Morgen 7.30 Uhr

Zurück in ihrer Wohnung betrachtete Beatrice den Zettel minutenlang und versuchte, sich einen Reim darauf zu machen. Im Internet suchte sie nach der angegebenen Adresse und fand heraus, dass es sich um ein Gebäude in einem kleinen Industriegebiet handelte. Ohne Zweifel war es eine Aufforderung, zum angegeben Zeitpunkt dorthin zu kommen.

Angst hatte Beatrice nicht, dieses Gefühl gehörte nicht zu ihrem Standard, aber Freddie hatte sie mehrfach vor Alleingängen gewarnt und bei der letzten Verwarnung war er sogar laut geworden.

„Beim nächsten Mal bist du draußen", hatte er unmissverständlich erklärt, als er erfahren hatte, dass Beatrice ohne Rückendeckung im Fixermilieu recherchiert hatte. Wenn sie ihn jetzt nicht informieren würde, könnte ihr das später übel aufstoßen.

Sie arbeitete gerne bei der Berliner Lupe, betrachtete das Blatt jedoch als Sprungbrett auf dem Weg nach oben. Einen Rauswurf konnte sie sich nicht leisten. Der Anruf des Fremden hatte ihre Lebensgeister geweckt, jetzt ging ihr die Arbeit an dem Artikel über den städtischen Haushalt schneller von der Hand.

Zwischendurch versuchte sie mehrfach, Alfred Kronwitter zu erreichen. Um halb elf gab sie es auf und ging ins Bett. Der Artikel war zwar noch nicht fertig, aber so weit vorbereitet, dass sie ihn in der Redaktionskonferenz vorstellen konnte. Dass es dazu nie kommen würde, konnte Beatrice Bernstein zu diesem Zeitpunkt nicht ahnen.

***

Am nächsten Morgen hing die Luft wie ein ungewaschener Vorhang über der Stadt. Es würde einer dieser schwülen Sommertage werden, an denen Berlin und seine Bewohner allzu oft leiden mussten. Die genannte Adresse zu finden, war nicht sonderlich schwer für eine Journalistin, die sich in Berlin und Umgebung bestens auskannte.

Der rote Backsteinbau musste einst eine schmucke Villa gewesen sein. Jetzt schien er unbewohnt oder als Lagerraum zu dienen. Beatrice betrat das Gelände, dessen rostige Zauneinfriedung dahinbröckelte. Sie umrundete das heruntergekommene Gebäude, ohne Anzeichen auf die Anwesenheit einer anderen Person zu finden. Als sie wieder an der Eingangstür angekommen war, stellte sie fest, dass diese nicht verschlossen war. Beatrice drückte gegen die Tür, die sich mit einem leisen Knarren öffnete.

„Hallo?", rief Beatrice, ohne das Gebäude zu betreten. „Ist da jemand?"

Statt einer Antwort ertönte aus dem Inneren der Klingelton eines Telefons in der Melodie der deutschen Nationalhymne.

„Hallo?", wiederholte Beatrice. „Was soll der Scheiß?"

Das Telefon klingelte weiter, ohne dass sich eine menschliche Seele zeigte. Beatrice nahm ihren Mut zusammen und betrat das Gebäude. Hinter einem kurzen Flur lag ein großes Zimmer, in dem ein Stuhl als einziges Möbelstück stand. Darauf lag das Telefon, das in gleichbleibender Melodie auf sich aufmerksam machte. Beatrice rief mehrmals in den Raum, aber nichts weiter tat sich. Schließlich nahm sie das Telefon und drückte die Annahmetaste.

„Hallo?"

„Guten Morgen, Frau Bernstein. Schön, dass Sie gekommen sind."

„Wer sind Sie? Was soll das? Was wollen Sie?"

„Das sind viele Fragen auf einmal, Frau Bernstein. Mein Name tut nichts zur Sache, und um Ihre übrigen Fragen zu beantworten: Ich wollte sichergehen, dass Sie tun, was ich Ihnen sage. Ein Test sozusagen."

„Ich werde nicht mit Ihnen reden, wenn ich nicht weiß, wer Sie sind."

„Frau Bernstein, Sie sind Journalistin, und ich habe Informationen, die Sie nicht verschmähen sollten."

„Informationen? Worüber?"

„Das werde ich Ihnen am Telefon nicht erzählen. Es sind wichtige Informationen von internationaler Bedeutung. Die Chance Ihres Lebens."

„Hören Sie zu, Sie Komiker! Ich will jetzt wissen ..."

„Kommen Sie in zwei Stunden ins Café Norman, Schlesier Straße, ich werde Sie erwarten. Übrigens: Die Lederjacke steht Ihnen gut, und Ihren Kollegen Kronwitter dürfen Sie gerne mitbringen, vier Ohren hören mehr als zwei. Ich denke, heute werden Sie ihn erreichen. Gestern Abend im Theater ... da ist es schwierig, jemanden zu erreichen ..."

„Sie haben mich abgehört? Sie beobachten mich? Wo verdammt noch mal ..."

„Um zehn im Norman. Und bitte legen Sie das Telefon wieder hin, es gehört Ihnen nicht. Bis später."

„Hallo! Verdammt noch mal ..."

Die Verbindung war unterbrochen, das Gespräch beendet. Beatrice brauchte nur ein paar Augenblicke, um die Fassung wiederzuerlangen. Sie legte das Telefon auf den Stuhl und eilte aus dem Haus. Wenn der Kerl wusste, welche Kleidung sie trug, musste er irgendwo in der Nähe sein und sie beobachten. Sie schaute sich nach allen Seiten um, aber kein Mensch war zu sehen. Möglicherweise hockte er hinter einem Gebüsch oder saß in einem der umliegenden Gebäude und überwachte sie mit einem Fernglas.

Plötzlich wurde ihr der Ort unheimlich, und sie sprang in ihren Wagen. Mit quietschenden Reifen brauste sie davon. Erst einige Kilometer weiter hielt sie auf dem Parkplatz eines Supermarktes und griff zum Telefon. Alfred Kronwitter meldete sich bereits nach dem zweiten Klingelton.

„Freddie, hier ist Trixi. Sitzt du gut? Ich ...“

„Guten Morgen erst mal. Wär gut, wenn du zwischen den Sätzen Luft holen würdest. Wo drückt der Schuh?“

„Du, entweder ich habe einen großen Fisch an der Angel oder es verarscht mich jemand ganz fürchterlich ...“

Beatrice erzählte ihrem Chef die ganze Geschichte. Kronwitter machte seine Mitarbeiterin zunächst gehörig zur Schnecke, weil sie in einer heiklen Situation wieder einmal alleine unterwegs gewesen war. Auf Beatrices Intervention musste er schließlich einsehen, dass er ihr keinen Vorwurf machen konnte, weil er selbst nicht erreichbar gewesen war.

„Wir werden dort gemeinsam hingehen, Beatrice. Augenscheinlich wirst du überwacht. Das sieht mir nicht so aus, als ob hier ein Spinner oder Anfänger am Werk ist. Café Norman, sagst du, um zehn. Wir treffen uns fünfzehn Minuten vorher auf dem Parkplatz gegenüber. Wenn zwischendurch irgendwas ist, meldest du dich! Klar?“

Zur vereinbarten Zeit betraten Beatrice Bernstein und Alfred Kronwitter das Café Norman. Die Gaststätte war gut besucht, nur im Nebenraum waren noch einige Tische frei.

„Und nun?“, fragte Beatrice.

„Setzen wir uns, ich denke, er wird uns finden.“

Die Journalisten nahmen Platz, bestellten Kaffee und warteten. Nach einigen Minuten betrat ein hünenhafter Mann den Raum und ging geradewegs auf ihren Tisch zu.

Er mochte etwa fünfzig Jahre alt sein. Sein Erscheinungsbild war äußerst gepflegt; die silbrig weißen Haare fielen in Locken auf die Schultern. In seinem grauen Nadelstreifenanzug glich er einem englischen Lord, der einem alten britischen Kriminalfilm entstiegen sein konnte.

„Frau Bernstein, Herr Kronwitter, Sie gestatten?", sagte er zur Begrüßung in einem wohltönenden Bass und setzte sich, ohne die Antwort abzuwarten.

„Sie müssen schon stichhaltige Argumente haben, guter Mann, um uns diesen Firlefanz plausibel zu erklären", begann Kronwitter und ließ keinen Zweifel daran, dass er sich nicht an der Nase herumführen lassen würde.

„Ich kann Ihre Verwunderung durchaus verstehen", sagte der Fremde mit einem osteuropäischen Akzent. Die Stimme klang fest, und es war unverkennbar, dass dieser Mann gewohnt war, Befehle zu erteilen. Trotzdem sprach er leise und ruhig.

„Wer sind Sie?", fragte Beatrice.

Ohne auf die Frage einzugehen, fuhr der Mann fort.

„Die zugegebenermaßen etwas umständliche Vorgehensweise dient ausschließlich Ihrer Sicherheit, seien Sie dessen gewiss. Es gibt einige Leute, die nicht wollen, dass das, was ich Ihnen zu erzählen habe, an die Öffentlichkeit kommt. Aber der Reihe nach ..."

Die Bedienung kam, der Mann bestellte einen Kaffee und sprach dann weiter.

„Sie kennen Russland, Sie kennen Gaspol. Es wird umfassend in den Medien darüber berichtet. Wir möchten, dass Sie darüber schreiben, was ich Ihnen vermitteln werde. Sind Sie bereit dazu?"

„Wer sind wir, und weshalb kommen Sie ausgerechnet zu uns?", fragte Kronwitter.

„Wir, das ist eine nicht näher zu bezeichnende Organisation aus Russland, die gegen die allgegenwärtige Korruption kämpft. Ausgewählt haben wir Ihre Zeitung, weil Ihre Recherchen gut sind, und weil Sie nicht erpressbar zu sein scheinen. Oder noch nicht! Wir wissen auch, dass Sie, Herr Kronwitter, im Augenblick die redaktionelle Verantwortung alleine tragen. Es ist doch zutreffend, dass Ihr Chef nach dem zweiten Herzinfarkt auf der Intensivstation liegt? Der Zeitpunkt wurde von uns nicht zufällig ausgewählt."

„Sie sind bestens informiert."

„Das gehört zu unserem Geschäft. Frau Bernstein scheint uns geeignet, weil sie jung und ehrgeizig ist, vor allem aber, weil sie unserer Meinung nach über die notwendige Durchsetzungskraft verfügt."

„Woher wollen Sie das wissen? Sie kennen mich überhaupt nicht", hielt Beatrice dagegen.

„Oh doch, Frau Bernstein. Wir beobachten Sie seit langem."

„Warum veröffentlichen Sie nicht in Russland?"

„Sie kennen die Verhältnisse nicht. Die Redaktionen sind von Spitzeln durchsetzt. Wir hätten nicht die geringste Chance."

„Kommen Sie endlich zum Punkt!", unterbrach Kronwitter.

„Ich verstehe Ihre Ungeduld, aber lassen Sie mich zunächst einiges klarstellen. Die Angelegenheit ist nicht nur brisant, sie ist auch äußerst gefährlich. Für uns, wie auch für Sie. Wenn durchsickert, dass wir miteinander in Kontakt stehen, bevor Ihre Zeitung den Artikel veröffentlicht, sind Sie in Lebensgefahr. Wir werden versuchen, Sie zu schützen, aber einen vollkommenen Schutz wird es nicht geben. Die andere Seite pflegt ihre Ziele ohne Umwege zu verfolgen, und sie ist in der Wahl ihrer Mittel nicht gerade ..."

„Die andere Seite?", unterbrach Beatrice. „Wer ist das? Der KGB?"

„Sie haben eine falsche Vorstellung von den Zuständen in meinem Land. Der KGB hat längst nicht mehr die Mittel und Möglichkeiten wie in früheren Jahren; er hat an Bedeutung verloren. Mit dem Untergang der Sowjetunion wurden diese Aufgaben ... sagen wir ... privatisiert. Leute, die für Geld arbeiten, ohne zu fragen. Lassen wir es dabei, es muss Sie nicht weiter interessieren."

„Was erwarten Sie von uns?", fragte Beatrice weiter. „Dass wir regierungsfeindliche Agitationen veröffentlichen? Einen Staatsstreich vorbereiten? Wie Sie selbst sagen: Ich lasse mich und meinen Journalismus nicht einseitig politisieren."

„Journalismus ist im Endergebnis immer politisch, aber wir sollten jetzt keine Grundsatzdiskussionen führen. Ich frage Sie, ob Sie gewillt sind, sich der Angelegenheit zu widmen und gewisse ... Risiken einzugehen? Vorher kann ich Ihnen keine weiteren Informationen geben."

„Und wenn wir ablehnen?"

„Herr Kronwitter, dann zahle ich den Kaffee, natürlich sind Sie meine Gäste, und wir sehen uns nie wieder. Der Fall ist dann für uns abgehakt."

„Können Sie uns wenigstens einen kleinen Hinweis geben, um was es überhaupt geht? Wir können nicht die Katze im Sack kaufen. Apropos kaufen: Was springt eigentlich für uns dabei raus?"

„Ihre Zeitung wird enorm davon profitieren. Sie werden aus dem Schattendasein einer regionalen Tageszeitung heraustreten, das kann ich Ihnen versichern. Wir sind allerdings auch bereit, Ihre persönlichen Bemühungen, falls ..."

„Sie meinen, falls wir es überleben."

„Falls das Ihr Engagement beflügelt, wollte ich sagen. Eine Anzahlung hätte ich griffbereit."

Der Mann schaute sich kurz und unauffällig um und zog aus der Innentasche seiner Jacke ein Bündel so weit heraus, dass Kronwitter erkennen konnte, dass es sich um einen Packen Fünfhunderteuronoten handelte. Nach einem kurzen Stillhalten schob der Russe das Päckchen in die Jacke zurück.

„Wie viel ist das?", fragte Beatrice.

„Fünfzigtausend fürs Erste, der Rest nach Veröffentlichung."

„Sie lassen sich die Sache einiges kosten", sagte Kronwitter und schaute seinem Gegenüber tief in die Augen.

„Es geht um so viel Geld, dass dieser Betrag geradezu lächerlich erscheint", sagte der Russe und hielt dem Blick des Journalisten mit eiskalten Augen stand.

Kronwitter wusste, dass Russen, egal auf welcher Seite sie standen, nicht viel Federlesens machten, wenn sie nicht bekamen, was sie wollten. Es war töricht, darauf zu vertrauen, dass der Fremde sein Versprechen halten und sie bei einer Ablehnung in Ruhe lassen würde.

„Haben wir überhaupt eine Wahl?", fragte er.

„Hm, sagen wir einmal so: Sie würden sich keinen großen Gefallen tun, vor allem Ihrer Kollegin nicht."

„Das ist Erpressung", rief Beatrice lauter, als es in der Situation angebracht war.

„Hören Sie zu, gnädige Frau!", sagte der Russe scharf. „Wir können es uns nicht leisten, für den Friedensnobelpreis zu kandidieren. In Russland verhungern die einen, weil die anderen in Gold baden. Wir haben keine Zeit für Sentimentalitäten."

„Jetzt wissen wir wenigstens, woran wir sind", erwiderte Kronwitter. „Schießen Sie los, wir machen den Job. Bist du dabei, Beatrice?"

„Du bist der Boss, Freddie."

„Okay, dann erzählen Sie mal, Iwan, oder wie immer Sie heißen mögen."

„Nun gut, eine weise Entscheidung. Ich versuche, mich kurz zu fassen. Wenn Sie Fragen haben, warten Sie bitte, bis ich fertig bin."

Beatrice Bernstein zückte ihren Stenoblock und machte sich bereit, Stichpunkte des Gesprächs zu notieren, aber der Russe wehrte ab.

„Keine Aufzeichnungen! Sie werden statt des Blocks Ihren Kopf und Ihr Gedächtnis bemühen müssen."

„Wenn mir die gegnerische Seite den Block klaut, ist das allemal die bessere Lösung", entgegnete Beatrice trocken.

„Für Sie schon, für uns nicht", antwortete der Russe kühl.

Missmutig ließ Beatrice ihren Stift fallen.

„Russland und seine Gasvorkommen", begann der Russe. „Eine lange Geschichte. Deutschland importiert pro Jahr etwa einhundert Milliarden Kubikmeter Gas zu einem geschätzten Preis von über zwanzig Milliarden Euro. Russland exportiert im gleichen Zeitraum das Doppelte, unter anderem nach Deutschland. Wie Sie wissen, ein riesiges Geschäft, an dem Gaspol, die Deutsche Gas, Leitungsbetreiber, der Staat, Zwischenhändler und andere partizipieren. Erst recht, seitdem der Transport über die North-Stream-Pipeline erfolgen kann. Ihr ehemaliger Regierungschef und unser mächtigster Mann im Staat haben da einen erstaunlichen Schulterschluss auf der Weltbühne demonstriert. Bis hierhin ist das nichts Neues, aber hinter den Kulissen laufen die Dinge anders, als Sie sich das vorstellen können. Und genau darum geht es! Es geht darum, die Machenschaften aufzudecken, die dazu führen, dass Ihr Volk betrogen und mein Volk beraubt wird. Sie müssen nämlich wissen, dass ..."

Eine Stunde lang erzählte der Russe von den Abmachungen jenseits der Gaslieferverträge, von Liefermengen, Manipulationen, Geldwäsche, Schmiergeldern und dubiosen Figuren hinter den Kulissen. Als er geendet hatte, schwiegen die beiden Journalisten betroffen, kaum in der Lage, das Gehörte zu begreifen. Kronwitter fand als Erster die Sprache wieder.

„Jetzt brauche ich einen Cognac im Kaffee, das muss ich erstmal verdauen. Wenn das rauskommt, kann die Regierung den Hut nehmen und Ihre noch dazu."

„Bei Ihnen ist das einfacher als bei uns. Aber trösten Sie sich, in anderen europäischen Ländern wird das nicht anders laufen, nur können wir es dort nicht beweisen. Das System funktioniert nur, wenn alle mitmachen, ansonsten müssten die Gaspreise in den Ländern viel unterschiedlicher sein. Es muss ein globales Spiel sein, aber das ist nur eine Schlussfolgerung ohne Beweise."

„Womit wir beim wunden Punkt des Problems wären", entgegnete Beatrice. „Wie können Sie Ihre Behauptungen beweisen?"

„Frau Bernstein, wir hätten Sie nicht ausgewählt, wenn wir nicht damit gerechnet hätten, dass Sie genau diese Frage stellen. Natürlich haben wir Beweise. Monatelang haben wir warten müssen, bis wir sie in Händen halten konnten. Einige von uns haben Kopf und Kragen riskiert, um an das Material ranzukommen. Nicht alle hatten das Glück, mit heiler Haut oder zumindest lebend davon zu kommen. Von denen, die einfach von der Bildfläche verschwinden, hört die Öffentlichkeit nichts. Die Welt kümmert sich nur um die prominenten Opfer, die in Schauprozessen verurteilt und in die Arbeitslager verfrachtet werden."

„Sie meinen Wladimir Soltchovitch und Anna Bulikova?", fragte Beatrice.

„Nennen Sie keine Namen! Es würde die betreffenden Personen, ihre Freunde und Verwandte in höchste Lebensgefahr bringen."

„Was sind das für Beweise?", bohrte Kronwitter weiter.

In den nächsten Minuten studierten die Journalisten Fotos, Schriftsätze und Tabellen, die der Russe aus der Tasche gezogen hatte, stellten Fragen nach der Bedeutung der Aufnahmen, ließen sich Hintergründe erklären und versuchten, die Informationen in einen Zusammenhang zu bringen. Nach und nach wurde ihnen bewusst, welche Dimensionen dieser Skandal hatte, und wie gefährlich es war, sich mit dieser Thematik zu beschäftigen. Aber nun gab es kein Zurück mehr, sie hatten ihre Entscheidung getroffen. Nach zehn Minuten packte der Russe die Unterlagen ein und ließ sie wieder in der Jackentasche verschwinden.

„Diese Unterlagen werden in dem Augenblick ins Internet gestellt, wenn Ihr Artikel erscheint. In Ihrem Bericht verweisen Sie auf einen Link. Ich werde Ihnen die Internetadresse kurz vor der Veröffentlichung angeben. Ihr Artikel soll heute in einer Woche erscheinen. Zwei Tage vorher werde ich Sie anrufen oder Ihnen die Adresse auf anderem Weg mitteilen lassen. Das alles muss nahezu zeitgleich erfolgen. Wenn die Information im Netz verfügbar ist, wird sie dort nur eine kurze Verweildauer haben. Die gegnerische Seite hat ihre Spitzel auch im Web, und die Seite wird binnen weniger Stunden gelöscht sein. Mit Hilfe Ihres Artikels werden genügend Leser darauf aufmerksam gemacht und es werden Kopien gezogen, so dass sie nicht mehr geleugnet werden kann. Die Veröffentlichung im Internet ist für die Leute, die sie einstellen, höchst riskant. Ihnen wird danach nur wenig Zeit bleiben unterzutauchen. Bringen Sie den Artikel als Aufmacher auf der Titelseite. Sie wissen, was Sie zu tun haben. Ich muss jetzt gehen."

Der Russe rief nach der Bedienung und bat um die Rechnung. Als er nach dem Bezahlen Anstalten machte zu gehen, fasste ihn Beatrice am Arm.

„Ich denke, Sie sollten etwas hier lassen, was für uns bestimmt ist."

„Natürlich! Es war nicht meine Absicht, Sie übers Ohr zu hauen. Sehen Sie es als Test. Ich weiß jetzt, dass Sie es auch wegen des Geldes tun."

Er griff in die Jackentasche, zog den Umschlag heraus und legte ihn auf den Tisch.

„Keine Sorge", sagte er. „Die Scheine sind weder registriert, noch fortlaufend nummeriert. Tun Sie sich den Gefallen und warten mit dem Ausgeben, bis der Artikel erschienen ist. Andernfalls laufen Sie Gefahr, die Aufmerksamkeit einiger unliebsamer Zeitgenossen auf sich zu ziehen. Und denken Sie daran: Wenn Sie von unserem Gespräch oder dessen Inhalt vor dem Abdruck in der Zeitung etwas preisgeben, kann ich für Ihre Sicherheit nicht garantieren. Ich wünsche Ihnen viel Glück, machen Sie es gut."

„Auf Wiedersehen", entgegnete Beatrice.

„Das ist äußerst unwahrscheinlich", antwortete der Russe und verließ das Café.

„Hammerhart", sagte Beatrice, nachdem der Mann gegangen war. „Und wie geht es jetzt weiter?"

„Hm, entweder wir gehen an der Geschichte kaputt oder wir kommen groß raus. Ich habe keine Zweifel, dass der Russe die Wahrheit gesagt hat, warum hätte er sonst so viel Geld investiert?"

„Wer sagt uns, dass sie uns nicht umlegen, wenn die Story erst mal veröffentlicht ist?", gab Beatrice zu bedenken.

„Warum sollten sie? Wenn es die Öffentlichkeit weiß, sind wir keine Geheimnisträger mehr. Nein, Trixie, gefährlich werden nur die nächsten sieben Tage. Wir machen das folgendermaßen: Heute ist Donnerstag, unser Ziel muss es sein, den Artikel über das Wochenende fertig zu kriegen, redaktionell meine ich. Während der Woche im laufenden Betrieb geht das nicht, jedenfalls nicht bei mir, solange der Boss krank ist. Wir schreiben unabhängig voneinander die Fakten stichwortartig zusammen. Handschriftlich! Wer weiß, ob die sich nicht auf ein Stichwort hin, wie Gaspol oder so, in unsere Rechner einloggen können. Die handschriftlichen Aufzeichnungen tauschen wir morgen aus, dann haben wir beide die Gesamtheit unserer Ideen und Erinnerungen. Übers Wochenende schreibt jeder seinen Artikel fertig. Am Sonntagabend treffen wir uns und bringen die Endfassung zusammen. Einverstanden?"

„Okay, Freddie. Was machen wir mit der Kohle?", fragte Beatrice und zeigte auf den Umschlag.

„Ich schlage vor, wir legen das Zeug in mein Bankschließfach, oder hast du ein eigenes?"

„Ich? Wozu? Das Wertvollste, was ich habe, sind meine Goldinlays, und die kann ich nicht deponieren." Sie grinste schief.

„Gut, wenn du mir vertraust, bringe ich das Geld gleich zur Bank."

„Das geht in Ordnung, schließlich sitzen wir im gleichen Boot."

„Noch was, Trixie: In dieser Angelegenheit telefonieren wir nicht miteinander, alle Gespräche bitte persönlich."

„Mir geht der Arsch auf Grundeis, Freddie. Wenn es wirklich stimmt, dass sich Politik und Wirtschaft auf unsere Kosten in diesen Größenordnungen bereichern, werden die alles tun, damit das nicht bekannt wird. Gnade uns Gott, wenn sie uns erwischen."

„Oder andersrum: Wenn wir das veröffentlichen, dann Gnade Gott den Verantwortlichen. Wir sind Journalisten, es ist unsere verdammte Pflicht, diesen Scheiß publik zu machen. Also an die Arbeit!"

Als sich Beatrice Bernstein und Alfred Kronwitter am Sonntagabend in Trixies Wohnung trafen, waren beide übernächtigt und mit den Nerven am Ende. Es war weniger die journalistische Arbeit, die sie fertig machte, sondern die Angst, die immer größer wurde, je länger sie sich mit der Thematik beschäftigten, und je näher der Tag der Veröffentlichung rückte. Am Dienstagabend fand Beatrice in ihrem Briefkasten einen Zettel mit der Internetadresse.

Am Mittwochnachmittag saßen Beatrice und ihr Chef in dessen Büro zum letzten Mal zusammen, bevor der Artikel zum Druck freigegeben werden sollte. Die Anspannung war fast unerträglich.

„Freddie, wenn nun einer in der Druckerei auf deren Lohnliste steht, könnte er den Artikel in letzter Minute sabotieren. Haben wir dort nicht einen Russen beschäftigt? Ich erinnere mich dunkel."

„Hör auf, Trixie! Du siehst schon hinter jedem Busch einen Feind. Sergej ist in Deutschland geboren, der hat Russland noch nie gesehen. Wir haben getan, was wir konnten. Ich bin gespannt, wie morgen das Echo ausfallen wird."

Am nächsten Morgen erschien der Artikel in der Berliner Lupe. In Windeseile verbreitete sich die Meldung weit über die Berliner Stadtgrenzen hinaus. Gegen Mittag berichteten die Nachrichten- und Fernsehsender. Er wurde zum Tagesgespräch in der gesamten Republik.

Erdgas-Skandal
Berlin/Russland

Die Berliner Lupe ist bei ihren Recherchen über die Gaslieferverträge zwischen Deutschland und dem russischen Gaspol-Konzern auf einen gigantischen Betrugsfall gestoßen. Demzufolge werden Messungen des russischen Gasexports in der Nord-Strom-Pipeline manipuliert. Mit Wissen deutscher Vertragspartner haben die Russen Messstellen installiert, die höhere Durchflüsse anzeigen als die tatsächlichen Liefermengen. Die der Abrechnung zugrunde liegenden falschen Durchflussmengen werden von höchster Stelle testiert. Die Deutsche Gas und Regierungskreise wissen um diese Manipulationen und wurden möglicherweise sogar protegiert.
Die von der Deutschen Gas an die Russen zu viel gezahlten Gelder in dreistelliger Millionenhöhe teilen sich Gaspol, die Deutsche Gas und politische Organisationen in Deutschland. Auch die Gasleitungsbetreiber sollen an diesem Modell partizipieren. Über komplizierte Finanzströme fließen die Überzahlungen in großen Teilen auf verdeckte Konten in Deutschland zurück.
Der Redaktion liegen Informationen vor, wonach die Gelder auf Umwegen der Finanzierung politischer Parteien und regierungsnaher Stiftungen dienen oder auf Schwarzgeldkonten der Deutschen Gas landen. In Russland soll der Überschuss zur Bekämpfung regierungsfeindlicher Kräfte verwendet werden. Der Skandal wurde durch russische Organisationen aufgedeckt, die seit Jahren die Korruption und Willkür in ihrem Land anprangern. Es darf angenommen werden, dass Mitwisser dieses Komplotts in Russland auf dubiose Art und Weise aus dem Verkehr gezogen wurden. Es wird von Auftragsmorden oder Verurteilungen zu langjährigen Strafen in Arbeitsla-

gern gesprochen.

Die Beweisunterlagen wurden der Berliner Lupe von russischen Organisationen, die sich seit Jahren im Kampf gegen Willkür und Korruption engagieren, auf geheimen Wegen zugespielt. Fotos und Schriftsätze können ab sofort im Internet eingesehen werden.

Es steht zu befürchten, dass einflussreiche Kräfte sowohl in Deutschland als auch in Russland versuchen werden, die Aufdeckung dieses Komplottes mit allen Mitteln zu verhindern. Die Öffentlichkeit und Journalistenverband sind daher aufgerufen, ein sorgsames Auge auf die Berichterstattung zu werfen. Inwieweit ähnliche Praktiken beim Gasbezug in anderen europäischen Ländern geübt werden, bleibt vorerst offen. Es darf jedoch spekuliert werden, dass Deutschland kein Einzelfall ist. Es bleibt abzuwarten, wie die beschuldigten Instanzen und Unternehmen auf die Vorwürfe reagieren werden.

Weitere Berichte werden folgen.

Schnell sickerte durch, dass Beatrice Bernstein und Alfred Kronwitter für den Artikel verantwortlich waren. Die Telefone in der Redaktion standen nicht still, weil zahlreiche Fernsehanstalten um einen Termin oder ein Interview nachfragten. Genervt von dem Trubel verließen die beiden Journalisten das Pressegebäude und trafen sich im Sony-Center zu einem Kaffee.

„Ich werde keine Interviews geben, Freddie. Das ist mir zu heiß."

„Journalistisch gesehen sind wir gerade auf dem Höhepunkt, aber wenn der Artikel tatsächlich eine nachhaltige Wirkung hinterlässt, brauchen wir den kurzfristigen Bekanntheitsgrad nicht, dann wird man sich auch in ein paar Jahren noch an uns erinnern."

„Dann lass uns für zwei Wochen untertauchen. Das Geld dafür haben wir."

„Ich denke auch, dass wir die weiteren Ermittlungen jetzt anderen überlassen sollten."

„Wie wäre es mit zwei Wochen Sylt? Kriegst du das geregelt? Bist du dabei?"

„Wenn ich jetzt einfach verschwinde, wirft der Alte mich raus, aber das ist mir egal. So toll ist der Job nun auch wieder nicht. Was anderes finde ich jetzt immer. Aber auf Sylt ist mir zu viel Trubel, Fehmarn würde mir besser gefallen."

„Okay, dann eben Fehmarn. Heute noch?"

„Heute noch! Ich bin um fünf Uhr bei dir und hole dich ab."

Zwei Stunden später waren Beatrice und Alfred unterwegs zur Ostseeinsel und hofften, damit erst einmal aus der Schusslinie zu sein.

Während der nächsten Tage jagte in der Bundeshauptstadt ein Dementi das nächste. Regierungssprecher erklärten, es handele sich um eine üble Verleumdungskampagne oppositioneller Kräfte. Die Deutsche Gas zog es vor, keine Statements abzugeben. Die Veröffentlichungen auf der Internetseite, die nach vier Stunden verschwunden waren, von denen jedoch einige Kopien kursierten, wurden kurzerhand als Fälschungen deklariert.

Doch so einfach ließ sich die Presse nicht zufriedenstellen. Die Meute hatte Lunte gerochen, und je öfter dementiert wurde, desto größer wurde das Interesse. Bald war klar, dass die Regierung aus der Nummer nicht mehr herauskommen würde, aber personelle Konsequenzen gab es vorerst nicht, außer einem Bauernopfer. Der Chefeinkäufer der Deutschen Gas wurde gefeuert, und die Staatsanwaltschaft ermittelte gegen den Vorstand des Unternehmens.

Regierungsseitig wurde sowohl von Russland als auch von den Deutschen erklärt, dass es sich um mafiöse Machenschaften handele, von denen man nichts gewusst habe. Die Europäische Union setzte eine Expertenkommission ein, Verbraucherverbände machten mobil und die Finanzbehörden ermittelten. In der zweiten Woche wurde der Ruf nach einem parlamentarischen Untersuchungsausschuss laut.

Währenddessen unternahmen Beatrice Bernstein und Alfred Kronwitter Spaziergänge entlang der fehmarnschen Ostseeküste und beobachteten das Treiben in den Medien aus der Ferne. Als sie eines Abends ins Hotel zurückkamen, lag an der Rezeption ein Päckchen, das von einem Mann abgegeben worden war, der schöne Grüße vom Café Norman ausrichten ließ.

Das Paket enthielt einhunderttausend Euro in großen Scheinen.

Als die Journalisten nach Berlin zurückkamen und die Redaktion betraten, wartete dort bereits ein Vertreter des Bundesnachrichtendienstes auf sie. Kurze Zeit später erschien auch ein Mitarbeiter des Generalbundesanwaltes, bald darauf ein Vertreter der russischen Botschaft. Alle Befragungen verliefen ohne Ergebnis, denn Beatrice und Alfred konnten keinerlei Hinweise auf die Identität des Russen geben. Alles andere schien die Besucher nicht zu interessieren. Von dem Geld, das sie erhalten hatten, erzählten die Journalisten nichts.

So vergingen Tage und Wochen, ohne dass sich außer verbalem Schlagabtausch in den Medien irgendetwas tat. Auch der Gaspreis änderte sich für die Endverbraucher nicht, obwohl zahlreiche Klagen gegen die Rechtmäßigkeit von Abrechnungen erhoben wurden.

Nach einem halben Jahr hatte der parlamentarische Untersuchungsausschuss seine Arbeit ergebnislos abgeschlossen. Zwar waren einige Unregelmäßigkeiten und Ungereimtheiten ans Tageslicht gezerrt worden, aber ein Durchbruch war nicht zustande gekommen. Ein von der Opposition angestrebtes Misstrauensvotum gegen den Kanzler hatte dieser unbeschadet überstanden. Die Expertenkommission der EU hatte es nicht einmal geschafft, einen Abschlussbericht vorzulegen, weil man sich über eine gemeinsame Formulierung nicht einigen konnte. Es schien, als ob die Sache in Vergessenheit geraten würde.

***

„Hast du die Tagesthemen gesehen, Freddie?"

Beatrices Stimme am Telefon klang fast panisch.

„Nein, was gibt's denn so Besonderes, dass du mich um diese Zeit anrufst?"

„Die Russen haben Soltchovitch erneut unter Anklage gestellt, diesmal wegen Spionage. Und Anna Bulikova ist im Gefängnis angeblich an einer Lungenentzündung gestorben."

„Das ist alles andere als ein Zufall."

„Was machen wir jetzt?"

„Ich weiß nicht, kannst du herkommen? Wir sollten das nicht am Telefon besprechen."

„Bist du alleine? Ich will nicht stören."

„Quatsch, du störst doch nicht. Wer sollte mich besuchen?"

„Weiß man's? In einer halben Stunde? Ich bring 'ne Flasche Wein mit."

„Und deinen Pyjama. Kann sein, dass es eine lange Nacht wird."

„Ist das eine Drohung?"

„Wie bist du denn drauf? Ich könnte dein Vater sein. Naja, fast."

„Mein Gott, das sollte ein Scherz sein. Also, bis gleich."

„Seltsamer Humor zur falschen Zeit", murmelte Kronwitter und legte auf.

Zwei Tage später erschien in der Berliner Lupe ein Artikel, der die Diskussion um die Gaslieferungen aus Russland neu entfachte.

Am Gas klebt Blut
Von B. Bernstein und A. Kronwitter

Kaum ist die Diskussion um die angeblichen Betrügereien beim deutsch-russischen Gasgeschäft verhallt, versucht Russland offenbar, unliebsame Mitwisser kaltzustellen. Glaubt man bei der erneuten Anklage gegen den ehemaligen Erdgasmanager Wladimir Soltchovitch vielleicht noch an eine konsequente Fortführung gewohnter russischer Machtdemonstration, so kann der Tod von Anna Bulikova zu diesem Zeitpunkt kaum ein Zufall sein.

Während in Deutschland langsam Gras über die Sache wächst, räumt Russland im eigenen Land kräftig auf, allerdings an der falschen Stelle. Reporter der Berliner Lupe haben bereits vor Monaten die dubiosen Machenschaften rund um das deutsch-russische Gasliefergeschäft aufgedeckt und eine peinliche Diskussion in Gang gesetzt. Während der Ruf nach Aufklärung, von den Mächtigen geschickt lanciert, in Deutschland langsam verhallt, versuchen die Russen jetzt offenbar, Zeitzeugen kaltzustellen oder aus dem Weg zu räumen. Der Berliner Lupe waren bereits zum Zeitpunkt der ersten Berichterstattung die Namen von Soltchovitch und Bulikova als Mitwisser genannt worden. Um das Leben der in Russland Inhaftierten nicht zu gefährden, wurde damals darauf verzichtet, die Namen zu veröffentlichen. Diese Rücksichtnahme ist nunmehr hinfällig. Am russischen Gas klebt Blut, das wird nun offenkundig. Politik und Wirtschaft sollten sich reiflich überlegen, ob sie diese Menschenrechtsverstöße hinnehmen wollen. Verbraucher müssen wissen, dass sie mit jedem Kubikmeter Gas auch ein Stück der Achtung der Menschenrechte verbrennen. Es bleibt abzuwarten, was sich die Verantwortlichen diesmal einfallen lassen, um den Skandal schönzureden oder gar unter den Tisch fallen zu lassen.

Fernsehanstalten und die Menschenrechtsorganisationen traten vor die Kameras. Plötzlich war es kein deutsch-russisches Problem mehr, die ganze Welt schaute nach Berlin und Moskau.

Noch am Tag der Veröffentlichung reagierten die Presseabteilungen der beschuldigten Stellen.

Der Kanzler beeilte sich zu erklären, dass das Kanzleramt von alledem nichts gewusst habe und machte das Wirtschaftsministerium für die Ungereimtheiten, die selbstverständlich schonungslos aufgeklärt werden müssten, verantwortlich.

Der Außenminister bestellte demonstrativ den russischen Botschafter ein und teilte ihm angeblich unmissverständlich mit, dass die Bundesregierung äußerst besorgt sei über die Menschenrechtssituation in Russland.

Die Deutsche Gas gab bekannt, alles zu tun, um die Hintergründe aufzuklären und versprach, ihre Einkaufspolitik einer kritischen Prüfung zu unterziehen.

Das schlechte Gewissen der am Skandal beteiligten deutschen Institutionen schien schlagartig kollektiv erwacht zu sein, nur die Russen rührten sich nicht.

Gaspol äußerte sich mit keinem Wort, und die russische Regierung gab bekannt, man verbitte sich jegliche Einmischung in die inneren Angelegenheiten des Landes.

Noch während die öffentliche Diskussion facettenreich und vehement geführt wurde, erschütterte eine neue Nachricht die Welt.

Auf einem Flug, der ihn während eines Arbeitsbesuches von Odessa nach Moskau führen sollte, war die Regierungsmaschine des deutschen Wirtschaftsministers kurz nach dem Start abgestürzt und explodiert. Es gab keine Überlebenden.

Die Welt war bestürzt, zumindest tat sie offiziell so.

„Er hat sich im wahrsten Sinne des Wortes um sein Land verdient gemacht", kommentierte Beatrice Bernstein die Nachricht.

„Ich steig jetzt um auf Heizöl", antwortete Alfred Kronwitter. „Gas hat in Deutschland wieder einen schlechten Ruf."

Janine Denne

Das Geschäft

Das Klingeln des Telefons ließ ihn zusammenschrecken. Mit zitternden Händen nahm er den Hörer ab. Er musste hart schlucken, bevor er sich melden konnte. „Ja, bitte?" Seine Stimme klang verzagt und leise und hatte nichts mit dem wortgewandten Politiker zu tun, der er sonst war. „Herr Dr. Blum? Ich bin's nur nochmal, Leni Hartwig", meldete sich seine Assistentin, die wie immer gut gelaunt war. „Ich habe ganz vergessen, Ihnen zu sagen, dass Ihre Frau noch einmal angerufen hat, kurz bevor ich gegangen bin. Könnten Sie sie zurückrufen?" Dr. Blum schluckte noch einmal. Er war zwar erleichtert, dass es nur Frau Hartwig war, aber dennoch fühlte er sich noch immer schrecklich nervös und angespannt. „In Ordnung, Frau Hartwig, vielen Dank", antwortete er mit belegter Stimme und legte auf, ohne abzuwarten, ob sie noch etwas hinzuzufügen hatte. Bevor er seine Frau anrief, tupfte er sich die feuchte Stirn hektisch mit einem Stofftaschentuch ab und goss sich aus der großen Glaskaraffe, die auf seinem Schreibtisch stand, ein Glas Wasser ein, das er gierig austrank. Sein Hemd klebte feucht an seinem Rücken, als er über den Schreibtisch langte und die Handynummer seiner Frau wählte. „Liebes, du wolltest mich sprechen?", fragte er, als die Gattin das Gespräch entgegennahm. „Hallo Bärchen", antwortete sie, „es geht nochmal um heute Abend. Ich habe deinen Smoking aus der Reinigung geholt, aber ich finde einfach, dass deine beiden Fliegen vom letzten Jahr gar nicht mehr dazu passen. Die sind nicht mehr zeitgemäß. Ich habe dir drei neue besorgt, die du unbedingt anprobieren musst, bevor wir gehen. Komm mir ja nicht mit den alten Dingern zum Empfang, hörst du?", plapperte sie munter drauf los. „Liebes", versuchte Dr. Blum sie mit flehender Stimme zu unterbrechen, „ich habe jetzt gerade wirklich keine Zeit für so etwas. Mach das doch einfach, wie du denkst, du hast doch einen guten Geschmack." „Ja, ja." Die Stimme seiner Frau klang eingeschnappt, „die passenden

Einstecktücher habe ich dir übrigens auch besorgt. Du kannst es dir ja vorher wenigstens mal ansehen, wenn ich mir schon diese Mühe mache – oder ist das alles zu viel verlangt?" „Ja, Liebes, wie du willst", murmelte er abwesend und fügte hinzu: „Ich muss jetzt leider wirklich Schluss machen. Bis später." Er legte auf und ging hinüber zum Fenster, wo er sich abermals die Stirn trocken tupfte. Nach dem Anruf, den er vor etwa zwei Stunden erhalten hatte, hatte er nun wirklich andere Sorgen als die Wahl seiner Fliege und des dazu passenden Einstecktuches. Jetzt kam es vor allem darauf an, dass er sich in den nächsten Stunden wieder in den Griff bekam, er seine Rede heute Abend fehlerfrei über die Bühne brachte und dass ihm auf dem Empfang, um Himmels willen, niemand etwas anmerkte.

***

„... und so beglückwünschen wir nicht nur Sie, sondern uns alle zu dieser gelungenen Transaktion, die ein klares Zeichen für die Region setzt und auch nachhaltig dazu beitragen wird, die Umweltsituation für uns alle zu verbessern. Stellvertretend für alle anderen möchte ich unserem Minister, Herrn Dr. Theodor Blum, danken, denn ohne dessen maßgeblichen Beitrag und ruhelosen Einsatz hätte dieses Projekt mit Sicherheit nicht so schnell und erfolgreich abgeschlossen werden können. Der Minister möchte nun auch einige Worte an Sie richten. Herr Dr. Blum, darf ich Sie dazu auf die Bühne bitten?" Als Theodor Blum sich von seinem Platz erhob, um der Einladung seines Kollegen zu folgen, war er zumindest äußerlich wieder ganz der Alte. Zusammen mit seiner Frau hatte er sich für eine fliederfarbene Fliege mit dem dazu passenden Einstecktuch entschieden. Als er die Bühne betrat, wirkte er auf die Zuschauer wie immer – selbstsicher und souverän. „Vielen Dank, lieber Herr Meyer-Heimut", begann Dr. Blum seine kurze Ansprache. Er betonte noch einmal, wie wichtig für die Region der reibungslose Verkauf des Solarparks an das Land sei. Schließlich handele es sich um den zurzeit größten Solarpark Deutschlands. Der frühere Eigner, ein spanisches Investmentunternehmen aus dem Bereich alternative Energien, hatte die

Anlage für zehn Milliarden Euro an das Land Mecklenburg-Vorpommern verkauft. Der gesamte Park war nun in öffentlicher Hand. „Auf diese Weise wird es uns möglich sein, den Solarpark weiter auszubauen, ihn später um einen Windpark zu ergänzen und so den Ausstieg aus der Atomenergie maßgeblich zu kompensieren", lobte Dr. Blum die Transaktion. „Dadurch schaffen wir 500 bis 1000 neue Arbeitsplätze, sichern die Energieversorgung des Landes und werden auf lange Sicht zu einem der wichtigsten Energielieferanten Deutschlands aufsteigen." Frenetischer Beifall setzte ein, bevor Dr. Blum endete. „Lassen Sie mich vielleicht nur noch so viel sagen, meine Damen und Herren – ich denke hier und mit dem heutigen Tage können wir ohne zu übertreiben sagen: Die Zukunft hat begonnen!"

***

Als Nadja sich in ihrem Smart der beschriebenen Stelle näherte, konnte sie schon von weitem die großzügige Absperrung des Fundortes mit Flatterband erkennen. Ihre Kollegen gingen geschäftig hin und her. Sie parkte zwischen zwei Polizeiautos und noch bevor sie sich abschnallen konnte, stand ihr Kollege Jan neben ihrem Auto und klopfte an die Scheibe. Nadja lächelte ihm zu. „Guten Morgen - hast du es schon gesehen?", begrüßte sie ihn, als sie ausstieg. Jan schüttelte den Kopf. „Ich bin auch eben erst angekommen." Nadja verzog den Mund. „Na, dann wollen wir wohl mal", forderte sie ihren Kollegen mit gespielter Begeisterung auf. Gemeinsam bahnten sich die beiden einen Weg vorbei an den Mitarbeitern der Spurensicherung, den Fotografen und dem Kriminaltechnischen Dienst, kletterten unter der Flatterband-Absperrung hindurch und wiesen einen Journalisten, der sich unter die Kriminalbeamten gemischt hatte, scharf an, das Gelände sofort zu verlassen. Der diensthabende Gerichtsmediziner hatte die Leiche bereits mit einem weißen Tuch abgedeckt, dass er nun wieder zurückschlug, als er Jan und Nadja kommen sah. Der tote Körper lag auf dem Bauch, das Gesicht im Sand. Der linke Arm war gerade nach hinten ausgestreckt, der rechte Arm in einer unnatürlichen Stellung abgeknickt. Der junge

Mann, der hier vor ihnen im Sand lag, trug ein blaues Polo-hemd und eine beigefarbene Stoffhose. Einen Schuh hatte er verloren, am anderen Fuß steckte ein Slipper, der teuer aus-sah und die gleiche Farbe wie die Hose hatte. Nadja kniete sich neben den Toten, um ihn besser begutachten zu können. „Haben Sie ihn schon umgedreht?", fragte sie Dr. Miller, den Gerichtsmediziner. „Nein," antwortete dieser, „ich habe auf Sie beide gewartet. Das ist noch genau die Auffindestellung. Aber wenn Sie so weit sind, können wir?" Er reichte Nadja und Jan je ein Paar Einweghandschuhe und wandte sich an den jun-gen Kommissar. „Helfen Sie mir kurz?" Jan verzog unwillkür-lich das Gesicht. Auf ein gemeinsames Zeichen fassten sie den leblosen Mann an Schultern und Oberkörper und drehten ihn auf den Rücken. Wie erwartet strömte dabei ein Geruch aus, der Jan und Nadja, die bereits vorsichtshalber aufgestanden und einen Schritt beiseite gegangen war, die Mägen zuschnür-te. Die Haut des Toten war bleich und aufgedunsen. Dr. Mil-ler beugte sich über den Kopf und entfernte vorsichtig Sand, Schmutz und Algen. „Ich denke, sein Alter liegt zwischen 25 und 30", wandte sich der Mediziner an seine beiden jungen Kollegen. „Er hat nur ein Auge!", platzte Jan heraus und ver-zog abermals angewidert das Gesicht. Dr. Miller blieb wie im-mer vollkommen ungerührt, als er sich die leere Augenhöhle näher ansah. „Das mit dem Auge können die Fische oder ir-gendwelche anderen Tiere gewesen sein", gab er zu bedenken, während er den Toten weiter begutachtete. „Meinen Sie, das ist der Student, der vor fünf Tagen verschwunden ist?", woll-te Nadja wissen. Sie presste sich eine Hand vor die Nase, um möglichst wenig des üblen Gestanks einzuatmen, der noch immer in der Luft lag. „Möglich ist es", gab Dr. Miller zurück „aber bei dem Zustand der Leiche wäre es das Beste, wenn Sie uns DNA des Vermissten besorgen könnten, damit wir sie mit dem Toten abgleichen können – nur um ganz sicherzuge-hen." Nadja nickte und machte sich eine Notiz in ihrem Handy. Dr. Miller erhob sich. „Auf den ersten Blick sieht es nach ei-nem Unfall aus, vielleicht ein Bootsunfall. Dem Toten ist ein Schneidezahn herausgebrochen. Andere Verletzungen konn-te ich auf die Schnelle nicht entdecken – bis auf das fehlende

Auge natürlich, aber das kann auch nach seinem Tod passiert sein. Ganz genau kann ich das natürlich alles erst nach der Obduktion sagen", fasste er zusammen. „Ich melde mich dann mit dem Ergebnis." Nadja und Jan verabschiedeten sich. Auch wenn es immer gerne gesehen war, wenn zumindest einer der ermittelnden Kommissare daran teilnahm, war keiner von beiden wild darauf, der Obduktion beizuwohnen. Auf dem Weg zurück zum Auto zog Nadja die Gummihandschuhe aus. Obwohl sie die Leiche selbst gar nicht berührt hatte, fühlten sich ihre Hände schmutzig an, und sie hatte das dringende Bedürfnis, sie gründlich zu waschen. „Dann fahren wir jetzt zurück, besorgen uns die Unterlagen von dem Vermissten und sehen zu, dass wir an seine Zahnbürste oder so was kommen", schlug Jan vor. Nadja nickte. Sie fühlte sich unwohl. Es gab kaum etwas, das sie an ihrem Job mehr hasste, als wenn sie Angehörige und Freunde eines Vermissten damit konfrontieren musste, dass man möglicherweise mit dem Schlimmsten rechnen musste.

***

Melanie saß am Küchentisch und rührte gedankenverloren in einer Tasse Magentee. Sie war seit zwei Tagen nicht mehr zur Uni gegangen, weil es ihr dafür zu schlecht ging. Ihre Mitbewohnerin Sophie stand neben ihr und streichelte sanft über ihren Rücken. „Hey, Kopf hoch – sicher meldet er sich heute bei dir. Du wirst schon sehen, alles wird gut", versuchte sie sie zu trösten. Melanie konnte die Tränen nicht zurückhalten. „Aber fünf Tage! Das gab es noch nie! Klar hat er mal drei, vier Tage am Stück bis spät nachts gearbeitet, aber auch wenn er sich nicht selbst gemeldet hat, ist er doch zumindest immer ans Telefon gegangen, wenn ich ihn angerufen habe. Das kenne ich so gar nicht von ihm!" Sophie setzte sich neben Melanie und nahm ihre Hand. „Sicher gibt es dafür eine ganz einfache Erklärung und am Ende lachen wir beide darüber, dass wir uns jetzt solche Sorgen gemacht haben." Es klingelte an der Wohnungstür. Sophie drückte den Summer der Gegensprechanlage und wenige Minuten später stand ein Mann im Anzug vor der Wohnungstür. Er war höchstens 23 Jahre alt, und sein Anzug sah aus, als hätte er ihn das letzte Mal an seiner Konfirmation getragen. Er wirkte extrem nervös. „Ähm, hallo, ich komme von Fürst, Hofbauer und Walskamp", stellte er sich vor, „könnte ich mit Melanie Reimer sprechen?" „Leimer", korrigierte Sophie und bat ihn zu warten. Sie schloss die Tür und huschte zurück in die Küche der Altbauwohnung. „Mel, da ist jemand von der Kanzlei. Er hat aber nicht gesagt, was er will, nur, ob er dich sprechen kann?" Melanie sprang sofort erschrocken auf. Hoffentlich hatte Marcel nicht einen Unfall bei der Arbeit oder auf dem Weg zur Arbeit gehabt und jemand von der Kanzlei wollte sie jetzt darüber informieren? Aber hätte das dann so lange gedauert? Melanies Gedanken überschlugen sich, als sie an die Tür trat und den Praktikanten aus der Kanzlei erkannte. „Hallo", begrüßte er sie zögernd, „es geht nur darum – Marcel ist ja jetzt seit ein paar Tagen nicht mehr auf der Arbeit gewesen und er hatte sich einige wirklich wichtige Akten mit nach Hause genommen. Hätten Sie vielleicht einen Schlüssel für seine Wohnung und könnten wir gemeinsam dort hinfahren, um die Akten zu holen?" Melanie wusste nicht, was sie sagen sollte; Erleichterung und Bestürzung wechselten sich ab. Sie konnte doch nicht einfach an diese Akten gehen!? Schließlich nickte sie. „Wenn es so wichtig ist. Wir können laufen, es ist nicht weit von hier."

Während sie und der Praktikant schweigend nebeneinander herliefen, versuchte Melanie verzweifelt, die Panik zu bekämpfen, die in ihr aufstieg. Sie war kurz davor, erneut in Tränen auszubrechen, kämpfte aber tapfer dagegen an. Ihre Beine zitterten, sie fühlte sich, als würde sie in einem viel zu weich bespannten Trampolin gehen, als könnten ihre Knie jeden Moment nachgeben. Ihr Mund war so trocken, dass sie kein einziges Wort herausbringen konnte. Sie öffnete die Lippen und schnappte ein wenig von der frischen, noch kühlen Luft, um die Tränen, die noch immer mit Macht aus ihr herausbrechen wollten, zurückzuhalten. Ihre Hoffnung, dass ihr Freund in den letzten Tagen in der Kanzlei in einem wichtigen Projekt versackt war und sich einfach deshalb nicht gemeldet hatte, war mit einem Schlag zerstört. Aber wo war er dann? In seiner Wohnung war sie schon vor drei Tagen gewesen, auch wenn sie wusste, dass Marcel es hasste, wenn sie eigenmächtig ihren Schlüssel benutzte, der eigentlich nur für Notfälle gedacht war. Er war nicht dort gewesen und bis jetzt hatte sie sich an die Hoffnung geklammert, dass ihr Freund dann wohl auf der Arbeit so eingespannt war, dass er sich nicht einmal bei ihr melden konnte. Trotzdem hatte sie ihn am Tag zuvor als vermisst gemeldet, auch wenn sie Angst gehabt hatte, dass das übertrieben war und er vermutlich wütend darüber sein würde. „Aber bitte nichts anfassen, und wir müssen schnell machen. Marcel mag das nämlich eigentlich gar nicht, wenn ich einfach so ungefragt in seine Wohnung gehe – noch dazu mit einem Fremden", wandte sie sich mit kratziger Stimme an den Praktikanten, als sie die Wohnungstür aufschloss. Es half ihr irgendwie, wenn sie so tat, als wäre heute ein ganz normaler Tag und als könnte Marcel jeden Moment nach Hause kommen. Gemeinsam betraten sie die helle Wohnung mit dem beigen Teppichboden und den weiß gestrichenen Türen. Durch den Flur gingen sie an der Küche und dem aufgeräumten Schlafzimmer vorbei ins Wohnzimmer, in dem Marcels großer Schreibtisch stand. „Ich glaube, da liegt schon alles", sagte der Praktikant und blätterte kurz in den Akten, die akkurat auf der linken Seite des Schreibtisches gestapelt lagen. „Ich nehme die hier schon mal mit", erklärte er, während er die Dokumente in seine große Umhängetasche steckte. Melanie hatte die Arme vor der Brust verschränkt. Bei dem Anblick, wie er dort die Arbeitsunterlagen ihres Freundes zusammenpackte, krampfte sich ihr Magen zusammen. Irgendwie schien der Kanzleibote das auch zu merken und sah sie schuldbewusst an. „Ich soll dann noch den Firmenlaptop mitnehmen", sagte er kleinlaut. Melanie konnte die Tränen nicht mehr zurückhalten. „Aber warum denn?", schluchzte sie. „Soll das etwa heißen, dass er gekündigt ist?" Der Student schien mit der Situation sichtlich überfordert zu sein. Unbeholfen machte er einen Schritt auf sie zu. Er breitete kurz seine Arme aus, als wolle er sie umarmen, überlegte es sich dann aber doch anders und berührte nur ihren Oberarm. „Ich ... ich glaube nicht, die meinten nur, es wären noch wichtige Dateien darauf und ich soll ihn deshalb zurück ins Büro bringen." Er machte eine

Pause. „Sicher klärt sich das alles ganz bald auf", murmelte er. Melanie schnäuzte sich in ein Papiertaschentuch, konnte aber nicht aufhören zu weinen. Der Praktikant nahm den Laptop, der in der Tasche mit dem großen Kanzleilogo darauf neben dem Schreibtisch verstaut war. Etwas unschlüssig ging er auf das noch immer schluchzende Mädchen zu. „Soll ich dich nach Hause bringen?", erkundigte er sich. Melanie schüttelte den Kopf. „Bitte nicht", flüsterte sie, „ich muss jetzt allein sein."

***

„Also, der Vermisste ist 28 Jahre alt und Rechtsreferendar. Er ist vor fünf Tagen verschwunden. Seine Freundin hat ihn vermisst gemeldet, nachdem er vier Tage lang nichts von sich hat hören lassen." Jan stand im Türrahmen zu ihrem gemeinsamen Büro und las Nadja aus der Akte des Vermissten vor. „Wohnen seine Eltern oder irgendwelche Verwandten in der Nähe?", wollte Nadja wissen. Jan blätterte durch die Papiere und suchte nach einer Adresse der Familie. „Sieht nicht so aus", murmelte er. Nadja stand von ihrem Schreibtisch auf. „Dann versuchen wir es erst einmal bei der Freundin. Soll ich fahren?", fragte sie. Auf dem Weg durch die Stadt war um diese Zeit nicht viel los und sie kamen gut voran. Nadja hing ihren Gedanken nach und musste an ihre eigene Studienzeit denken, die eigentlich auch noch gar nicht so lange her war, ihr aber schon unglaublich weit weg vorkam. Was hatten sie damals für tolle Partys gefeiert … „Oh Mann, diese Geschichte mit dem Solarpark nervt aber langsam wirklich", riss ihr Kollege sie aus ihren Gedanken. Verärgert drehte er das Radio leiser, um die Nachrichten nicht schon wieder hören zu müssen. Seit Tagen wurde über nichts anderes mehr berichtet, als über den Verkauf des Solarparks an das Land Mecklenburg-Vorpommern. „Was regst du dich denn so auf, das ist doch wirklich eine gute Sache", äußerte sie. „Ja, vielleicht, aber diese ständige Selbstbeweihräucherung unserer Politiker ist doch wirklich ekelhaft. Die klopfen sich doch die ganze Zeit nur selber auf die Schulter, und das nicht, weil sie so viel Gutes für Mensch und Umwelt tun, sondern weil sie damit vor allem wieder eins machen – jede Menge Geld!" Nadja musste über den kleinen Wutausbruch ihres Kollegen schmunzeln. „Ganz so kannst du es aber auch nicht sehen. Vor allem, da wir in unserer Region so eine hohe Arbeitslosenquote haben - 500 bis 1000 Arbeitsplätze mehr für die Leute sind doch der reinste Segen." „Ja, wenn sie Techniker oder Ingenieure sind, vielleicht", echauffierte sich der Kommissar, „aber für alle anderen wird das nicht viel bringen. Ich hoffe nur, dass die vor lauter Freude über ihr Riesenprojekt auch die gesetzlichen Bestimmungen nicht vergessen, die hässlichen Dinger nur dorthin bauen, wo sie es dürfen und die Kulturlandschaft nicht vollkommen zerstören. Dann fallen deine Arbeitsplätze nämlich umgekehrt im Tourismus weg, wenn hier demnächst keiner mehr Rad fahren oder Zelten gehen kann, weil alles mit Solaranlagen und Windrädern vollgepflastert ist." Nadja verdrehte die Augen. Sie war genervt vom plötzlichen Meinungsumschwung ihres Kollegen, der doch sonst immer für den Umweltschutz zu haben war. „Sie werden den Energiepark schon nicht mitten in ein Naturschutzgebiet bauen", versuchte sie ihn zu beschwichtigen. In diesem Moment erreichten sie das Haus der Studentin. Nadja parkte gekonnt in einer kleinen Lücke, schräg gegenüber. Keine zwei Minuten später standen die beiden Beamten vor der Wohnung im dritten Stock. „Sind Sie Frau Leimer?", fragte Nadja, als Sophie die Tür öffnete. „Nein, das ist meine Mitbewohnerin", antwortete die junge Frau zögernd und trocknete ihre Hände an einem Geschirrtuch ab. „Kann ich Ihnen irgendwie helfen?" „Wir sind von der Kriminalpolizei", erklärte Jan und stellte sich und seine Kollegin vor. Sophie bat die beiden Kommissare herein und bot ihnen einen Kaffee an. „Melanie muss eigentlich jeden Moment zurück sein", erklärte sie, während sie die Kaffeemaschine vorbereitete. Nadja und Jan nahmen an dem großen Küchentisch Platz und sahen sich in der bunten Mädchen-WG-Wohnküche um. Am Kühlschrank klebten Postkarten mit fröhlichen Motiven, auf dem Tisch stand eine kleine Milchkanne in Form einer Kuh. Auf der Fensterbank stand und lag jede Menge Nippes. Nadja fühlte sich wie eine Spielverderberin, die die beiden jungen Frauen nun mit einem Mal aus ihrer lebensfrohen, fast kindlich scheinenden Unbedarftheit reißen würde. Sophie stellte gerade zwei große Tassen Kaffee vor den beiden Kommissaren ab, als Nadja hörte, wie die Wohnungstür geöffnet wurde. Melanie kam wenige Augenblicke später zögernd in die Küche. Nadja lächelte sie freundlich an. Die Freundin des Vermissten sah blass aus, nur ihre Augen und die Nasenspitze waren gerötet, die Wimperntusche verlaufen, als hätte sie geweint. „Die Herrschaften sind von der Polizei und wollen dich gerne sprechen", stellte Sophie die beiden Kommissare vor, bevor diese selbst etwas sagen konnten. Nadja hatte das Gefühl, dass Melanie augenblicklich noch ein wenig blasser wurde. Sie stand auf und ging einen Schritt auf sie zu. „Frau Leimer, Sie haben Ihren Freund als vermisst gemeldet. Wir möchten Sie nur fragen, ob Sie uns vielleicht eine benutzte Zahn- oder Haarbürste Ihres Freundes geben könnten? Außerdem müssen wir wissen, ob Sie eventuell auch zu einer Identifikation bereit wären?" „Eine Identifikation? Ich verstehe nicht so ganz ...", stammelte Melanie matt. „Bitte machen Sie sich keine Gedanken, das ist eine reine Routine-Maßnahme und hat sicherlich gar nichts mit Ihnen und Ihrem Freund zu tun. Im Grunde geht es nur darum – wir haben eine Leiche gefunden und möchten gerne ausschließen, dass es sich dabei um den Vermissten handelt." In Melanies Ohren begann es zu rauschen. Ihre Handflächen wurden nass, sie vergaß zu atmen, vor ihren Augen wurden die Küche, Sophie, die beiden Fremden immer dunkler, es wurde schwarz um sie, ihre Beine gaben nach, es wurde unglaublich still ...

***

Jan stand vor dem Schreibtisch, trat von einem Bein aufs andere und sah Nadja mit fragendem Blick an, während sie mit der Gerichtsmedizin telefonierte. „Du wirst es nicht glauben", sagte sie, als sie aufgelegt hatte, „der Tote ist nicht der Vermisste. Es handelt sich um einen Thomas Weidner. Er ist ertrunken, aber er hatte Rückstände von K.o.-Tropfen im Blut." Jans Gesichtsausdruck wechselte von fragend zu erstaunt. „Dann war es also kein Unfall, sondern vielleicht sogar Mord? Jemand hat ihn erst betäubt und dann ins Wasser geworfen?", mutmaßte er. Nadja schüttelte den Kopf. „Das kann man nicht so genau sagen. Es kann auch sein, dass er einfach noch benommen war von den Tropfen, ins Wasser gefallen ist und sich nicht mehr helfen konnte. Es gibt tausend Möglichkeiten. Jetzt ist es eben an uns, herauszufinden, was genau vor seinem Tod passiert ist." „Auf jeden Fall hat derjenige, der ihm die Tropfen gegeben hat, jetzt ein Problem", gab Jan zurück. „Das ist ja interessant", rief Nadja, die ihrem Kollegen gar nicht richtig zugehört und auf ihrem PC schon die elektronische Akte der Gerichtsmedizin geöffnet hatte. „Der Tote hat in der gleichen Kanzlei gearbeitet wie der verschwundene Freund von Melanie Leimer." „Ob es da einen Zusammenhang gibt?", fragte Jan. „Vielleicht ein Eifersuchtsdrama? Oder ein blöder Scherz auf einer Firmenfeier? Sie bekommen K.o.-Tropfen ins Glas und einer von beiden fällt auf dem Weg nach Hause benommen ins Hafenbecken und ertrinkt?", überlegte Jan weiter. Nadja zog zweifelnd eine Augenbraue hoch. „Auf jeden Fall mache ich mir jetzt ziemliche Sorgen, dass dem anderen vielleicht auch etwas zugestoßen ist. Wir müssen weiter mit Hochdruck nach dem Vermissten suchen – vielleicht haben wir Glück, und er lebt noch. Zwei Vermisste aus einer Kanzlei und einer davon ist bereits tot – hoffentlich sind wir nicht schon zu spät dran." In Gedanken ging Nadja bereits die nächsten Schritte durch, die jetzt für sie zu tun waren. Zuallererst mussten sie in die Wohnungen der beiden jungen Juristen, um dort erste Hinweise zu finden.

***

„Wissen Sie denn, in welcher Beziehung Ihr Freund zu dem Verstorbenen stand?", wollte Nadja von Melanie wissen, die sie zur Befragung aufs Präsidium eingeladen hatte. Die Studentin sah noch immer schlecht aus, wirkte ein wenig verunsichert, gab aber bereitwillig Auskunft. Ihr Freund und der Verstorbene seien Kollegen gewesen, sie hätten zusammen gearbeitet, sich aber privat nicht viel zu sagen gehabt. Ob sie wisse, woran die beiden zuletzt gearbeitet hätten, hakte Nadja nach, und die Frau nickte. „Ich weiß es nicht genau, aber es ging um den Kauf dieses Solarparks. Es war eine ziemlich große Sache für beide und Marcel meinte immer, dass ihn die

Arbeit an diesem Mandat noch zu einem berühmten Juristen machen würde, noch vor seinem zweiten Staatsexamen. Er war ganz besessen von dieser Aufgabe und deshalb haben wir uns ja in letzter Zeit auch nur noch so wenig gesehen." Melanie hatte den Blick auf ihre Oberschenkel gerichtet und knibbelte mit ihrem Fingernagel an einem Fleck auf ihrem rechten Hosenbein herum. Gerade, als Nadja fragen wollte, wo sie am Abend des Verschwindens ihres Freundes gewesen sei, kam Jan mit einer Akte in der Hand hereingeplatzt und legte diese wortlos vor Nadja hin, die ihn fragend ansah. „Sorry, dass ich störe, aber das musst du dir kurz ansehen", ermunterte ihr Kollege sie. Nadja schlug den Deckel der Akte auf und überflog kurz den Text auf der ersten Seite. Ohne sich etwas anmerken zu lassen, klappte sie den Deckel wieder zu und wandte sich erneut an Melanie. „Würden Sie Ihren Freund als ehrgeizig beschreiben?" Die Befragte nickte wieder. „Oh ja, sehr sogar. Er will unbedingt von der Kanzlei übernommen und dort später Partner werden. Am besten noch der jüngste Partner, den es je gegeben hat", gab sie zurück. Nadja stand vom Tisch auf und streckte ihr die Hand entgegen. „Vielen Dank, das war es dann fürs Erste. Wir melden uns bei Ihnen, sobald wir etwas wissen. Glauben Sie mir, wir geben uns alle Mühe, Ihren Freund zu finden." Melanie sah die Kommissarin dankbar an und verabschiedete sich. Nachdem sie das Zimmer verlassen hatte, schloss Jan die Tür hinter ihr. „Und was sagst du dazu? Das ist ja wohl der Oberhammer!", wollte er aufgeregt von seiner Kollegin wissen. „Ich habe es nur kurz überflogen, um was geht es denn genau?" „Wir haben doch bei der Durchsuchung von Marcels Wohnung seinen privaten Laptop und diesen USB-Stick gefunden. Unsere Techniker haben jetzt beides ausgewertet und ein Protokoll und ein gemeinsames Gutachten von dem Vermissten und dem Toten gefunden." Nadja nickte zustimmend. „Und es geht um den Kauf des Solarparks, oder?" Sie sah ihren Kollegen gespannt an, und Jan ließ sich nicht lange bitten. „Also zuerst einmal zu dem Protokoll. Es gab wohl eine geheime Sitzung, bevor der Kauf des Solarparks abgeschlossen wurde. Sie fand in einer Villa, dem Hofgut Goldberg, statt. Das ist mitten auf dem Land, also schön weit ab vom

Schuss. Niemand konnte die Teilnehmer kommen und gehen sehen. Neben dem Minister war aber sowieso nur eine Handvoll Eingeweihter dort - der Vorstandsvorsitzende und der Direktor des spanischen Investors, der Pressesprecher von Dr. Blum und Dr. Roland Fürst, der Inhaber der Kanzlei." Jan sah seine Kollegin bedeutungsvoll an, bevor er weitersprach: „Die illustre Runde hat den ganzen Tag und die ganze Nacht über verhandelt und gegen vier Uhr morgens wurde eine schwerwiegende Entscheidung getroffen." Jan machte eine weitere Kunstpause und nahm einen Schluck des inzwischen schon kalt gewordenen Kaffees, der vor ihm auf dem Tisch stand. Er verzog das Gesicht und stellte die Tasse wieder ab. „Der vereinbarte Kaufpreis von zehn Milliarden für den Solarpark entspricht fast einem Drittel des gesamten Jahreshaushalts des Landes. Das ist eine Summe, über die der Minister alleine überhaupt nicht entscheiden kann. Eigentlich hätte es bei einem so hohen Preis eine Abstimmung im Landtag geben müssen - vorher hätte der Kaufvertrag gar nicht abgeschlossen werden können. Aber dieser Weg war den Herren wohl zu lang oder zu unsicher und deshalb entschieden sie sich in dieser Nacht, den Landtag lieber gar nicht erst zu fragen. Das ging aber nur über einen Trick, der offenbar auf das Konto von Dr. Fürst geht: Er hat ein rechtliches Schlupfloch und einen Präzedenzfall gefunden, nach dem der Minister ausnahmsweise ganz alleine entscheiden darf, nämlich dann, wenn es für das Land von übergeordneter und essenzieller Wichtigkeit ist und dem Land ohne die sofortige Entscheidung ein ernsthafter Schaden drohen würde. Also hat Dr. Blum mitten in der Nacht durch seine Unterschrift das gesamte Geschäft sofort abschließen können." „Und das Land hatte durch seine Unterschrift auf einen Schlag zehn Milliarden Euro Schulden", fügte Nadja hinzu. „Aber warum hatten sie es damit so eilig?" Jan blätterte durch den Stapel Akten. „Vielleicht aus Angst vor der Opposition. Dazu steht hier irgendwie nichts", murmelte er. „Aber das Beste kommt sowieso erst noch: Das Protokoll, das wir auf dem Laptop gefunden haben, war natürlich streng geheim, aber die beiden Referendare haben es offensichtlich durch Zufall auf einem geschützten Server der Kanzlei entdeckt. Sie haben alles ausgewertet und dann ein rechtliches Gegengutachten erstellt. Und wenn die beiden damit recht haben, hätte der ganze Kauf so nie abgeschlossen werden dürfen. Sie behaupten, dass Dr. Fürst mit seinem Trick völlig falsch lag. Der Präzedenzfall hat überhaupt keine rechtliche Wirkung und die Ausnahmeregelung hätte nicht angewendet werden dürfen, weil die eigentlich nur in wirklichen Notfällen wie Naturkatastrophen, Hungersnöten oder bei Aufständen oder so gelten soll. Und wenn das stimmt, dann war das ganze Geschäft rechtswidrig! Verstehst du – das würde bedeuten, das alles im Ernstfall rückgängig gemacht werden müsste!" Jan sah seine Kollegin Beifall heischend an und Nadja starrte mit weit aufgerissenen Augen zurück. „Wir müssen unbedingt überprüfen lassen, ob an dem Gegengutachten der beiden etwas dran ist. Was das alles kosten würde, wenn das Geschäft wirklich rückgängig gemacht werden müsste – und was das für eine politische Schlammschlacht geben würde - nicht auszumalen! Wahrscheinlich wäre sogar die ganze Kanzlei ruiniert!" Jan stimmte ihr eifrig zu. „Wenn das Gutachten wirklich stimmt, hätten jedenfalls einige sehr wichtige Herren ein ziemlich eindeutiges Motiv!"

***

„Was für ein arrogantes Arschloch", ärgerte sich Nadja, als sie am nächsten Tag von einem Gespräch mit Dr. Fürst zurück ins Büro kam. „Ich habe überhaupt nichts aus ihm herausbekommen." Sie sah ihren Kollegen enttäuscht an, aber der grinste nur. „Mach dir nichts draus, der ist halt ein Profi. Aber dafür haben wir Marcel gefunden!", triumphierte er. Nadja blieb wie angewurzelt stehen. „Tot?" Jan schüttelte den Kopf „Er ist quicklebendig, sitzt in Verhörzimmer eins. Er war in Straßburg, in einem der Büros der Kanzlei und er hatte ein Ticket nach Rio de Janeiro dabei, ausgestellt auf morgen." Jan grinste zufrieden und Nadja sah ihn bewundernd an. „Das Gutachten hat unser Rechtsdienst übrigens auch schon überprüft. Sie sagen, es ist brillant und es stimmt alles." Nadja stieß einen bewundernden Pfiff aus. „Und habt ihr auch schon mit Marcel gesprochen?" Jan schüttelte den Kopf „Ich hab auf dich gewartet." „Braver Junge." Nadja grinste.

Der junge Anwalt trug einen maßgeschneiderten Anzug, ein rosafarbenes Hemd und eine dunkle Krawatte. Er hatte die Ellenbogen auf die Tischplatte gestützt und sah genervt aus. Als Nadja das Verhörzimmer betrat, stand er auf und ging mit ausgestrecktem Finger auf sie zu. „Darf ich bitte mal erfahren, was dieses ganze Theater hier soll? Ich habe zu arbeiten, aber stattdessen werde ich hier von Ihren Kollegen in der Gegend herumkutschiert, ohne Grund hierher gebracht und jetzt sitze ich in einem Verhörzimmer wie ein Schwerverbrecher? Ich erwarte eine Erklärung!" „Setzen Sie sich", herrschte Nadja ihn an. „Es gibt keinen Grund, sich aufzuregen. Sie sind als ein wichtiger Zeuge hier, mehr nicht, und wir erwarten Ihre Hilfe!" Nadja war der junge Schnösel sofort unsympathisch. „Warum waren Sie eigentlich in Frankreich – und was wollen Sie in Rio?", wollte Nadja von ihm wissen, als sie sich ihm gegenüber an den Tisch setzte. „Die Kanzlei hat mich hingeschickt", gab er ungerührt zurück. „Ich bin ein hoffnungsvolles neues Talent, ich werde irgendwann Partner werden und daher werde ich eben schon jetzt zu den wichtigsten Standorten der Kanzlei geschickt. So einfach ist das. Aber das ...", er sah Nadja geringschätzig an, „ist wohl alles nicht so ganz Ihre Welt." Nadja ging nicht auf diese Frechheit ein. „Und warum haben Sie sich die ganze Zeit über nicht bei Ihrer Freundin gemeldet?", hakte sie nach. Marcel zuckte gleichgültig mit den Schultern. „Irgendwann muss man sich entscheiden. Ich habe mich für die Karriere entschieden und das eigentlich schon seit Langem. Melanie will das nicht wahrhaben, aber da kann ich ihr nicht helfen. Damit muss sie alleine fertig werden." Nadja verhörte ihn eine halbe Stunde lang, ohne dass sie über die selbstverliebten Äußerungen des jungen Mannes hinauskam. Jan übernahm schließlich das Gespräch. „Was ist denn am Abend des 24. März passiert?", wollte er wissen. „Können Sie uns dazu etwas sagen?" Der Jurist sah ihn fragend an. „Ich verstehe nicht, was Sie meinen? Ich habe lange gearbeitet, bin dann nach Hause gegangen und ins Bett", gab er zurück. „Allein?", wollte Jan wissen und Marcel zuckte mit den Schultern. „Natürlich", erwiderte er ungerührt. Es ging noch eine Weile hin und her, bis auch Jan entnervt den Raum verließ. „Ich schätze, das wird heute nichts mehr – wir können ihn gehen lassen, und er soll einfach erreichbar bleiben", gab er resigniert gegenüber seiner Kollegin zu. Die nickte nur verständnisvoll. „Ich weiß, dass wir der Sache ganz dicht auf der Spur sind, aber ich kriege das alles noch nicht zusammen. Vielleicht war der Tod des anderen Referendars doch nur ein Zufall und hat gar nichts mit dem Gutachten zu tun? Und vielleicht haben sie Marcel bloß weggeschickt, damit er Ruhe gibt, und das ist alles?" Jan ließ sich erschöpft auf seinen Stuhl sinken. Er war verwirrt, aber Nadja schüttelte entschieden den Kopf. „Nein, das hängt alles miteinander zusammen. Ich habe auch noch keine Ahnung, wie – aber ich weiß, wer es uns sagen wird!"

***

Der übergewichtige Mann versuchte, sich nichts anmerken zu lassen und tat alles, um seine Fassade aufrechtzuerhalten. Trotzdem merkten ihm die beiden Kommissare deutlich an, wie nervös er war. Immer wieder tupfte er sich mit einem Stofftaschentuch den Schweiß von der Stirn. „Sie waren doch schon einmal hier, was wollen Sie denn jetzt noch?", fragte er den ungebetenen Besuch. „Wissen Sie was, Herr Dr. Blum, ich sage es Ihnen ganz ehrlich. Wir sind da, weil wir Ihnen nicht glauben. Wir glauben Ihnen nicht, dass Sie nichts damit zu tun haben. Und wollen Sie auch wissen, warum?" Jan sah den Minister herausfordernd an. „Weil unser Zeuge, Marcel von Weißberg, uns eine ganz andere Version von der Geschichte erzählt hat – er hat Sie schwer belastet. Wenn er die Aussage vor Gericht wiederholt, reicht das sicher für Ihr Karriereende!", bluffte der junge Kommissar. Im Blick des Politikers mischten sich blankes Entsetzen mit nackter Wut, trotzdem sagte er nichts, auch wenn man ihm ansehen konnte, dass er sich nur noch mit Mühe im Griff hatte. Für Jan war der Zeitpunkt für seinen großen Auftritt gekommen. Er stand auf und stützte sich mit den Händen auf der Tischplatte vor dem schwitzenden Mann ab. „Sie hatten Angst! Angst, dass das Gutachten ans Licht kommt, Angst um ihre Karriere, um Ihren Ruf und um Ihren gesellschaftlichen Stand! Deshalb haben Sie die beiden Referendare abends nach der Arbeit abgepasst. Der eine ließ sich noch mit Versprechungen vom großen Geld ködern, aber der andere wollte sich lieber mit dem Gutachten einen Namen machen. Also haben Sie ihn auf ein Bier eingeladen, ihm K.o.-Tropfen eingeflößt und ihn ins Hafenbecken geworfen, wo er dann ertrunken ist! So etwas nennt man Mord, Herr Politiker. Und damit sieht es ganz düster aus, für Sie und Ihre ..." „Nein!", schrie der Minister, sprang von seinem Stuhl auf und nestelte mit einer Hand seine Krawatte vom Hals, um besser Luft zu bekommen. „Ich habe mit dem Tod von diesem Jungen nichts zu tun. Der andere war das und jetzt versucht er, es mir in die Schuhe zu schieben!", echauffierte er sich. Nadja sah ihn streng an. „Das glauben Sie doch wohl selbst nicht – Marcel von Weißenberg hatte doch überhaupt keinen Grund, seinen Kollegen umzubringen. Sie sollten lieber nicht versuchen, uns für dumm zu verkaufen!" Der Politiker sah sie wütend an „Sie verstehen überhaupt nichts, oder?" herrschte er sie an. „Dann erklären Sie's mir." Nadja sah ihm fest in die Augen. Der Mann ließ sich resigniert auf seinen Schreibtischstuhl fallen. Er sah aus, als ob er jeden Moment in sich zusammensacken würde. Mit zitternden Händen goss er sich von dem Cognac ein, den er aus seiner Schreibtischschublade gezogen hatte, und trank das Glas in einem Zug aus, bevor er anfing zu berichten. „Die Transaktion ist eine der bedeutendsten Geschäfte, die in Deutschland im Bereich der erneuerbaren Energien bisher überhaupt abgeschlossen wurden. Durch den Kauf kommen wir nicht nur in der Energiewende und auf unserem Weg zum Atomausstieg ein bedeutendes Stück weiter, sondern wir schaffen tausende von Arbeitsplätzen für diese sonst so strukturschwache Region." „Und Sie sichern so Ihre Wiederwahl und verdienen eine Menge Geld", unterbrach ihn Jan, dem der Text ein wenig zu auswendig gelernt und ein bisschen zu wenig nach einem Geständnis klang. Nadja sah ihn böse an, aber der Politiker ließ sich ohnehin nicht beirren und redete weiter, als wäre nichts gewesen. „Wenn wir das Geschäft nicht so schnell durchbekommen hätten, wäre sicher der gesamte Kauf des Solarparks gescheitert. Deshalb hatten wir das erste, ursprüngliche Gutachten bei der Kanzlei in Auftrag gegeben, um herauszufinden, ob es eine Möglichkeit gibt, den ganzen Prozess zu beschleunigen. Die gab es und diese Chance haben wir ergriffen. Dann kamen auf einmal diese beiden Referendare mit ihrem Gutachten und behaupteten, dass unsere ganze Transaktion rechtswidrig wäre. Eine Transaktion, die zehn Milliarden Euro gekostet hat – von zwei Referendaren ausgehebelt. Können Sie sich das vorstellen? Zuerst haben wir versucht, sie davon zu überzeugen, dass sie sich irrten ...“ „Wir?“, hakte Nadja nach. „Dr. Fürst und ich“, gab er zurück, „aber die beiden waren nicht zu belehren. Sie waren vollkommen überzeugt von ihrer Arbeit. Als sie merkten, dass sie nicht die erwartete Anerkennung für ihr Meisterwerk bekamen, fing der eine, dieser Marcel, plötzlich an und wollte mich und Dr. Fürst doch wahrhaftig erpressen. Sie drohten, mit ihren Erkenntnissen an die Presse zu gehen. Damit hätten sie das ganze Projekt, unsere Karrieren und unseren Ruf zerstört.“ „Was wollten die beiden denn damit erreichen?“ fragte Jan. Dr. Blum spielte mit dem Cognacglas. „Die waren sehr unterschiedlich, die beiden. Marcel ging es um Geld und er wollte eine Partnerkarriere in der Kanzlei. Bei dem anderen war ich mir nie so ganz sicher. Er ist zwar auf den Zug mit dem Geld aufgesprungen, aber Dr. Fürst und ich hatten beide das Gefühl, dass man ihm nicht trauen konnte. Er hatte so eine idealistische Verbohrtheit – wir ahnten beide, dass er, auch wenn er das Geld bekommen würde, an die Presse gehen würde.“ „Also haben Sie entschieden, dass er aus dem Weg geräumt werden muss?“, fragte Nadja vorschnell. Dr. Blum reagierte unwirsch und schüttelte den Kopf „Wir haben ihnen doch sogar zuerst die geforderte Summe gezahlt. Jedem von ihnen hunderttausend Euro. Eigentlich lächerlich wenig für Dr. Fürsts Kanzlei. Und das werden wohl auch die beiden Referendare gemerkt haben. Marcel wurde auf einmal übermütig und forderte zusätzlich zwei Millionen Euro. Der andere dagegen zog sich zurück und ließ plötzlich gar nichts mehr von sich hören. Wir befürchteten das Schlimmste.“ Der Politiker machte eine Pause. Er sah erschöpft aus und fuhr sich durch sein schütteres Haar. „Dann haben Sie also daraufhin beschlossen, dass er sterben muss“, schlussfolgerte Jan, aber

Dr. Blum schüttelte wieder den Kopf, diesmal jedoch langsamer und bedächtig, fast erschöpft. „Ich wollte das alles nicht, das schwöre ich Ihnen. Auch unter Eid. Natürlich hatte ich Angst um meine Stellung und wusste nicht wirklich weiter, aber Mord wäre mir nie in den Sinn gekommen. Und irgendwie bin ich auch froh, dass jetzt alles vorbei ist ..." Er nahm einen Schluck Wasser und lehnte sich in seinem Ledersessel zurück, kniff kurz die Augen zusammen und massierte sich mit zwei Fingern die Nasenwurzel, bevor er fortfuhr. „Einige Tage später habe ich mit Dr. Fürst gesprochen. Er sagte mir, er würde das Problem jetzt selbst in die Hand nehmen, und ich müsste mir keine Sorgen mehr machen. Ich habe dann erst mal darauf vertraut und dachte mir, dass er schon alles vernünftig regeln würde. Er ist ja schließlich Anwalt. Ich habe ihn dann einige Tage später auf einem Empfang getroffen und wollte ihn auf die Sache ansprechen, aber er hat mir nur auf die Schulter geklopft und gemeint, ich solle mir keine Gedanken machen, es sei alles endgültig geregelt. Einen Tag vor dem Abschluss des Projekts habe ich dann alles erfahren." Der Minister nahm sich einen weiteren Cognac und trank langsam ein paar Schluck, während ihn die beiden Kommissare gespannt musterten. „Dr. Fürst hatte die beiden Referendare getrennt zu sich eingeladen. Marcel war wohl ganz vernünftig und hörte sich den geschäftlichen Vorschlag an. Thomas wollte aber nichts mehr davon wissen. Er kündigte noch in dem Gespräch seinen Job bei der Kanzlei und wollte gleich am nächsten Tag an die Presse gehen. Dann ging alles ziemlich schnell. Dr. Fürst einigte sich mit Marcel darauf, dass er ihn fest in die Kanzlei übernehmen würde, egal, welche Note er im Examen schaffen würde. Er sicherte ihm vertraglich eine Partnerkarriere zu und ein Gehalt von mindestens zweihunderttausend Euro pro Jahr. Dafür musste Marcel ihm aber noch einen Gefallen tun. Er sollte sich abends mit seinem jungen Kollegen treffen, ein Bier trinken gehen und ihm dort die K.o.-Tropfen ins Getränk geben. Für diesen kleinen Auftrag hatte Dr. Fürst außerdem versprochen, ihn sofort im Anschluss für ein Jahr in das Büro der Kanzlei nach Rio zu schicken, bis Gras über die Sache gewachsen war. Dabei scheint aber irgendetwas schiefgelaufen zu sein, denn er war ja wohl zuerst noch in Frankreich?", fragte er. Die beiden Kommissare nickten. „Jedenfalls hatte Marcel den Auftrag, mit dem bewusstlosen Kollegen zu warten, bis der Praktikant, dieser Tobias hinzukäme. Der stammt aus armen Verhältnissen, und Dr. Fürst hatte ihm versprochen, ihm das gesamte Studium an einer Privatuniversität zu finanzieren, wenn er für ihn eine kleine Sache erledigen würde. Die beiden haben Thomas dann aus der Bar geschleppt, sind mit einem Fischkutter raus auf die Ostsee gefahren und haben ihn in einem lecken Beiboot mitten auf See ausgesetzt. Auf dem Weg zum Boot ist ihnen der Referendar wohl auch noch abgerutscht und ihm ist dabei ein Schneidezahn herausgebrochen. Den Rest kennen Sie ja", schloss Dr. Blum seine Erzählung. „Und dann haben die beiden gehofft, dass das Boot sinkt, bevor er wach wird und vielleicht noch das Ufer erreicht, oder was sollte das werden?" fragte Jan. Der Politiker schüttelte den Kopf. „Ich habe Ihnen alles gesagt, was ich weiß. Vielleicht wollten sie dem Thomas auch nur eine Lektion erteilen. Da müssten sie schon Dr. Fürst oder Marcel fragen." Nadja stand unvermittelt auf. „Vielen Dank, Sie haben uns sehr geholfen. Ich muss Sie allerdings bitten, sich in einer Stunde bei uns auf dem Präsidium einzufinden und Ihre Aussage zu wiederholen."

Jan fröstelte, als sie draußen vor dem Gebäude standen. „Jetzt wissen wir alles und irgendwie auch wieder nichts. Glaubst du ihm seine Aussage oder meinst du, er will sich nur selbst schützen?" Nadja zuckte mit den Schultern und zündete sich eine Zigarette an. „Für mich klang er zwar glaubwürdig, aber wir werden die Aussage wohl noch überprüfen müssen." Ein leichter Nieselregen hatte eingesetzt. Jan blieb unter dem Vordach stehen und schlug den Kragen seiner Jeansjacke hoch. „Kommst du?", rief seine Kollegin ihm zu, die schon auf dem halben Weg zum Auto war und sich nach ihm umdrehte. „Wir haben viel zu tun – einen Staranwalt verhören, seinen Praktikanten und seinen Referendar verhaften, die Kleidung der beiden vom Abend der Tat nach dem Blut des Opfers untersuchen und den bisher größten Kauf eines Solarparks in der Geschichte Deutschlands rückgängig machen!"

Lisa Huth

Grenzerfahrung

Cattenom, Samstagnachmittag
Cattenom-Direktor René Lafitte hatte sich in sein Büro zurückgezogen. Eben noch hatte er zu den 15.000 Demonstranten gesprochen. Sie waren überwiegend aus Deutschland und
aus Luxemburg angereist. Besonders dramatisch: das Die In.
Aus Lautsprechern hatten sie eine Sirene ertönen lassen und
waren alle im selben Moment zu Boden gesunken. Sehr eindrucksvoll.
Er seinerseits hatte vom Klimakiller Nummer Eins gesprochen, dem CO_2. Dem Treibhausgas hatte die Welt seit der
Konferenz von Rio den Kampf angesagt, aber Deutschland
hatte mit dem Ausstieg aus der Atomenergie wieder seine
Kohlekraftwerke angeheizt und damit den CO_2-Ausstoß in die
Höhe getrieben. Er hatte eine Videotafel aufstellen lassen, auf
der angezeigt wurde, wie viel CO_2 etwa das Kohlekraftwerk
im saarländischen Ensdorf in die Luft wirbelte. Frankreich
dagegen mit seinen 58 Atommeilern würde für die Umwelt
sauberen Atomstrom liefern. Die Menge hatte höhnisch aufge-
lacht. „Fukushima, Fukushima", hatte sie skandiert und „nicht
beherrschbar" gemeint. Ja, Herrschaftszeiten. Das beschauli-
che Cattenom lag auf dem Festland. Im deutsch-französisch-
luxemburgischen Dreiländereck. Hier gab es keine Tsunamis.
Nur die Mosel. Und schon gar keine Erdbeben der Größenord-
nung von Fukushima. Sie hatten den Mittelwert der Erdbeben
in den vergangenen tausend Jahren genommen und sich auf
das Doppelte vorbereitet. Auch das hatte er den Demonstranten erklärt. Dass Frankreich ein Hightechland sei. Die Technik
des AKW bis ins letzte ausgefeilt sei. Wieder ein höhnisches
Auflachen. Diese arroganten Deutschen mit ihrem Bild der
unerreichten deutschen Ingenieursausbildung. Glaubten sie,
in Frankreich gäbe es keine hoch spezialisierten Ingenieure,
dass die Deutschen das technische Know-how für sich allein
gepachtet hätten? Wütend drückte er auf den Knopf, um den

Rechner hochzufahren. Ein Geräusch ließ ihn zur Tür blicken. „Keine Störung", wollte er sagen. Doch der Mund blieb ihm offen stehen. Er blickte in die Mündung eines Revolvers. Ein Schuss löste sich, streckte ihn zu Boden. Er hörte, wie sich Schritte entfernten. Das Gelände von Cattenom ist ein Hochsicherheitsbereich, schoss ihm durch den Kopf. Wie hatte dieser Mann es bis hierher geschafft? Dann schwanden ihm die Sinne.

Dreiländereck, später Samstagnachmittag
Ich starrte auf mein Handy. Was ich da eben gehört hatte, konnte nicht sein.
Eben noch hatten wir demonstriert, jetzt saßen wir gemeinsam mit den Lothringern und Luxemburgern im „Au pied du Château" in Manderen. Am Fuße des Schlosses zu Malbrouck. Die Besitzer des Restaurants waren Aktivisten gegen Cattenom. Einige der wenigen, die es in Lothringen gab. Die meisten kamen prima klar mit dem Ungetüm direkt vor ihrer Haustür. Ich selbst hatte früher von Amts wegen gar keine Meinung gehabt. Damals hatte ich nämlich noch auf der anderen Seite gestanden. Also, richtig auf der anderen Seite. 30 war ich damals. Musste die Meute in Schach halten, die gegen Cattenom demonstrierte. Das war 1980. Langhaarige Jutesackträger. Ungewaschen, mit struppigen Bärten und in Norwegerpullovern. Ungepflegte Studenten, die zu viel Zeit hatten. Was haben wir sie verachtet! Wir, die einer anständigen Beschäftigung nachgingen, Steuern zahlten und einen nützlichen Dienst für die Gesellschaft leisteten. Und uns ständig mit diesen Terroristen herumschlagen mussten.
Seit zwei Jahren bin ich pensioniert. Und sehe die Dinge ganz anders. Aber das, was mir mein Gesprächspartner eben mitgeteilt hatte, machte mich erst einmal wortlos. Gleich nach der Demo war der Cattenom-Direktor angeschossen worden. Er lag im Koma.
Ich sah mich im Restaurant um. Eine bunt gewürfelte Menge von fröhlich schwatzenden Leuten. Die meisten kannte ich seit Jahren. Ich hob die Hände und brachte sie zum Schweigen. Entsetzte Blicke nach meinem Bericht. Nein, einige schauten

zufrieden. Als hätte Lafitte es verdient. Radikale, auch heute noch? Julien schaltete das Radio ein. France Info. Und alsbald hörten wir einen Reporter die Ereignisse schildern. Die Demo, das anschließende Attentat. Jetzt begriffen auch die Letzten, dass wir damit in Zusammenhang gebracht wurden.

„Aber offenbar ist er doch auf dem Gelände erschossen worden", sagte einer, „angeschossen", verbesserte ihn ein anderer, „ja, angeschossen. Jedenfalls ist das ein Hochsicherheitstrakt. Da muss man durch zig Sperren und Kontrollen hindurch. Und denkt mal an die ganze Polizei, die um uns herum gestanden ist. Das kann keiner von der Demo gewesen sein."

Das leuchtete ein. Die Vermutungen schossen ins Kraut.

„Vielleicht war es der Mann seiner Geliebten."

„Oder seine eigene Frau."

„Oder die Geliebte selbst."

Einige kicherten. Die Franzosen blickten betreten ob der ewigen Klischees über ihr Sexualleben.

„Vielleicht jemand aus der Arbeiterschaft", lenkte einer der Luxemburger die Überlegungen in eine andere Richtung.

Julien schüttelte den Kopf. „Die werden gut bezahlt. Klar, gibt es Konflikte zwischen der Gewerkschaft und der Leitung der Zentrale, aber gleich auf ihn schießen?"

Ja, das war der Punkt. Mein Polizistenhirn fing an zu arbeiten.

„Man müsste das Motiv kennen. Aber was anderes: Es gibt garantiert zahllose Kameras auf dem Gelände. Da ist der Täter bestimmt gefilmt worden."

„Genau, der muss ja auch wieder vom Gelände runter."

„Das schafft der nicht ungesehen."

„Den haben sie bestimmt bald."

„Das kann ganz sicher keiner von den Demonstranten gewesen sein."

Wir diskutierten noch eine Weile, aber die gute Stimmung nach der gelungenen Demo war verflogen. Die ersten brachen bald auf. Als wir aus der Tür des „Au pied du Château" traten, verabschiedete sich gerade die Abendsonne über dem Tal, beschien die auf der Anhöhe liegende Burg. Ein majestätischer Anblick.

Das abgelegene Tal führt nach Apach, einem der drei Grenzorte an der Mosel. Die Straßen aus dem französischen Apach, dem luxemburgischen Schengen und dem saarländischen Perl treffen sich in einem Kreisel vor der Moselbrücke. Daran, dass Schengen der europäischen Grenzöffnung den Namen gegeben hatte, dachten wir nur selten. Die Raucher fuhren nach solchen Demos meist noch über die Brücke nach Luxemburg, um sich an den Tankstellen günstig mit Zigaretten zu versorgen, die anderen kauften Kaffee, einige belgische Schokolade für die Kinder. Heute war das nicht möglich.

Die französische Polizei hatte die Grenze abgeriegelt. Offenbar hatten sie auf uns gewartet. Auf uns und andere deutsche Demonstranten, die in der Regel diesen Grenzübergang nahmen.

„Oh je, die Schwarzen", entfuhr es einem.

Da standen neben den Kollegen von der Gendarmerie die berüchtigten CRS-Polizisten, die erst draufhauten und dann Fragen stellten. Vor ihnen hatten selbst wir deutschen Polizisten Respekt. Nicht im positiven Sinne. Es waren Polizisten vom Schlag wie wir früher, Demonstranten wurden überwacht und wenn der Präfekt es für notwendig hielt, schlugen sie zu. Selbst in Deutschland, als sie vor ein paar Jahren Amtshilfe leisteten und einen Castor-Transport als Beobachter bis ins Wendland begleiteten. Die Fotos von einem CRS-Polizisten, der gegen einen sitzblockierenden deutschen Demonstranten gewalttätig wurde, machte die Runde im Internet. Deeskalation war für den französischen Staat ein Fremdwort. Tja. Und gerade war ein hoher Staatsbeamter angegriffen worden.

Wir waren inzwischen alle ausgestiegen und standen um unsere Autos herum. Ich sah, dass den anderen mulmig war. Mir ging es nicht besser. Aber das half nichts, ich hatte von den 30 Leuten, die mit mir unterwegs waren, die besten Karten. Obwohl ich keinen der Kollegen kannte, ging ich hin und stellte mich als früheren Polizisten vor. Ich wusste, sie durften uns nicht filzen, nur die Papiere kontrollieren. Es sei denn, sie hätten einen konkreten Verdacht oder sähen Gefahr im Verzuge. Also tat ich das, was ich den anderen Demonstranten im Bezug auf Polizisten immer riet: freundlich und vor allem ruhig bleiben. Mit Erfolg. Sie ließen sich unsere Ausweise zeigen und uns dann ziehen. Erleichterung allenthalben.

Saarbrücken, früher Samstagabend
Ohne anzuhalten fuhr ich nach Saarbrücken durch, setzte meine Begleiter ab und rief Franz an. Der wusste schon Bescheid. Wir verabredeten uns bei Helma im Nauwieser Viertel. Seit dem Beginn unserer Freundschaft trafen wir uns dort. Helma war zehn Jahre älter als wir beide, suchte seit einiger Zeit einen Nachfolger. Franz und ich waren froh bei jeder Absage, die sie bekam. Sie war ein patenter Kerl, hörte unparteiisch zu, sagte auch mal, was sie dachte, und hatte uns beiden in privaten Dingen oft genug den Kopf gewaschen. Franz verdankte nur ihr, dass er heute noch verheiratet war. Meine Ehe war schon geschieden, als Helma in mein Leben trat. Aber daran mochte ich jetzt nicht denken.
Franz erzählte mir, was er wusste. Die Kugel sei aus nächster Nähe abgeschossen worden, habe aber das Herz des AKW-Direktors verfehlt. Die Auswertung der Videoüberwachung habe einen Verdächtigen ergeben. Dieser müsse allerdings genau gewusst haben, wo die Kameras sind und habe sein Gesicht mit seinem hochgestellten Jackenkragen und einer Schirmmütze verdeckt. Dunkle Sonnenbrille. Nichts richtig zu erkennen. Alle auf dem Gelände seien verhört worden oder noch beim Verhör.
Woher er das alles schon wieder wusste?
„Quellen", sagte er und legte sein spitzbübisches Lächeln an den Tag.
Er hatte oft bessere Quellen als ich. Früher hatte ich einen ordentlichen Brass auf ihn gehabt. Nicht wegen der Quellen. Franz berichtete für das Nachrichtenmagazin über den Südwesten. Eigentlich war er in Frankfurt stationiert, wegen der Liebe aber im Saarland gelandet und geblieben. Zu seiner regelmäßigen Berichterstattung gehörten auch die Demos gegen Cattenom. Wir von der Polizei waren bei ihm nie gut weg gekommen. Nicht nur ich hatte ihn als Feind und Schmierenschreiber betrachtet, bis wir beide uns mit den Hunden über den Weg gelaufen waren. Wir nahmen morgens und abends dieselbe Strecke am Saarufer und unsere Hunde freundeten

sich an. Erst nickten wir uns nur zu, dann wechselten wir das ein oder andere Wort und irgendwann landeten wir erst im Biergarten am Staden, dann in einer Kneipe am Sankt Johanner Markt. Nach einer durchzechten Nacht versicherten wir einander, uns gar nicht so übel zu finden.

Dann kam auch die Nummer mit der Deeskalation bei der Polizei. Wir nahmen fortan die Demonstranten nicht mehr als Übel- oder Gewalttäter wahr. Sie übten nur ihre legitimen Rechte aus, und wir machten eben unseren Job im Sinne der öffentlichen Ordnung.

Damals fing ich an, auch die Sache mit der Atomkraft anders zu sehen. Interessanterweise änderte auch Franz seine Ansichten, nur in die andere Richtung. Von ihm hörte ich in letzter Zeit sogar immer kritischere Töne, vor allem über die Energiewende. „Wir schalten die Atommeiler ab. Okay. Und dann? Wir demonstrieren gegen Solarparks, gegen Windräder, gegen Überlandleitungen. Im Prinzip sind wir gegen alles. Wir fahren die Kohlekraftwerke wieder hoch. Gegen die sind wir natürlich auch. Aber machen dann die Augen zu. Der Atomausstieg bedeutet 130 Millionen zusätzliche Tonnen CO2 im Jahr, zu den 330, die wir ohnehin in die Luft blasen. Und! Wir lassen unsere Kohle jetzt um die halbe Welt schippern. Ist dir eigentlich klar, dass der Anteil der erneuerbaren Energien im Saarland gerade mal bei sechs Prozent liegt?"

Das mochte ich an Franz. Vielleicht nicht, dass er sich so aufregen konnte. Sondern, dass er als überzeugter Atomkraftgegner nach dem Wort „abschalten" das Weiterdenken nicht ausblendete.

„Wir können nicht bei der Atomkraft bleiben", hatte ich dagegengehalten.

Wie sich die Zeiten änderten. Früher hatte ich für die Atomkraft plädiert. Dass eben keine Technik wirklich beherrschbar sei. Bei unseren Diskussionen damals waren die Fetzen geflogen. Heute demonstrierte ich selbst gegen Cattenom.

Aber Franz hatte trotzdem recht. Die Industrienation Deutschland manövrierte sich in eine Sackgasse.

Wir schwiegen über unserem Bier.

„Glaubst du, es war einer der Demonstranten?", meinte ich dann.

„Keine Ahnung. Du hast doch noch Freunde bei der Gendarmerie, könntest du nicht mal nachhören, was die so meinen?" Ich sah die Nummern in meinem Handy durch. Rief ein paar alte Kollegen an, mit denen wir bei grenzüberschreitenden Einsätzen zusammengearbeitet hatten. Sie wussten nichts. Jacques, mit dem ich mich bei den Demo-Einsätzen angefreundet hatte, ging nicht dran.

Franz blickte nachdenklich. Zog dann Ausdrucke aus einer Mappe.

„Ich hab das hier von einem EDF-Mitarbeiter bekommen. Da geht es um verrostete Klappen, Ventile und Verbindungsstücke in Atomkraftwerken. Die EDF hat offenbar beschlossen, sie nicht auszutauschen, bis sie kaputtgehen."

Ich sah, dass es sich um Kopien von Original-Dokumenten der EDF handeln musste. „Wo ist der Zusammenhang?"

„Ich weiß es eben nicht. Der Electricité de France hat alle ihre AKWs untersuchen lassen. Und offenbar beschlossen, die Ergebnisse für sich zu behalten. Es gibt aber Leute bei der EDF, die das nicht mehr mittragen wollen. Von wegen Beherrschbarkeit."

„Oder besser Nicht-Beherrschbarkeit."

„Genau. Willentliche."

„Trotzdem: Wo ist der Zusammenhang?"

„Das versuche ich gerade herauszufinden. Ich kenne die Beweggründe meines Kontaktmanns bei der EDF noch nicht. Mir scheint, da steckt was Persönliches hinter."

„Sitzt der Mann in Cattenom?"

„Nein, er ist von der EDF direkt, er arbeitet in keinem AKW."

„Und gilt das, was da steht, auch für die Verbindungsteile hier bei uns in Cattenom?"

„Offenbar."

„Hm. Ich krieg das nicht in Beziehung zueinander. Na ja, und wegen defekter Ventile begeht man nicht gleich ein Attentat." Franz nickte nachdenklich vor sich hin. „Ja, es muss wohl was anderes sein."

Paris-Banlieue, Sonntagvormittag

„Ich will nur Butter und keine Konfitüre auf dem Baguette", krähte Claire. Léon versuchte derweil am Café au Lait zu nippen. Elodie gab ihm einen zärtlichen Klaps auf die Finger. „Nein, der Kaffee ist für uns, da habe ich deinen Kakao." Sie drehte die Musik lauter und tänzelte durch die Küche.

David betrachtete das fröhliche Bild, als habe er nichts damit zu tun. Das Gesicht des Cattenom-Direktors, als er auf ihn zielte, hatte ihn bis in den Schlaf verfolgt. Heute Morgen in den Nachrichten hatte es geheißen, er läge weiterhin im Koma. Einerseits war er erleichtert, dass er nicht zum Mörder geworden war. Andererseits war das nicht genug. Ich muss ins Krankenhaus, dachte er.

Sie hatten Lafitte ins Pariser Militärkrankenhaus gebracht. Da würde es vor Sicherheitsleuten nur so wimmeln. David wusste nicht, was er machen sollte. Wie er es machen sollte. Er nahm einen Schluck von seinem Kaffee. Heute Nachmittag würde er hingehen und die Lage sondieren.

Saarbrücken, kurz nach Mittag

Wir saßen wieder bei Helma, dieses Mal am Tresen. Franz hatte seinen Laptop dabei, recherchierte im Internet.

„Ich habe mit den französischen Atomkraftgegnern Kontakt aufgenommen. Die haben die Unterlagen inzwischen auch. Sie kennen keinen, der deswegen so gewaltbereit sein könnte."

„Was heckt ihr zwei Helden denn aus?" Helma stellte uns zwei Tassen schwarzen Kaffees hin.

„Ach, es geht um das Attentat auf den Direktor von Cattenom."

„Ja, habe ich im Radio gehört. Wisst ihr, was ich denke?"

Sie wartete nicht, bis wir darauf antworteten.

„Das war keiner der Demonstranten. Da geht es um den Direktor selbst."

„Das denke ich auch, obwohl ich nicht weiß, was wirklich dafür spricht", wandte ich ein. „Er hatte keine Geliebte und auch sonst gibt es kein Dossier über ihn." Wenigstens das hatte ich von den französischen Kollegen in Erfahrung bringen können.

„Ein reiner Karrierist, der sich in verschiedenen Atomkraftwerken hochgedient hat. Die Kollegen in Frankreich haben nicht den kleinsten Fleck auf seiner Weste gefunden. Demnächst sollte er in der Verwaltungsspitze der EDF landen."

„Und der hatte keine Geliebte?" Helma verzog schmunzelnd das Gesicht, während sie die Gläser polierte.

„Jedenfalls zum jetzigen Zeitpunkt nicht." Ich lächelte zurück.

„Ich denke trotzdem, es war was Persönliches."

„Da hab ich was", sagte Franz. Er starrte auf den Laptop-Bildschirm. „Hier in diesem Blog von einem Stop-nucléaire-Aktivisten steht, es habe in einem der AKWs einen Vorfall gegeben, bei dem mehrere Arbeiter verstrahlt worden sind. Lafitte habe es vertuschen wollen."

„Von wann stammt die Eintragung?"

„Ist schon älter, ich musste eine Weile suchen."

„Mehr gibt es nicht?"

„Nein, das ist das einzige Mal, dass er mit so einer Geschichte bei den AKW-Gegnern auftaucht. Ansonsten nur eine Biografie und eine gelegentliche Erwähnung, wenn es wieder was Neues aus Cattenom zu berichten gibt: Einweihung eines Umweltgebäudes, Umwelttage in Cattenom und solche Dinge halt. Ach ja, und die Stresstests. Da betont er immer wieder, dass alles bis auf ein paar Kleinigkeiten für in Ordnung befunden wurde und dass die französische Regierung nicht die geringste Absicht habe, Cattenom zu schließen."

Wir grübelten weiter. Auch wenn nichts direkt darauf hindeutete, mir schien ein persönliches Motiv das Wahrscheinlichste zu sein.

„Wenn ihr das Motiv habt, habt ihr den Mann", sagte Helma in meine Gedanken hinein.

Ich lächelte Helma an. Sie hatte in all den Jahren einiges von Franzens und meiner „Ermittlungsarbeit vom Tresen aus" mitbekommen. „Ja, dann haben wir den Mann", wiederholte ich.

„Ist das denn sicher, dass es ein Mann ist?"

„So sieht es jedenfalls auf den Überwachungsvideos aus."

„Also, das ist doch ..." Franz malträtierte seine Tastatur. Dann verstummten die Tastenschläge, und auch Franz sagte nichts mehr.

„Also?", fragte ich.

„Hm. Es wurden fünf Männer verstrahlt. Einer davon hieß Schmerber. Den Namen kenne ich." Er hackte wieder auf der Tastatur herum, als wäre es eine Adler Gabriele von 1956.

„Stammt ursprünglich aus dem Elsass", meinte er dann.

„Wer?"

„Der Name. Eher selten."

„Und wie hilft uns das jetzt weiter?"

Franz stand auf. „Ich muss mal telefonieren." Offenbar konnte er das nicht hier am Tresen tun.

„Ist ein guter Journalist", sagte Helma. Ich nickte. Da war Franz schon wieder da.

„Er geht nicht ran."

„Wer nun? Spann uns nicht auf die Folter."

Franz sah Helma und mich an. „Das kann ich euch nicht sagen." Klar. Er hatte versucht, einen seiner Informanten anzurufen.

Paris, früher Nachmittag

David dachte an das sonnendurchflutete Frühstück am Morgen. An Elodie, Claire und Léon. Er würde sie für immer verlieren.

Gib dir einen Ruck, dachte er. Betrat das Krankenhaus. Er war die Sache immer und immer wieder durchgegangen. Am Ende würden sie ihn fassen, das war nicht mehr zu verhindern. Aber seit dem Schuss in Cattenom war sowieso alles verspielt. Der Flur war menschenleer. Noch saßen die Pariser beim sonntäglichen Mittagessen. Zeit für Besuche war später. Die Tür zum Raum 3141 stand einen Spalt offen. Eine Schwester beugte sich gerade über den einzigen Patienten. Wenigstens das hatte er für seinen Bruder tun können. Dass er nicht mit vier anderen Leuten auf einem Zimmer liegen musste.

Die Schwester kam heraus, mit ihr entwichen Geräusche der zahlreichen Geräte, an die sein Bruder angeschlossen war.

„Er schläft zurzeit", sagte sie freundlich professionell im Vorbeigehen. David nickte. Nahm einen Stuhl, setzte sich an Anthonys Bett, legte die Hand auf dessen Arm.

Was hätten sie nicht alles gemeinsam erreichen können. In ihrer Familie war es nicht einfach gewesen, als sie klein waren, aber sie beide hatten immer zusammengehalten. Das Abitur problemlos gepackt, dann beide Ingenieurswissenschaften studiert. Anthony hatte aber immer gerne und viel getrunken. Im Studium noch geheiratet, ein Kind bekommen, dann kamen die Drogen ins Spiel. Er hatte alles verloren und war schließlich auf der Straße gelandet, zu stolz, ihn um Hilfe zu bitten.

Bekannte aus dem Elsass hatten David schließlich angerufen und in Bewegung gesetzt. Er hatte seine Kontakte spielen lassen, doch niemand wollte Anthony mit seiner Vorgeschichte haben. Schließlich brachte er ihn bei dieser Personalfirma unter, die Leiharbeiter in die Atomkraftwerke entsandte. Diejenigen, die den radioaktiven Müll rausholten, Wartungsarbeiten machten. Die Drecksarbeit eben. Vor ein paar Jahren dann der Strahlenunfall.

Seit vier Wochen lag Anthony jetzt im Krankenhaus. Die Familie hatte dafür gesorgt, dass er hier behandelt werden konnte. Die Leiharbeitsfirma wechselte die Arbeiter schlauerweise alle drei Jahre aus. Wer krank wurde, konnte sich dann nicht mehr an sie wenden. Und musste nachweisen, dass die Arbeit in den AKWs Schuld daran gewesen war. Ein Ding der Unmöglichkeit. Was Anthony ihm erst jetzt erzählt hatte, die Leiharbeiter wurden quer durch Frankreich von Meiler zu Meiler geschickt, legten im Jahr tausende Kilometer zurück, in eigenen Autos, selbst das Benzin für die gefahrenen Kilometer mussten sie selbst bezahlen. Die EDF-Mitarbeiter in den AKWs verdienten vergleichsweise gut, die Leiharbeiter jedoch bekamen nicht mehr als den Mindestlohn. Als sie für eine bessere Entlohnung gestreikt hatten, hatte er in einem Zeitungsartikel gelesen, dass man sie „Nomaden" nannte. Mein Bruder, ein Nomade, hatte er bitter gedacht.

Der Strahlenunfall hätte zu einer Rente führen müssen. Doch René Lafitte als der damals zuständige Abteilungsleiter hatte alles unter den Teppich gekehrt. Offiziell waren weder Leib noch Leben der Arbeiter gefährdet gewesen. Außerdem habe das AKW damit nichts zu tun, das sei ohnehin Sache der Leiharbeitsfirma. Auch danach hatte Lafitte nie wieder nach den verstrahlten Männern gefragt.

„Ich habe dich gerächt", sagte David und streichelte die Hand seines Bruders.

Fast. Noch war es nicht vorbei.

Wie sollte er ins Militärkrankenhaus hineinkommen? Als Pfleger, als Lieferant, als Besucher? Er bräuchte mehr Zeit.

Saarbrücken, später Nachmittag

Ich grübelte, ob ich den Namen, den Franz genannt hatte, an meine französischen Kollegen weitergeben sollte. Franz vertraute mir. Aber hier handelte es sich um eine Straftat. Der zuständige Untersuchungsrichter sollte es wissen. Falls sie nicht ohnehin bereits auf dieselbe Spur geraten waren. Mitten in mein Ringen mit mir selbst klingelte das Handy. Franz war dran.

„Kann ich bei dir vorbeikommen?"

„Klar."

Franz wollte vertraulich mit mir reden, das konnte er am besten bei mir. Anders als er hatte ich meine Ehe nicht retten können. Gescheitert wie viele Polizistenehen. Meine Kinder waren längst groß, hatten studiert und wohnten nicht mehr im Saarland. Meine Ex-Frau traf ich manchmal in der Bahnhofstraße. Dann wechselten wir ein paar Worte über Belanglosigkeiten. Wir hatten uns nichts mehr zu sagen.

20 Minuten später saßen wir an meinem Küchentisch, zwei Bier und den unvermeidlichen Laptop zwischen uns.

„Also", ermunterte ich ihn.

„Ich bin sicher, dass wir auf der persönlichen Spur sind, die wir gesucht haben. Der verstrahlte Schmerber und mein Informant sind Brüder. Stammen aus dem Elsass, der eine hat bei der EDF Karriere gemacht, der andere ist bei dieser Leiharbeitsfirma gelandet, frag mich nicht, warum."

Ich nickte bedächtig. „Wir sollten es der französischen Justiz weitergeben."

„Ich möchte zuerst mit dem Bruder reden."

„Das geht so nicht. Wir sind nicht die ermittelnden Behörden."

„Das ist meine Story." Franz sprach jetzt eindringlich. „Erst will ich mit dem Bruder reden, dann die Story online veröffentlichen. Wenn ich sie denn wasserdicht bekomme. Und dann können wir deine Freunde informieren."

Mir kam ein anderer Gedanke. „Vertuschte Strahlenunfälle. Das wird Cattenom einen Schlag versetzen."

Franz blickte müde. „Du glaubst doch nicht, dass sie wegen so was ein AKW abschalten." Bevor ich was erwidern konnte, hatte er zu einer seiner Reden angehoben. „Wenn du die Franzosen überzeugen willst, musst du es schaffen, von deiner eigenen Position zurückzutreten und einmal anders auf die Sache zu blicken. Wir hier in Deutschland haben alles kapiert, aber nichts im Griff. Ich war oft genug in Frankreich, um das Kopfschütteln der Franzosen mitzubekommen. Wir sollen ein Vorbild sein? Mit einer Energiewende, die nicht stattfindet? Wenn wir wollen, dass sie was machen, müssen wir versuchen, sie zu verstehen und darauf eingehen. Wusstest du, dass das deutsche Trauma von der Inflation und der harten D-Mark beziehungsweise dem harten Euro ein Pendant auf französischer Seite hat? Das Trauma, dass sie sich nicht selber mit Strom und Energie versorgen können! Wir denken immer nur an die Energielobby, die den Ausstieg in Frankreich verhindert. Aber für die Franzosen bedeutet Atomstrom, autark zu sein und vor allem, der kompletten Bevölkerung billigen Strom anbieten zu können. Die Vorstellung vom Aus für die Nuklearindustrie ist für die Franzosen verbunden mit der Angst vor Mondpreisen für den Strom, der Vorstellung von Erfrieren im Winter und der Abhängigkeit von internationalen Multis. Wenn wir sie also überzeugen wollen, die AKWs abzustellen, dann müssen wir ihnen zeigen, dass ein Umstieg, ein schneller Umstieg auf alternative Energien möglich ist. Und da haben wir versagt."

Ich nickte. Wollte ihn nicht zu einer weiteren Tirade reizen. Innerlich stimmte ich ihm zu. Wir wollten was von den Franzosen, also sollten wir auf sie zugehen. Aber dieses Atomkraftwerk direkt an der Grenze machte jedem in der Region Angst. Die Luxemburger hatten seinerzeit auf den Bau eines eigenen Atomkraftwerks verzichtet. Nicht nur die Bevölkerung demonstrierte von Anbeginn an dagegen, auch die konservative Regierung ließ keine Gelegenheit aus, die Abschaltung zu verlangen, weil bei einem nuklearen Unfall das ganze Land hinweggefegt werden könnte. Die Rheinland-Pfälzer wie die Saarländer hatten ebenfalls bis in die Landesregierungen hinein zahllose Aktionen geplant und unternommen. Nichts davon hatte die Franzosen beeindruckt oder veranlasst, über ihre „AKWs-direkt-an-den-Außengrenzen"-Politik auch nur nachzudenken. Geschweige denn, die Meiler abzustellen. Die neue Regierung sprach nun von einer Reduzierung der Atomstromproduktion – auf sehr lange Sicht.

Einen Erfolg hatte die Anti-AKW-Bewegung allerdings verbucht: Der neue Präsident hatte versprochen, die Reaktoren im elsässischen Fessenheim auszuschalten. Allerdings erst zum Ende seiner Amtszeit. Bis dahin würde noch viel Wasser den Rhein hinunterfließen. Aber immerhin. Cattenom jedoch werde eine Laufzeit von 60 Jahren haben. Das war gerade wieder bestätigt worden. Darum die Hoffnung, dem AKW auf andere Weise den Hahn abdrehen zu können.

„Du versprichst mir, den Mund zu halten", brach Franz in meine Gedanken. Er sah mich forschend an.

Ich versprach es.

„Ich hab schon mehrfach versucht, diesen David Schmerber zu erreichen, aber er geht nicht ans Handy."

„Meinst du, er ist untergetaucht?"

„Ich fürchte Schlimmeres. Dass er die Tat vollenden will."

„Dann müssen wir ..."

„Gib mir noch Zeit bis morgen früh, okay?"

Widerwillig stimmte ich zu.

Er war noch nicht zur Tür hinaus, da klingelte das Handy wieder. Dieses Mal war es Jacques, mein alter Kumpel aus grenzüberschreitenden Zeiten. Er habe gehört, ich sei bei der Demo dabei gewesen. Ja, sagte ich und gab zu, dass ich selber ein wenig recherchierte, weil ich nicht glaubte, es sei einer der Demonstranten gewesen. Das dächten sie inzwischen auch nicht mehr, meinte Jacques. Sie hätten die Person mit der Basketballmütze identifiziert. Ganz mysteriöse Geschichte. Ein gewisser Anthony Schmerber. Der läge aber zum Sterben krank in einem Pariser Krankenhaus. Mein Polizistenherz brannte darauf, Jacques von seinem Bruder zu berichten. Bis morgen früh, hatte ich Franz versprochen. Oh je. Unsere Freundschaft wurde auf eine harte Probe gestellt.

Paris, früher Abend
David stand unschlüssig an der Bushaltestelle vor dem Militärkrankenhaus. Er hatte bis jetzt keine Idee, wie er die Wachen austricksen sollte. So wie in Cattenom konnte er es nicht machen. Es war ein genialer Coup gewesen. Er hatte unter dem Namen seines Zwillingsbruders bei der Leihfirma angeheuert. Die waren gar nicht auf die Idee gekommen, dass sich einer Jahre später erneut bewerben könnte. Dem Anschein nach hatten sie ihn jedenfalls nicht darauf überprüft. Die ersten Aufträge hatte er abgelehnt, bis es hieß: Es geht nach Cattenom. Da hatte er sich Urlaub genommen.
Wieder klingelte sein Handy. Eine deutsche Nummer. Telefonieren würde ihn unauffälliger aussehen lassen. Also nahm er das Gespräch an. Es war dieser deutsche Journalist, dem er die Kopie der Studie über die Klappen, Ventile und Verbindungsteile zugespielt hatte.
„Sie haben nichts veröffentlicht", sagte er vorwurfsvoll zu ihm.
„Herr Schmerber, ich habe sie erst wenige Tage. Als Journalist muss ich das alles ja prüfen", verteidigte sich dieser.
David hatte gehofft, auf diese Weise die Direktion in Cattenom treffen zu können. Doch bislang war niemand auf das Thema eingestiegen.
„Haben Sie sie denn gelesen?"
„Ja."
„Und gesehen, was in den AKWs alles im Argen liegt?"
„Ja. Herr Schmerber ..."
„Und Sie machen nichts. Niemand macht etwas!"
Er hatte etwas getan.
Jeder, der in das Atomkraftwerk hinein wollte, wurde mehrfach kontrolliert. Unmöglich, eine Pistole mit hineinzunehmen. Aber es gab eine weitere Fremdfirma, die auf dem Gelände ein neues Gebäude für mittelradioaktiven Abfall errichtete. Den die Leute „seiner" Firma dann für den Abtransport fertig machen sollten. Die kamen mit Baggern. Auch die schweren Geräte wurden peinlichst genau untersucht. Aber er konnte

die Pistole, die er sich besorgt hatte, in kleinsten Teilen am Bagger befestigt hineinschmuggeln.

Und heute Abend würde er alles zu Ende bringen.

„Sagen Sie, Herr Schmerber, Sie haben doch einen Bruder ..."

David hörte wieder hin.

„... unter den Tisch gekehrt."

„Ja, warum wollen Sie das wissen?"

„Wie geht es ihm denn?"

„Schlecht, sehr schlecht."

„Und der jetzige Cattenom-Direktor hat die Sache damals unter den Tisch kehren lassen."

David wurde bleich. Was wusste dieser Journalist?

„Ich frage Sie einfach direkt, Herr Schmerber, haben Sie etwas mit dem Attentat auf Monsieur Lafitte zu tun?"

Entsetzt starrte David auf sein Handy. Drückte den Journalisten weg. Plötzliche Panik schnürte ihm die Luft ab.

Mit dem Wegdrücken war der Journalist jedoch nicht aus der Welt. Wenn der das wusste, wer wusste noch davon? David musste weg von hier. So schnell wie möglich weg. Wahrscheinlich lauerten sie ihm bereits auf.

Saarbrücken, früher Montagmorgen

Mein Handy riss mich aus dem Schlaf. Franz. Toll.

„Ich hatte dich ja gebeten, bis zum frühen Morgen zu warten, um dir dann das Okay zu geben."

„So früh musste es nun auch wieder nicht sein", brummelte ich missgelaunt. Streichelte Bijous Kopf. Die Schäferhündin freute sich, dass ich schon wach war. Ich hatte immer Schäferhunde gehabt, meist altgediente aus der Polizeihundestaffel. So mancher hatte seinen Lebensabend bei mir verbracht. So auch jetzt Bijou.

„Ich hab die ganze Nacht durchgearbeitet", sagte Franz, „der Artikel ist jetzt online. Du kannst nun reden, mit wem du willst."

So hielten wir unsere Versprechen. Franz war ein treuer Freund.

„Bleib mal dran."

Ich ging ins Netz, schaute, was er geschrieben hatte. Alles

noch im Konjunktiv, aber so ziemlich genau das, was wir herausgearbeitet hatten.

„Du kannst vielleicht noch was hinzufügen", sagte ich, „der Bruder liegt todsterbenskrank in einem Pariser Krankenhaus."

„Welches?"

„Weiß ich leider nicht. Aber ich kann mich gleich noch mal melden."

Ich riss meinerseits Jacques aus dem Schlaf. Berichtete ihm alles, was ich wusste. Darauf seien sie auch bereits gekommen, meinte er. Gestern Abend hätten sie die Wohnung des EDF-Bruders aufgesucht, er sei aber verschwunden. Nach ihm werde gefahndet. Also hatte ich mit meiner Zurückhaltung den Ermittlungsarbeiten nicht geschadet. Ich erfuhr noch den Namen des Krankenhauses, durfte ihn dieses Mal umgekehrt nicht weitergeben, schon gar nicht an Franz, weil sie damit rechneten, dass David Schmerber über kurz oder lang bei seinem Bruder auftauchen würde.

Ich fragte Jacques dann noch nach seiner Frau und seinen Kindern und wie das Pariser Leben so sei, erzählte ein bisschen aus meinem Leben in der Provinz. Zwischendurch hatte ich mir einen Kaffee gemacht und meine Lebensgeister waren zurückgekehrt. Wir gerieten schließlich ins Fachsimpeln und es wurde dann doch ein längeres Gespräch. Franz hatte ich längst vergessen. Am Ende versprachen wir, uns möglichst bald mal wieder zu treffen. Bevor ich mir den zweiten Kaffee aufbrühen konnte, stand Bijou Schwanz wedelnd vor mir. „Okay, altes Mädchen, jetzt drehen wir eine Runde um den Block", brummte ich und leinte sie an.

Paris, früher Morgen

David war die ganze Nacht durch Paris gelaufen. Hatte lange zwischen den Touristen an der Sacré Coeur gesessen. Den jede Stunde funkelnden Eiffelturm betrachtet, ohne ihn zu sehen. Immer wieder zog der Moment des Schusses auf René Lafitte durch den Kopf. Wie er die Pistole wieder unter dem Bagger versteckt hatte und sich kurz danach in die Menge der Leiharbeiter eingereiht hatte, um unbehelligt wieder rauszukommen. In der folgenden Nacht hatte er sich auf dem Gelände, wo der Bagger abgestellt war, die Pistole zurückgeholt. Er spürte sie in seiner Hosentasche.

Ihm war kalt.

Dann stand ihm wieder das Bild seines Zwillingsbruders im Krankenhausbett vor Augen. Seine Kinder, die ihn fragten, ob Onkel Anthony sterben müsse. Und ob er auch in den Himmel käme wie der Opa.

Seine Kinder. Claire, wenn sie ihn umarmte und einen feuchten Kuss auf seine Wange platzierte. Léon, der immer als erstes zu ihm kam, damit er seine neuesten Bastelarbeiten bewunderte. Würde Elodie ihn verstehen?

David biss sich auf die Lippen. Er sehnte sich nach der alten Normalität zurück. Nach der warmen Geborgenheit seiner heilen Familie.

Er schaltete sein Handy wieder ein. Elodie hatte die ganze Nacht über versucht, ihn zu erreichen. Aber auch andere. Nummern, die er nicht kannte.

Auf der Pont Neuf, der Brücke der Verliebten, unweit von Notre Dame, traf er einen Entschluss. Er wollte, er musste nach Hause. Seine Frau und die Kinder wenigstens noch einmal küssen. Was danach kam, hatte er nicht mehr in der Hand.

In einem unbeobachteten Moment warf er die Pistole in die Seine, bevor er die Treppen zur Métro hinabstieg.

Vor dem fünfstöckigen Wohnhaus stand ein fremder Wagen. Noch bevor David den Code für die Pforte gedrückt hatte, war er umzingelt.

Saarbrücken, zwei Stunden später

Bijou und ich waren dann doch die halbe Saar entlanggelaufen. Oder wenigstens fünf Kilometer davon. Unterwegs hatte ich mir ein paar Croissants besorgt und freute mich schon auf mein Frühstück. Als der Kaffee in die Kanne lief und der Duft durch die Wohnung zog, fuhr ich den Rechner hoch und rief die Online-Seite von Franzens Nachrichtenmagazin auf. „Du Hundskerl. Bist schneller als die Polizei erlaubt", entfuhr es mir. Welche seiner Quellen mein Freund in der Zwischenzeit wohl angezapft hatte?

„Attentäter von Cattenom-Direktor Lafitte gefasst" stand jetzt da. Ich überflog nur den Vorspann.

„Es handelte sich um einen Mitarbeiter des AKW-Betreibers EDF. Die Demonstranten, die kurz vor dem Schuss auf Lafitte noch vor den Toren des Kernkraftwerkes die Abschaltung gefordert hatten, wurden von jedem Verdacht freigesprochen. Nach Angaben der Behörden ist Cattenom-Direktor Lafitte mittlerweile außer Lebensgefahr."

Evelyn Leip

Gemeine Interessen

Ernst Hubert stand am Fenster. Sein Blick ging weit über die Felder. Diese Aussicht machte den Kopf frei. Er atmete tief ein. Felder, er musste sich um die Felder kümmern, sonst würde es nichts mit den staatlichen Zuwendungen.

Die sogenannte Energiewende konnte dem Dorf nur recht sein. Es gab genug Ackerflächen, die nicht mehr sinnvoll genutzt werden konnten. Der Bedarf an Energie würde schließlich weiter steigen, auch wenn alle vom Stromsparen sprachen und ein kleiner Boom bei den Solaranlagen eingesetzt hatte. Die allerdings wurden nicht mehr gefördert, was deren Aufschwung einen Dämpfer versetzt hatte. Hubert hatte die Neuigkeit mit Genugtuung vernommen. Die Idee von Windsweep war besser und würde dem Gemeindesäckel satte Steuereinnahmen bescheren. Die würde Hubert dann nach Gutdünken verteilen. Eine Hand wusch schließlich die andere. Sie würden ihm dankbar sein, die Bürger seiner Kleinstadt, die Mitarbeiter der Gemeinde, die geförderten Projekte, die Partei. Und Dankbarkeit schuf neue Gefälligkeiten, neues Verteilen, das Netz wuchs. Er rieb sich die Hände. Nur so konnte eine Gemeinde funktionieren. Gegenseitige Hilfe, ein wenig Vetternwirtschaft, ein wenig Protektionismus, und am Ende profitierten alle. Der Kontakt mit Windsweep war Gold wert.

Allerdings musste der Starrsinn einiger Bauern gebrochen werden. Die wollten ihre Äcker nicht verkaufen. Wollten keine Windräder in der Landschaft sehen. Er dachte vor allem an Markus Wenninge. Angeblich hing Wenninge an seinen Feldern, die seit einer Ewigkeit im Besitz seiner Familie waren, sodass er sich nicht von ihnen trennen konnte. Dabei sollte er sie gar nicht alle hergeben. Zwei jedoch lagen strategisch so, dass ein Windpark ohne sie nicht möglich wäre. Viele geeignete Flächen gab es nicht in Dorfnähe.

Nicht davon trennen, Unsinn. Hubert schüttelte den Kopf. Es war eine Tatsache, dass Wenninge vor zwanzig Jahren große

Teile seiner Felder verkauft hatte, als die Umgehungsstraße gebaut wurde, das Projekt, mit dem sich Huberts Vorgänger auf dem Bürgermeistersessel das Wohlwollen der Bevölkerung erkauft und die mehrfache Wiederwahl gesichert hatte. Wenninge war reich geworden. Wie einige andere Bauern auch. Als sein Vater ein paar Jahre zuvor gestorben war, hatte Wenninge einen Kredit aufnehmen müssen, um seine Geschwister auszuzahlen. Den konnte er nach dem Verkauf der Felder problemlos zurückzahlen, und es blieb noch eine Menge Geld übrig. Der Straßenbau hatte ihn finanziell unabhängig gemacht.

Nur die Ökos waren damals dagegen gewesen, wegen der Feuchtwiesen. Dabei gab es durch die Umgehungsstraße Ruhe im Dorf. Kein Durchgangsverkehr mehr, und das Quaken der Kröten in den Wiesen vermisste keiner. Wenninges Bruder Achim war damals noch Student und Teil der Ökobewegung gewesen. Er war dafür verantwortlich, dass aus der Stadt Aktivisten ins Dorf kamen und den Straßenbau blockierten. Doch die Umweltschützer waren zu jener Zeit eine Minderheit, die man nicht ernst nehmen musste. Nach einer Weile sinnlosen Protests zogen sie wieder ab.

Heute musste man sie ernst nehmen, aber für seinen Windpark würden die Umweltschützer Hubert lieben. Schließlich trug er damit zur Energiewende bei. Es war eine klassische Win-win-Situation. Eine Entscheidung im Interesse aller. Nur Wenninge war im Weg.

Hubert wandte sich um und setzte sich hinter seinen Schreibtisch. Auf dem lag die bunte Mappe mit den Plänen der Windsweep. Windräder drehten sich vor einem strahlend blauen Himmel. Das heißt, auf dem Foto war natürlich nicht zu erkennen, ob sie sich drehten oder still standen, Hubert ging einfach davon aus, dass sie sich drehten. Und sie würden sich drehen, Wind gab es genug.

Er blätterte den Ordner durch. Die Pläne waren gut. Er hatte sie dem Landrat vorgelegt. Die Genehmigung war kein Problem, eine Enteignung der Felder hatte der Landrat abgelehnt. Es gab viele Bauern, die sich nichts Besseres vorstellen konnten, als ihre brachliegenden Flächen teuer zu verkaufen. Jetzt, da die EU die Subventionen für Brachland stark gekürzt hatte, rentierten sich die Felder kaum noch. Es gab andere Bauern, denen es besser ging, und die noch unschlüssig waren. Vielleicht spekulierten sie darauf, dass der Hügel außerhalb der Stadt irgendwann als Bauland ausgewiesen wurde, dann könnten sie mit ihren Grundstücken viel verdienen. Wenn die ersten Windräder standen, war es mit diesem Traum vorbei. Kein Mensch wollte neben einem Windrad wohnen und die Gemeinde würde den Bereich nie als Bauland ausweisen können, wenn das Windprojekt verwirklicht wurde.

Blieb Wenninge. Ein harter Brocken. Wenn er verkaufte, würden sie alle verkaufen. Durch den Straßenbau war er so reich geworden, dass er es sich leisten konnte, auf den Verkauf dieser Felder zu verzichten. Da könnte man ansetzen. Ihn unter Druck setzen. Denn, wenn er nicht verkaufte, wurde es nichts mit dem Windpark und Windsweep suchte sich eine andere Gemeinde. Man müsste alle informieren, an wem es scheiterte. Wer schuld wäre, an entgangenen Einnahmen für die verkaufswilligen Bauern, an fehlenden Arbeitsplätzen und geringeren Steuereinnahmen. Würde Wenninge dann umfallen? Hubert war sich nicht sicher.

Übermorgen würden die Herren von Windsweep kommen und im Gasthaus einen Vortrag über ihre Pläne halten. Damit die Bevölkerung gut informiert entscheiden konnte. Das ganze Dorf war eingeladen. Solange musste er sich zurückhalten. Nicht voreilig sein. Das mochten die Menschen auf dem Land nicht. Doch er musste genau überlegen, was er sagen wollte. Er wandte sich wieder zum Fenster, als könnte er die richtige Entscheidung draußen sehen, wenn er nur lange genug hinschaute.

Ihm blieben vier Wochen. Das hatten sie ihm gesagt. Vier Wochen, um die Unterschriften beizubringen. Vier Wochen, sonst würden sie nach einem anderen Gebiet suchen.

Seufzend schlug er die Mappe zu und packte sie in seine neue Aktentasche. Inge hatte sie ihm geschenkt. Zu seiner Wiederwahl als Bürgermeister. Und er hoffte, sie würde noch lange die Bürgermeistertasche bleiben.

Er verließ das Rathaus und fuhr nach Hause zu seiner Frau

Inge. Mittagessen. Und dann ein kurzes Schläfchen auf der Couch. Hier tickten die Uhren langsam, und daran würde der Windpark nichts ändern. Als er ankam, beendete Inge gerade ein Telefonat. „Gruß von Hilbert", sagte sie und tischte auf. Hilbert, der sich von allen nur Bert nennen ließ. Nur die Eltern akzeptierten die Abkürzung nicht. Trug er doch den schönen Namen seines Großvaters. Aber mit der Diskussion hatte Hubert schon lange abgeschlossen. Nach dem Essen schlief Hubert den Schlaf des Gerechten. Er konnte nicht ahnen, dass die Energiepark-Sache bald eine unschöne Dynamik entfalten würde.

Der Vorstellungsabend kam und mit ihm ein sportlicher BMW, dem zwei Herren und überraschenderweise eine Dame entstiegen. Hubert war irritiert. Da müsste er dann aufpassen bei seiner Rede. Nicht nur, dass er in der Anrede nicht einfach „meine Herren von der Windsweep, seien Sie herzlich willkommen" sagen könnte, auch im weiteren Verlauf müsste er ständig darauf achten, sich politisch korrekt auszudrücken. In anderen Fällen hatte er sich das schon angewöhnt und sprach routiniert von Bürgern und Bürgerinnen, obwohl ihm nicht klar war, warum Bürgerinnen nicht als Bürger angesprochen werden durften. In diesem speziellen Fall war er darauf eingestellt, dass ihn die Fakten dieser sprachlichen Hürde enthoben. Er war sicher gewesen, dass es sich bei den drei Angekündigten um Männer handelte.

Er stand am Fenster und kramte nervös in seinen Unterlagen. Im Publikum saß Inge und lächelte still vor sich hin. Sie hatte gut lächeln, sie musste keine Rede halten. Wobei Hubert das Reden normalerweise mochte. Er konnte es gut. Bürgermeister war er mit Leib und Seele.

Draußen sahen sich die drei Ankömmlinge um; jeder hatte einen schmalen Aktenkoffer in der Hand. Sie wollten ursprünglich ihren Vortrag per Computerpräsentation halten, wovon Hubert abgeraten hatte. Der Dorfbevölkerung waren Computer zum Teil nicht vertraut. Und die Macht im Dorf hatten die Alten, vor allem über die benötigten Felder, da war es besser, sich altmodisch zu geben. Sie würden die bunten Prospekte verteilen, von denen eines seit Tagen auf seinem Schreibtisch lag. Dann würden sie ein paar Folien mit dem Projektor an die Wand werfen und erklären, wie man sich das alles vorzustellen habe. Und er würde eine Rede halten und die begeistern, die ohnehin dafür waren, und jene überzeugen, die bisher unsicher waren. Wie immer.

Den Zettel, den er suchte, fand er nicht. Die drei draußen schienen langsam ungeduldig. Sie wussten wohl nicht, ob sie richtig waren. Eilig ging er hinaus und zog dabei seine rutschende Hose hoch. Die feinen Anzüge, in denen die drei da draußen steckten, auch die Frau, ließen ihn fühlen, wie wenig elegant er in seiner grauen Hose und dem alten Jackett war. Er war sich nicht sicher, ob es schlecht war oder gut, dass die drei so fein aussahen. Sie wirkten fremd im Ort, was sie auch waren, und vielleicht machte gerade das Eindruck. Man würde sehen.

„Dr. Maurer", sagte die Dame zu ihm. Als er ihre Stimme hörte, schmolz jede Hoffnung, es möge sich um die Sekretärin handeln, dahin. Wobei mit einer Sekretärin auch nicht zu rechnen gewesen war, denn er erwartete Ingenieur Neumann, den Projektleiter Niedermeier und Dr. Maurer, den Geschäftsführer der Firma. Den wollte er zuerst begrüßen und er sah die beiden Herren fragend an, denn ihm war nicht klar, wen der beiden ihm die Dame vorgestellt hatte.

Er musste sich schnell entscheiden und wahrscheinlich war es der Herr mit den schon angegrauten kurzen Haaren. Der andere mit dem Pferdeschwanz sah trotz des feinen Zwirns eher nach Ingenieur aus. Oder Projektleiter.

Er streckte dem Herrn die Hand hin, der sagte Neumann, also doch der Ingenieur. Er gab dem anderen die Hand, der sagte Niedermeier, und da fiel ihm sein Missverständnis auf. Die Dame hatte sich selbst vorgestellt, nicht einen ihrer Mitarbeiter. Es war das erste kleine Desaster des Abends, größere würden folgen.

Die größte Katastrophe jedoch geschah drei Tage später. Die Bevölkerung war durch Windsweep mehr oder weniger überzeugt worden, das versprochene Geld hatte den Bauern gefallen, und die Gemeinde war bereit, das Projekt anzugehen. Wenn da nicht Wenninge gewesen wäre, der am Informationsabend nach der Hälfte der Veranstaltung ohne ein Wort gegangen war. Gespräche am Telefon hatten zu nichts geführt, und Hubert machte sich auf den Weg, mit Wenninge zu reden.

„Wie sagt man so", sagte er zu Inge, „wenn der Berg nicht und so weiter."

„Und so weiter?" Inge knetete ihren Brotteig. Sie sah kaum hoch.

„Mit dem Propheten. Wenn der Berg nicht zum Prophet kommt", antwortete Hubert und dachte, dass es nett wäre, eine Frau zu haben, die zuhörte, wenn der Bürgermeister sprach.

„Aha", sagte Inge und jetzt sah sie auf und hieb noch einmal mit fester Hand auf den Teig, sodass Hubert zusammenzuckte. „Und du, was bist du? Der Prophet oder der Berg?"

Da musste Hubert nachdenken.

„Der Berg, denke ich, oder? Auf jeden Fall fahre ich raus zu Wenninge. Der reagiert ja nicht, wenn man etwas von ihm will."

„Wenn du etwas von ihm willst, dann musst halt du agieren", sagte Inge weise. „Wie er reagiert und ob überhaupt, siehst du dann."

Das Gespräch nahm eine Wendung, die Hubert nicht behagte. Der Verdacht, dass in seinem eigenen Haus die weibliche Hälfte intelligenter und schlagfertiger, ja logischer denken konnte, drängte sich auf. Er blies die Backen auf und teilte Inge mit, dass es um das Wohl des Ganzen ginge. Er wandte sich um und der Haustür zu und ersparte sich damit den Anblick des ironischen Lächelns seiner Frau.

Dennoch konfrontierte ihn ein anderer unschöner Anblick. Auf Wenninges Hof öffnete er auf der Suche nach dem Besitzer die Tür zur Scheune und fand dort den Bauern eindeutig tot auf dem Boden liegen.

Es war keine Frage, dass dem nicht mehr zu helfen war. Und es war klar, dass die Polizei gerufen werden musste, denn Wenninge hatte die Mistgabel im Brustkorb stecken, und das konnte kein Unfall sein und nach Selbstmord sah es auch nicht aus. Hubert tat, was getan werden musste. Er rief den Notarzt und die Polizei. Dann setzte er sich draußen vor der Scheune auf einen Stein und wartete.

Von Weitem war das Martinshorn zu hören, dann bog der Notarzt mit quietschenden Reifen auf den Hof. Hubert stand auf. Der Wagen hielt, und Arzt und Fahrer sprangen heraus.

Hubert zeigte auf das Scheunentor. Eile tat zwar nicht Not, aber das sollten die beiden ruhig selbst feststellen.

Sie blieben lange in der Scheune. Hubert wunderte sich. Entweder musste man schnell mit dem Opfer herauskommen, weil noch was zu retten war, oder man konnte alles lassen, weil ohnehin nichts mehr zu tun war. Anscheinend gab es eine dritte Möglichkeit.

Da kam ein zweiter Wagen auf den Hof gefahren und hielt neben Huberts Mercedes. Die Polizei.

Wachtmeister Höhmann stieg aus. Höhmann kam auf ihn zu, und Hubert zeigte wieder auf das Scheunentor.

„Was ist passiert?"

„Keine Ahnung", sagte Hubert. „Ich wollte mit Wenninge sprechen. Der Felder wegen."

Höhmann nickte. Wie alle im Ort wusste er, worum es ging.

„Ja, und da lag er in der Scheune. Mit der Mistgabel im Brustkorb und ich denke, es gibt keine Hilfe mehr."

„Notarzt ist drin?"

Hubert nickte.

Höhmann rückte seine Kappe zurecht und machte sich auf den Weg. Glücklich sah er nicht aus.

Keiner kam heraus. Hubert schrieb seiner Frau eine SMS, dass er zum Mittagessen nicht zu Hause wäre und eine ans Büro. Als das Handy klingelte und er sah, dass Inge ihn zurückrief, drückte er sie weg. Er wollte mit niemandem sprechen.

Immer noch ließ sich keiner blicken. Eine Katze schlich über den Hof. Dann kam das nächste Fahrzeug. Der Leichenwagen. Hubert stand wieder auf und zeigte aufs Scheunentor. Als nächstes ein Zivilfahrzeug. Zwei Männer stiegen aus. Das waren wohl die von der Mordkommission oder Spurensicherung. Langsam wurde es Hubert zu dumm. Er wollte heim. Er ging den Männern entgegen.

„Guten Morgen."

„Guten Morgen, Sie sind?"

„Hubert. Ich bin der Bürgermeister hier."

Der Mann nickte.

„Wo ist die Leiche?", fragte der andere.

Hubert zeigte wieder auf das Scheunentor. Der Mann nickte und ging. Der andere blieb und fragte.

Am nächsten Tag stand Hubert wieder am Fenster seines Büros und dachte nach. Was wurde jetzt? Wenninge war weg. Was sollte er den Leuten von Windsweep sagen? Was würde mit dem Projekt?

Was zur Frage führte, wer ein Interesse daran haben konnte, Wenninge umzubringen. Nicht, dass es Huberts Aufgabe war, sich darüber den Kopf zu zerbrechen, aber es beschäftigte ihn. Wenninge war gegen das Projekt gewesen, das hatte Hubert dem Kommissar erzählt. Insofern konnte es dem Projekt nur gut tun, wenn er aus dem Weg war. Auf der anderen Seite verzögerte sein Tod alles. Nun würde man mit den Erben verhandeln müssen. Idiotisch, dass das Landratsamt die Enteignung abgelehnt hatte.

Die Erben profitierten von Wenninges Tod. Der würde ganz schön Geld bringen. Erben würden die Geschwister. Wenninge hatte keine Kinder. Zumindest nicht offiziell. Schnell schob Hubert den Gedanken beiseite. Einen Bruder und eine Schwester hatte Wenninge, Lise und Achim. Lise wohnte im Ort, mit ihr würde man reden können. Sie war verheiratet mit einem dorfbekannten Säufer und Tyrann und lebte mit der Schwiegermutter unter einem Dach, von der jeder wusste, was für ein Drache sie war. Vielleicht würde das Geld Lises Position in der Familie verbessern. Obwohl das damals, als sie ihr Erbteil ausbezahlt bekommen hatte, auch nicht funktioniert hatte. Dieses Geld hatte der Ehemann sicher schon versoffen. Vielleicht war Lise klug und ging einfach mit dem neuen Geld. Hubert würde es ihr wünschen. Wenninges Bruder Achim war ein Spinner, der in der Stadt lebte und dort als Sozialarbeiter sein Geld verdiente. Seinen Erbteil hatte er damals gespendet. Unwahrscheinlich, dass dieser Gutmensch nun seinen Bruder mit der Mistgabel erstochen hatte, um an neues Geld zu kommen. Wahrscheinlich hielt er es immer noch mit den Ökos. Dem konnte man die Windpläne als neue Energie verkaufen und er verkaufte dann hoffentlich das Grundstück. Das alles kostete Zeit, und Hubert brauchte einen Aufschub von Frau Maurer ...

Doktor Maurer konnte oder wollte nicht zu Hubert kommen, also fuhr er zu ihr in die Stadt. Maurer wirkte desinteressiert. Sie blätterte in einem Bericht, der offensichtlich nichts mit dem geplanten Projekt zu tun hatte.

„Möchten Sie einen Kaffee?"

Hubert nickte.

Als eine Assistentin den Kaffee vor Hubert abgestellt hatte, räusperte er sich. Frau Maurers Hand griff nach der eigenen Kaffeetasse, hob sie kurz an, stellte sie klirrend wieder zurück. Sie strich sich eine Haarsträhne hinter das linke Ohr. Dann sah sie Hubert aufmerksam an.

„Herr Hubert", als sei er gerade eben erst zur Tür hereingekommen.

„Das sieht nicht gut aus." Mit einer großen Handbewegung deutete sie über das gesamte Büro und die schöne Aussicht aus dem Bankenhochhaus.

Hubert lag eine clevere Bemerkung auf den Lippen, die er sich lieber verkniff.

„Ja", sagte er bekümmert. „Wir waren so nahe dran. Ich hätte mit Wenninge ein Einvernehmen erzielen können, und dann so etwas."

Frau Maurer nickte.

„Wie planen Sie jetzt?"

Hubert öffnete seinen Aktenkoffer.

„Also erst mal muss die Erbschaft vorangehen", sagte er. „Da wären zwei Erben, mit der einen habe ich bereits gesprochen, mit dem anderen habe ich morgen einen Termin."

Dass sich der zweite am Telefon nicht sonderlich kooperativ gezeigt hatte, erwähnte er lieber nicht.

„Zeitplan."

Frau Maurer sah ihn auffordernd an.

„Ja, also morgen das Gespräch, und dann müssen wir abwarten."

Frau Maurer zog die Augenbrauen hoch. Abwarten schien nicht zu ihrem Wortschatz zu gehören.

Hubert schwieg.

„Abwarten?", wiederholte Frau Maurer schließlich.

„Darauf, dass das Nachlassgericht einen Bescheid erstellt."

Frau Maurer nickte seufzend.

„Es gibt kein Testament?", fragte sie.

Hubert zuckte zusammen. Daran hatte er nicht gedacht. Er war davon ausgegangen, dass die Familienangehörigen automatisch erben würde. So machte man das auf dem Land. Schließlich musste der Besitz in der Familie bleiben. Der Gedanke, dass Wenninge seinen Besitz jemand anderem vermacht haben konnte, war ihm nicht gekommen. Ein Testament. Wenninge hatte keine Kinder, von denen er wusste, seine Eltern waren längst tot, seine ängstliche Schwester war ihm meist auf die Nerven gegangen und mit dem Bruder hatte er kaum Kontakt gehabt. Da lag ein Testament nicht fern. Es konnte jemanden geben, dem Wenninge seinen Besitz eher gönnte als seinen Geschwistern.

„Nun?" Frau Maurer verlor langsam die Geduld.

„Das werde ich herausbekommen", sagte Hubert.

„Tun Sie das. Und dann lassen Sie sich einen neuen Termin bei mir geben. Solange suche ich schon mal nach einer Alternativlösung."

„Alternativlösung?"

Wollte Frau Maurer ihm helfen?

„Für den Standort", sagte Frau Maurer und Huberts Hoffnungen sanken.

Es gab ein Testament. Und was drin stand, irritierte Hubert. Hilbert erbte, sein Sohn. Da stand es: Hilbert Hubert. Wie konnte Wenninge nur? Hubert packte der Zorn. Das sah gerade so aus, als hätte Wenninge was mit Bert zu tun. Hilbert. Noch schlimmer, man konnte glauben, er habe vor vielen Jahren mehr mit Inge zu tun gehabt ... Die Testamentskopie in der Hand machte sich Hubert auf den Nachhauseweg.

Inge stand in der Küche und kochte. Dampfnudeln. Die Haare kringelten sich in der feuchten Luft und sie sah beinahe so gut aus wie vor dreißig Jahren. Damals war sie Wenninges Freundin gewesen, das stimmte. Da gab es alte Verbindungen, an die sich manch einer erinnern würde, wenn Wenninges Testament bekannt wurde. Hubert hatte das längst verdrängt und wenn er in der letzten Zeit oft über Wenninge geschimpft hatte, hatte er nie nur mit einer Gehirnzelle daran gedacht, dass Inge seine Freundin gewesen war. Bert, also Hilbert, war sein Junge, da gab es mit Inge eine klare Abmachung.

„Hallo", sagte Inge. „Hast du einen guten Hunger mitgebracht?" Sie strahlte ihn an. Hubert war nicht zum Strahlen.

„Ist was?", fragte Inge. „Ärger wegen dieses Projekts?"

Hubert stellte die Aktentasche auf den Tisch. Sollte er das Testament rausholen? Oder sich erst die Dampfnudeln schmecken lassen? Die würden ausgezeichnet sein, aber ob sie ihm heute schmecken konnten, wusste er nicht.

Erst mal ging er Hände waschen. Aufschub. Im Spiegel sah ihm ein blasser, eingefallener Hubert entgegen. Da brauchte man ihn nicht so genau zu kennen, um zu sehen, dass es ihm nicht gut ging. Dass ihm eine Laus über die Leber gelaufen, etwas auf den Magen geschlagen war. Er legte die Hand auf den Bauch. Hatte es ihm auf den Magen geschlagen? Der Bauch knurrte. Er hatte Hunger. Also doch erst essen.

Als er zurückkam, standen die Dampfnudeln auf dem Tisch. Im kleinen Glastopf köchelte die Vanillesoße, Inge griff gerade nach dem großen Topflappen, um die Soße zum Tisch zu bringen.

Hubert setzte sich, dann konnte er es nicht ertragen und öffnete die Tasche.

„Ich habe heute die Kopie von Wenninges Testament bekommen", sagte er.

„Ein Testament? Warum hat Markus denn ein Testament gemacht? Geht das nicht an Lise und Achim?"

„Ne", sagte Hubert. „Er hat sich gut informiert, Lise und Achim bekommen nichts. Für Geschwister gibt es keinen Pflichtteil."

Inge stellte den dampfenden Topf auf den Tisch. Vanilleduft stieg Hubert in die Nase. Er nahm sich mit der einen Hand eine Dampfnudel, mit der anderen fuchtelte er mit dem Testament vor Inges Nase herum.

„Ja seltsam", sagte Inge versonnen, setzte sich und griff nach der Schüssel mit den Dampfnudeln.

„Das ist nicht das Interessante", sagte Hubert ungeduldig.

„Nicht?", fragte Inge.

„Bert erbt", sagte Hubert, nein er schrie es. „Unser Bert, also der Hilbert, erbt alles."

Es schepperte, als die Schüssel mitsamt ihres prachtvollen, dampfenden Inhalts auf den Boden fiel.

Bert war die Erbschaft willkommen, warum er sie bekam, war ihm egal. Er war ein freundlicher junger Mann, Student in München und das Leben in München war teuer. Bald würde er fertig werden mit dem Jurastudium und das Erbe würde reichen, eine kleine Kanzlei zu eröffnen. Außerdem vertraute er seinem Vater und überließ ihm die Entscheidung, was mit seinem neuen Besitz geschehen solle. Einerseits war das erfreulich für Hubert, andererseits machte es ihn nervös, dass sein Sohn so desinteressiert wirkte. Vielleicht hatte Inge längst mit ihm gesprochen. Hubert traute sich nicht, sie zu fragen.

Damit hatte sich das Erbproblem erledigt. Lise und Achim hatten mit den Grundstücken nichts zu schaffen und Hubert konnte dem Treffen mit Doktor Maurer hoffnungsvoll entgegensehen. Er machte einen Termin für den übernächsten Tag. Als er nach dem Mittagessen ins Rathaus kam, stand die Polizei in seinem Büro. Sie wollten wissen, ob er Freude daran habe, dass Wenninge tot sei. Wo doch jetzt alles so viel einfacher geworden war. Dass er nichts gewusst hatte von dem Testament, glaubte man ihm nicht. Dabei konnte Frau Maurer bezeugen, wie überrascht er von dem Gedanken an ein Testament gewesen war.

„Frau Maurer interessiert uns nicht", wischte der Kommissar den Einwand vom Tisch. „Die hat selbst ein Interesse an Wenninges Tod."

„Ja, dann gehen Sie doch und sprechen mit ihr", sagte Hubert entnervt. „Oder glauben Sie, dass wir gemeinsame Sache machen, die Maurer und ich?"

„Bei diesem obskuren Projekt machen Sie auch gemeinsame Sache, nicht?", fragte der Kommissar zurück.

„Das ist nicht obskur und gemeinsame Sache ist das auch nicht", sagte Hubert. „Mir geht es darum, Geld und Arbeitsplätze in unseren Ort zu bringen."

„Und da stand Wenninge im Weg. Ein Leben für das Wohl der vielen", sagte der Kommissar.

Hubert schnaufte.

„Ja klar, es gibt ständig Projekte, die für den Ort gut wären, und ständig gibt es Sturköpfe, die dem im Wege stehen. Wenn ich die alle umbringen würde, dann gäbe es bald keine Wähler mehr."

Das beeindruckte den Kommissar eher nicht.

„Wo kann ich Hilbert Hubert erreichen?"

Wie immer, wenn er den Namen seines Sohnes vollständig hörte, ärgerte sich Hubert, dass er diese unsägliche Kombination aus Vor- und Nachnahme gewählt hatte. Sein Großvater hatte Hilbert geheißen. Allerdings war er der Vater seiner Mutter, der damals schwer krank war, und dem er vor seinem sicheren Tod ein Geschenk machen und den ersten Urenkel nach ihm nennen wollte. Der alte Mann hieß Hilbert Lehmann, was mit Sicherheit besser klang als Hilbert Hubert. Inge hatte ihn gewarnt, ihn aber gewähren lassen, weil es ihr wichtig war, dass er Hilbert fraglos als seinen Sohn akzeptierte. Und ihm versprochen, dass Wenninge nie erfahren würde, dass er als Vater in Frage kam. Vielleicht sollte man endlich einen Vaterschaftstest machen. Doch Hubert hatte Angst vor dem Ergebnis. Hilbert war ihm manchmal fremd. Allerdings konnte er auch Inge oft nicht verstehen und Ähnlichkeit mit Wenninge hatte Hilbert nicht.

Zur Beerdigung am nächsten Tag kamen sie alle. Die aus dem Dorf, aber auch Bert und Achim. Der Pfarrer sprach, die Gemeinde sang, die alten Frauen zückten die Taschentücher, die alten Herren hielten den Hut in der Hand. Als Bürgermeister sagte Hubert ein paar Worte, normalerweise fiel ihm das nicht schwer, heute spürte er eine Anspannung, die er nicht kannte. Lag das am Projekt? An der Polizei, die sich vermeintlich unauffällig im Hintergrund hielt? Worauf warteten die? Dass der reuige Mörder sich zu erkennen gab? Hubert schüttelte den Kopf. Dann versuchte er sich auf den zerknitterten Zettel zu konzentrieren, den er in der Hand hielt. Nur Stichworte, das reichte.

Er sprach kurz. Erwähnte die Schulzeit, Kindheit, man kannte sich. Die Gleichaltrigen dachten daran, dass ihr eigenes Ende mit jedem Tag näher rückte. Auf diesem Friedhof würde man sich später ähnlich nahe zusammenfinden wie damals in der Schule. Die älteren, die schon erwachsen waren, als Wenninge ein Kind war, dachten betrübt darüber nach, dass er so jung sterben musste, und waren insgeheim stolz auf sich selbst, dass sie noch am Leben waren. Als wäre es ein besonderes Verdienst. Vielleicht war es das. Nur, dass Wenninge als Mordopfer kaum mit einem ungesunden Lebensstil für sein frühes Ende gesorgt hatte. Wobei unkooperatives Verhalten durchaus ein ungesunder Lebensstil sein konnte. Huberts Blick schweifte wieder zu den Polizisten. Was vermuteten sie? Was wussten sie? Er war der Bürgermeister – mussten sie ihm nicht Auskunft geben?

Das war Unsinn, er wusste es. Ein Bürgermeister hatte keinen Einblick in Polizeiakten. Schade. Er sollte mit Höhmann sprechen.

Die Rede war zu Ende, der Sarg wurde in die Grube gelassen. Die nahen Angehörigen gingen zum Grab und warfen Blumen und Erde hinein. Viele gab es nicht. Lise mit ihrem Mann und ihren Kindern und Achim, der aus der Stadt gekommen war, und den man an seiner Kleidung als fremd erkennen konnte. Früher waren die alten Bauern so herumgelaufen. Kordhosen und Strickjacken. Bei einer Beerdigung kamen sie natürlich im dunklen Anzug. Nun gut, Hauptsache, er war da. Hubert ging nach der Familie zum Grab, hätte beinahe seinen Zettel hineingeworfen und konnte im letzten Augenblick umdisponieren und das kleine Sträußchen auf den Sarg werfen, das er in der anderen Hand hielt.

Dann kondolierte er. Erst Lise, die aufschluchzte und eine Bewegung machte, die Hubert befürchten ließ, dass sie sich ihm gleich an den Hals werfen würde. Sie riss sich zusammen, Hubert gab ihrem Mann die Hand und blickte ihm in die blutunterlaufenen Augen. Danach stand er Achim gegenüber. Früher hatten sie sich gut verstanden, Achim war der Jüngste der Geschwister, ein Jahr jünger als Hubert. Aber das war früher. Hubert hielt ihm die Hand hin, die Achim ergriff und so fest drückte, dass Hubert zusammenzuckte.

Danach kondolierten etwa dreihundert andere Menschen. Dafür, dass Wenninge ein Eigenbrötler und wenig beliebt im Ort war, war das eine Menge Menschen. Auf dem Dorf ging man zu vielen Beerdigungen, der Menschenauflauf an diesem Tag war sicher auch dem gewaltsamen Ende geschuldet, das Wenninge genommen hatte. Wann geschah so etwas schon hier am Ende der Welt?

Was dafür sprach, dass es mit dem Projekt zu tun hatte. Ein Missklang, der von außen hereingetragen worden war.

Im Wirtshaus saßen sie dann alle zusammen. Es wurde geredet, Schnaps getrunken und gelacht. Man war froh, dass man nicht selbst drüben auf dem Friedhof lag und außerdem hätte der Verstorbene es so gewollt, das Leben ging ja weiter, musste es doch.

Hubert war sich nicht sicher, dass Wenninge das gewollt hätte. Er starrte in seinen Kaffee und überlegte, mit wem er nun sprechen müsste. Die Polizei hätte er gerne befragt, auch wenn sie ihm keine Auskunft geben dürften, aber die waren gegangen. Auch Höhmann.

„Gestern war die Polizei übrigens bei mir", sagte da Bert.

„Wieso bei dir?"

„Na, wegen dem Erbe. Sie wollten wissen, warum, weshalb, seit wann ich das weiß und wo ich war, als Wenninge gestorben ist."

Hubert erstarrte.

Bert sah ganz zufrieden aus.

„Reg dich nicht auf, Papa. Ich hab ein Alibi. Ich war in der Uni und ich kann das beweisen. Keine Chance, dass ich den Wenninge umgebracht habe."

Hubert nickte. Bert schien es nicht zu interessieren, warum er geerbt hatte. Er nahm das einfach hin. Früher hatte er Wenninge manchmal auf dem Hof geholfen und sich ein Taschengeld damit verdient. Da hatte Hubert oft ein nervöses Gefühl in sich gehabt. Als ob es Bert zu Wenninge zöge, weil er etwas wie Verwandtschaft spürte. Einmal hatte er es angesprochen, da hatte Inge ihn laut ausgelacht und seitdem hatte Hubert diese Gedanken erfolgreich verdrängt. Aber er würde etwas tun müssen. Die Polizei kannte sich hier im Ort nicht genug aus, sie wussten nicht, wie die Menschen hier tickten, wer wusste schon, wen sie als Nächsten verdächtigen würden.

Wer wusste, was sie alles ans Tageslicht brächten.

Eine Weile saß er noch herum, dann brachen die ersten auf, und dankbar machte auch Hubert sich auf den Weg. Inge und Bert wollten noch bleiben.

Draußen traf er auf Achim, der auf einem Holzstamm im Hof saß und eine Zigarette rauchte.

„Verträgt sich das mit deiner ökologischen Gesinnung?", fragte Hubert.

„Klar", sagte Achim. „Und wie geht es dir so?"

„Gut", sagte Hubert und überlegte, ob er von Achim etwas erfahren könnte, das wichtig wäre. Er glaubte nicht, und außerdem könnte er Achim immer noch anrufen.

Zwei Tage später war Achim tot.

„Achim muss sich ganz schön verändert haben", sagte Hubert beim Abendessen zu Inge.

„Wieso?" Es schien sie nicht weiter zu interessieren.

„Mit einem Wagen verunglückt. Einem Sportwagen steht in der Zeitung. Hättest du gedacht, dass Achim sich einen Sportwagen kaufen würde?"

„Darüber hab ich mir keine Gedanken gemacht", sagte Inge und nahm sich noch eine Schöpfkelle Suppe nach. Die Suppe war gut geworden. Linsensuppe mit viel Curry. Genau wie Hubert sie mochte. Er konnte sie aber nicht genießen, es ging ihm zu viel im Kopf herum.

Am nächsten Tag fiel der Groschen. Auf dem Parkplatz, als er nach der Beerdigung mit Achim gesprochen hatte, das letzte Mal in diesem Leben, hatte da auch ein Sportwagen gestanden. Als er das Wort Sportwagen hörte, hatte er an einen kleinen Wagen gedacht, irgendeine Sportversion von einem normalen Wagen, dieser war anders. Italienische Edelmarke und er hatte sich gewundert, wer denn so etwas auf diesem Parkplatz abstellte, hatte vermutet, dass einer vom Windprojekt bei der Beerdigung gewesen war. Das war also Achims Wagen. Stellte sich die Frage, woher er das Geld für den Wagen hatte. Soviel verdiente ein Sozialarbeiter nicht. War das noch Geld von der Erbschaft des Vaters? Hatte er nicht alles gespendet?

Die Frage beantwortete sich, als Höhmann am nächsten Tag mit Hubert sprach. Er beantwortete ihm ein paar Fragen und erzählte Dinge, die Hubert nichts angingen. Als Polizist fühlte sich Höhmann dem Bürgermeister ein Stück weit verpflichtet. Das Auto war manipuliert, die Bremskabel angeschnitten. Außerdem war der Wagen ein Geschenk gewesen und bei nächster Gelegenheit sprach Hubert mit dem Geber.

„Sie haben ihm ein Auto geschenkt?", fragte er und Frau Maurer sah ihn an, als hätte er etwas völlig Ungehöriges gesagt.

„Das geht Sie wohl nichts an."

„Nein, es wundert mich nur."

„Es war ein Geburtstagsgeschenk", sagte sie und es hörte sich an, als wäre es ganz normal, zum Geburtstag Autos zu verschenken, die so viel kosten wie ein Reihenhaus.

„Großzügig", sagte Hubert. „Schade, mir hat noch nie jemand ein Auto zum Geburtstag geschenkt. Womit hatte er sich das verdient?"

Frau Maurer schwieg. Er dachte, sie würde ihn hinauswerfen, aber sie schwieg.

„Ich war mal mit ihm zusammen. Vor langer Zeit. Da waren wir noch Studenten", sagte sie schließlich.

„Sie sind doch kein Sozialarbeiter", wandte Hubert ein.

„Nein, Sozialwissenschaftlerin. Ich habe mich auf Betriebssoziologie spezialisiert", antwortete sie.

„Und der Achim?"

„Achim bin ich vor ein paar Jahren wieder begegnet. Ich habe ein Kind, dass eine Förderschule besucht."

Plötzlich sah sie fast menschlich aus.

„Und Achim hat dort gearbeitet. Er hat schlecht verdient und ich habe ihm in meiner alten Firma ein paar Trainings verschafft, damit er sein Einkommen ein wenig aufbessern kann. Wir haben uns ab und zu getroffen und dann hatten wir diese Idee."

Hubert sah sie aufmerksam an.

„Die Idee mit dem Windprojekt."

„Achim war an dieser Idee beteiligt?"

So abwegig schien das gar nicht. Achim, der Weltverbesserer.

„Ich will von der Firma weg. Aussteigen sozusagen. Dafür brauche ich Geld. Und Achim will auch weg. Irgendwohin. Deshalb das Projekt."

„Ich verstehe nicht."

„Das Projekt musste schiefgehen. Dann würden sie mich rauswerfen."

„Und Sie bekämen eine Abfindung?"

Sie nickte.

„Aber das ist nicht alles", sagte sie leise. „Wir haben spekuliert. Das heißt, Achim, damit es nicht auffliegt. Er hat auf fallende Aktienkurse gesetzt. Wenn das Projekt schiefgegangen wäre, hätte er richtig Geld verdient."

Hubert begann zu verstehen.

„Sie haben deshalb unseren Ort vorgeschlagen. Nicht wegen dem Wind oder was auch immer, wegen Wenninge. Weil Achim gewusst hat, dass sein Bruder nie verkauft."

Sie nickte. Warum erzählte sie ihm das?

„Und Sie haben andere Alternativen verbaut. Damit der Aktienkurs einbricht. Weil es keine Alternativlösung gibt. Sie haben nicht danach gesucht. Dann haben sie die Gewinne und die Abfindung."

Sie nickte wieder.

„Und wer hat Wenninge ermordet?"

Sie begann zu weinen.

„Wenninge wollte doch verkaufen. Er hat Achim informiert, weil er fand, dass Achim ein Teil des Gelds zustände. Achim und Lise. Er wollte seinen Geschwistern etwas Gutes tun. Weil sie hinterher ohnehin nichts erben würden. Weil er doch diesen unehelichen Sohn hatte."

Hubert hielt die Luft an. Er spürte, wie er rot anlief. Er würde mit Inge sprechen müssen. Frau Maurer schien nicht zu bemerken, wie sehr Hubert belastete, was sie gesagt hatte. Sie sprach einfach weiter.

„Achim ist dann zu ihm gefahren."

„Und dann?"

„Dann haben sie gestritten und schließlich hat Achim ihn umgebracht."

„Und wer hat Achim umgebracht?"

„Ich weiß es nicht."

Hubert war sich nicht sicher, ob er ihr glauben konnte. Sie wäre fein heraus. Der Mörder tot. Keine Zeugen mehr. Und der

Betrug mit den Aktien war ohnehin schiefgegangen. Das Projekt würde funktionieren, das Geld wäre weg. Da würde sie weiterarbeiten müssen.

Für das Dorf war es eine gute Sache. Dass Frau Maurer nie einen Windpark errichten wollte, hieß nicht, dass es kein gutes Projekt sein konnte. Aber könnte er mit einer Mörderin zusammenarbeiten? War es glaubwürdig, dass sie von dem Mord keine Ahnung hatte? Und hätte sie Achim nicht anzeigen müssen, als sie es erfahren hatte? Hatte sie Schuld an Achims Tod? Aus Angst, dass er sie verraten und mit hineinziehen würde, wenn die Polizei ihm auf die Spur kam? Es ließ Hubert keine Ruhe. Mit einer Betrügerin und Spekulantin konnte er zusammenarbeiten, das tat er immer mal wieder, aber Mord? Er bat sich Bedenkzeit aus. Auf dem Heimweg hielt er an einem Waldparkplatz an und dachte lange nach. Zu Hause sprach er mit Inge.

Inge hörte geduldig zu. Sie erklärte, Wenninge schon vor Jahren informiert zu haben.

„Damals, als Bert sich gerne ein Taschengeld auf Wenninges Hof verdienen wollte, dachte ich, es ist besser, ich sage es ihm. Er ist manchmal so grimmig gewesen. Seinen eigenen Sohn, hoffte ich, würde er freundlich behandeln."

Hubert war schockiert.

„Du bist einfach zu Wenninge und hast ihm gesagt, dass Bert vielleicht sein Sohn ist?"

„Ich habe ihm gesagt, dass ich sicher bin, dass Bert sein Sohn ist. Sonst hätte er einen Vaterschaftstest verlangt."

Hubert sah sie fragend an.

„Ich weiß es nicht", sagte Inge. „Das habe ich dir immer gesagt. Und ich will es auch nicht wissen. Das mit dem Erbe ist eine nette Dreingabe. So weit habe ich damals nicht gedacht."

Hubert war sich nicht sicher, ob er das glauben konnte. Seine Inge dachte meistens ziemlich weit. Aber dann erinnerte er sich, wie ihr die Schüssel mit den Dampfnudeln aus den Händen gerutscht war, und er glaubte ihr.

„Und dann habe ich Achim gesehen mit dieser Frau, also mit einer Frau. Erst auf der Veranstaltung im Wirtshaus habe ich erfahren, dass sie die Chefin von dieser Windsache ist."

„Du hast Achim gesehen?"

„In der Stadt. Im Park. Mit dieser Frau. Sie haben gestritten, dann ist Achim in sein Angeberauto gestiegen und weggefahren. Als Wenninge nicht mitmachen wollte bei dem Projekt, bin ich zu ihm gefahren. Du hast dir so viel Gedanken gemacht, ich dachte, es ist besser, wenn ich mit ihm rede. Als ich ihm gesagt habe, dass Achim die Frau von der Firma kennt, ist er wütend geworden. Er hat irgendein Komplott vermutet. Im Intrigenspinnen war Achim doch schon immer groß, wenn auch nicht wirklich begabt. Er ist ja leicht zu durchschauen gewesen."

Nicht für Hubert, aber wenn Inge das sagte ... Wobei Inge im Intrigenspinnen auch nicht schlecht war. Hubert drehte sich alles im Kopf.

„Und dann?"

„Dann hat Wennige gesagt, verkauft er halt. Er ruft jetzt Achim an und bestellt ihn auf den Hof und dann sagt er ihm, dass er verkauft. Ich war noch da, als er telefoniert hat, und als er am Tag darauf tot war, konnte ich mir denken, wer es war."

„Warum hast du mir das nicht gesagt oder einfach die Polizei informiert?"

„Wegen dem Windpark. Wenn das rausgekommen wäre, dass der Achim gemeinsame Sache mit dieser Frau Maurer gemacht hat, dann gäbe es keinen Windpark."

Richtig, so weit war Hubert auch schon gewesen.

„Und wenn sie eine Mördern ist? Kann man ihr vertrauen?"

„Man kann ihr sicher nicht vertrauen", sagte Inge. „Deshalb habe ich sie gestern besucht. Ich habe ihr klar gemacht, dass sie dir gegenüber mit offenen Karten zu spielen hat, weil ich sie sonst auffliegen lasse."

Hubert fehlten die Worte. Deshalb hatte Frau Maurer ihm so viel erzählt.

„Du brauchst dir keine Gedanken zu machen", sprach Inge weiter. „Eine Mörderin ist sie nicht."

„Aber sie wusste, dass Achim den Wenninge umgebracht hat, und hat niemandem was gesagt."

„Das hab ich auch nicht", sagte Inge. „Und die Bremskabel vom Achim, die habe ich gelöst, und nicht die Frau Maurer."

Hubert starrte sie an.

„Hubert, starr nicht so. Du bekommst deinen Windpark, Bert sein Geld und Achim hat, was er verdient. Alles wird gut, vertrau mir."

Agnes Schmidt

Das Rad der Zeit

Schuldig sind einzig und alleine die Buren. Wenn sie mit den Briten keinen Streit gehabt hätten, wenn sie, anstatt blutige Kämpfe auszufechten, friedlich miteinander Whiskey getrunken hätten, dann hätte ich friedlich auf weißem Sand liegen, meinen Bauch sonnen und an meinem Cocktail nippen können. Ich hätte eventuell nur mit meinem Vater einen Streit gehabt, ob nun mit oder ohne Alkohol.

Aber, wie wir wissen, kann das Rad der Zeit und der Geschichte nicht zurückgedreht werden, man kann nachträglich weder die Buren noch die Briten überreden, sich einander in Frieden zu lassen, und mir so nach mehr als 100 Jahren kein blutiges Prüfungsthema zu liefern.

„Hallo, ich bin's. Stellen Sie das System sofort ab. Weder Heizung noch Kühlung. Wir dürfen uns gerade jetzt nicht erlauben, dass sich die Aufmerksamkeit auf uns richtet. Die Tabellen und Berichte der Ereignisse der letzten Woche brauche ich spätestens heute Abend. Besonders die Berechnungen des Energieverbrauches und der Kosten. Sie sind mir persönlich verantwortlich, dass solche Fehler nie wieder auftauchen!"

Es regnete in Strömen. Ich war klitschnass, als ich endlich im Altenheim ankam. Diese lachenden Familien in der Werbung! Sie haben die angeblich wasserdichten Regenmäntel bestimmt nur im Photoshop-Regen angehabt. Ich war völlig durchnässt. Aber nicht nur vom Regen. Es waren 24 Grad, und dazu kam noch, dass ich die ganze Strecke mit dem Fahrrad bergauf treten musste. Keine Ahnung, wie man ein Seniorenheim so bauen kann, dass man hin und zurück bergauf fahren muss.

Hans war im Dienst. Und er musste natürlich genau dann vor der Rezeption mit dem Nachmittagskaffee vorbeischlendern, als ich regennass und verschwitzt durch die Tür reinstürmte.

Dass er Dienst hatte, wusste ich. Sonst wäre ich nicht zu diesem Zeitpunkt gekommen. Logisch. Er war mir gleich aufgefallen, als ich meine Oma das erste Mal hier besucht hatte. Nicht, dass ich ihm auch aufgefallen wäre. Dazu war ich zu unbedeutend. Aber ich träumte seitdem von einem ersten richtigen Treffen.

Aber doch nicht heute! Nicht in meinem desolaten Zustand! Ich versteckte mich hinter einer großen Zimmerpflanze und spähte hindurch.

Es war gar nicht sicher, dass er überhaupt Hans hieß. Auf seinem Namensschild stand H. Scheer. Er hätte auch Horst heißen können. Oder Hubertus.

Meine Oma fing gleich an zu keifen, als sie meinen Zustand sah. Vor ihrem inneren Auge lag ich bereits mit Lungenentzündung, 42 Grad Fieber, wegen der Gehirnhautentzündung irre und mit ausgefallenen Haaren im Krankenhaus. Sie beruhigte sich erst, als sie meine Haare gefönt, meine Kleider (auch die Unterwäsche!) ausgezogen, und mir ein riesiges Flanellnachthemd angezogen hatte. Sie drückte mich auf das Bett und wickelte mich so eng in die Decke rein, dass ich mich gar nicht bewegen konnte. Da lag ich in der Gefangenschaft der Decke und musste zusehen, wie sie den Rufknopf für die Altenpfleger betätigte.

Lieber Gott, hilf mir, dass er keinen Dienst mehr hat! (Es war ein blöder Wunsch. Natürlich wusste ich genau, dass er bis 19 Uhr da sein musste.) Lieber Gott, hilf mir, dass er zu einem dringenden Fall gerufen wird! In einem Altenheim kann immer was passieren. Nur dass nicht er mit dem Kaffee erscheint!

Mein Gebet konnte nicht einmal die Decke durchdringen, schon stand er da, in seiner vollen Größe, eine schwarze Thermo-Kaffeekanne in der Hand. Als wenn er meine Oma gar nicht bemerkt hätte, sprach er mich direkt an: „Frau Hofberg, Sie sehen heute aber gut aus! Ich sagte Ihnen, diese neuen Tabletten wirken Wunder. Sie sehen gut 50 Jahre jünger aus!"

Ich fühlte mich wie der blöde Wolf im Rotkäppchen-Märchen. Es fehlte noch, dass er anfing aufzulisten, wie groß meine Ohren und Nase sind.

Dazu kam es aber doch nicht, weil meine Oma ihn mit der Gelenkigkeit und Kraft einer 17-jährigen ins Zimmer zog: „Schnell, schnell, wir haben nicht viel Zeit! Schließen Sie bitte die Tür, und ich erledige das Ding hier." Sie fummelte etwas an den Rufknopf, dann zwinkerte sie uns zu: „Die Wanze ist provisorisch ausgeschaltet."

Sie drückte Hans in den Besuchersessel und setzte sich selbst auf die Bettkante. Sie sprach leise, aber sehr entschlossen. Diese Seite an ihr kannte ich noch nicht.

„Von Anfang an hatte ich den Verdacht, dass hier etwas nicht stimmt. Die Preise waren so niedrig. Für so viele Dienstleistungen zahlt man sonst ein Vermögen. Wenn man überhaupt so was kriegt, wie 24 Stunden Arztaufsicht oder Nachmittagskaffee inklusive."

Hans griff nach der Kanne, aber sie winkte ab und sprach weiter: „Lassen Sie den Kaffee! Wer weiß, wie viel Zeit wir noch haben." Sie griff Hans' linke Hand und fasste mit der anderen an meinen gefangenen Schenkel. „Wir müssen etwas tun! Wir müssen herausfinden, was in diesem Haus passiert." Sie wandte sich direkt an Hans: „Mein Lieber, Sie können natürlich nicht für eine Ewigkeit hier sitzen. Ich werde meiner Enkelin alles erzählen, mit ihr können Sie dann besprechen, was Sie unternehmen. Passen Sie aber gut auf sich auf! Ich habe das Gefühl, wir haben es mit hemmungslosen Verbrechern zu tun!"

Wahrscheinlich dachten wir dasselbe: Die Arme. Hans war bestimmt verärgert. Noch eine Patientin, die nicht alle Tassen im Schrank hat. Und ich ... Einerseits tat sie mir natürlich leid. Wir kamen immer gut miteinander aus. Andererseits wollte ich sofort fliehen. Ich musste mich aus dem Gefängnis der Decke befreien, solange Hans da war. Auch wenn er mich im scheußlichen Flanellhemd meiner Oma sah, ich musste hier raus! Ich machte mit meinem Fuß eine entschlossene Bewegung, um die Decke zu heben. Meine Oma war aber auf der Hut und wie in meiner Kindheit drückte sie mein Bein mit eisernen Händen zurück: „Du bleibst noch da! Es fehlt uns gerade noch, dass du dich erkältest und stirbst. Ich habe außer dir niemanden, der mir helfen könnte."

Hans schlich schnell aus dem Zimmer. Aus der Tür guckte er mich noch kurz und voller Mitleid an, dann war er weg. Ich wollte ihm nachrufen: Befreie mich, Königssohn! Halt, küss mich wenigstens! – Aber ich spürte den Blick meiner Oma auf mir und blieb still.

„Hallo, ich bin's. Rufen Sie gleich den Direktor der Wasserwerke an. – Nein, keine Namen, Sie wissen schon, wen ich meine. In der örtlichen Zeitung sollte sofort eine Anzeige veröffentlicht werden, in der man die Bewohner über die Wasserversorgungsstörungen informiert und um Entschuldigung bittet. Die betroffenen Gebiete sollen genau genannt werden. Nehmen Sie zusätzlich zwei bis drei Bezirke dazu. Heute Abend halten wir eine Krisensitzung. Bringen Sie alle mit, die für die Geschehnisse verantwortlich sind. Noch so ein Unfall, und wir sind erledigt. Verstanden?"

Mein Kopf brummte, das Wasser floss von meiner Stirn, als ich nach Hause fuhr – natürlich wieder bergauf. Ich hatte keine Ahnung, was ich mit all den Informationen anfangen sollte, die meine Oma in anderthalb Stunden auf mich geschüttet hatte. Wie sollte ich mit Hans Kontakt aufnehmen, wenn ich nicht einmal seinen Namen kannte? Und vor allem: Wie sollte ich mich aus der Sache rauswinden, ohne dass ich meine Oma so beleidigte, dass sie ihren Familienschmuck nicht wie versprochen mir, sondern dem Hundeheim vererbte?

Abends unterbrach mein klingelndes Handy meinen neuerlichen Lernfluss über den Burenkrieg.

Keine bekannte Rufnummer.

Vielleicht waren es meine Eltern aus einer öffentlichen Telefonzelle? Gibt es eigentlich an den weißen Sandstränden auf Mauritius öffentliche Telefonzellen? Doch es meldete sich eine unbekannte Männerstimme. Er stellte sich zwar vor, aber ich verstand seinen Namen nicht. Ich weiß nicht, wie lange noch die Wissenschaft braucht, bis sie endlich ein Telefon entwickelt, das mit der zentralen Datenbasis in direkter Verbindung steht und schon beim Wählen die Fingerabdrücke identifiziert. Und sie natürlich gleich weiterleitet. Es wäre doch toll, wenn die wichtigsten Infos sofort auf dem Bildschirm erscheinen würden: Name, Alter, Familienstand, bei Männern Gewicht und Bizepsumfang, eventuell ein kleines Digitalfoto, das man später vergrößern könnte, abhängig von Alter und Gewicht - in Badehose oder Wintermantel.

Mein uraltes Gerät verriet aber nichts davon, ob der Anrufer überhaupt einen Bizeps hatte. Ich wollte gerade danach fragen, als er mich unterbrach: „Entschuldigung wegen der Störung. Ich glaube aber, in unser beider Interesse ist es doch unvermeidlich, dass wir uns treffen und über die Sache sprechen."

In meinem Kopf liefen all die Ereignisse der letzten zwei Wochen in einem Zeitraffer ab. (Wird der Tod auch so sein?) Ich war zweimal schwarzgefahren mit der Straßenbahn. (Meine Monatskarte war im Schwimmbad ins Wasser gefallen.) Einmal war ich bei Rot über die Straße gegangen. (Auch dafür hatte ich guten Grund.) Aber sonst fiel mir nichts ein. Ich tobte nicht betrunken herum, verkaufte keine Drogenbonbons an die unteren Klassen, ich schwänzte sogar die Schule nicht einmal. Mit den Buren hatte ich zwar einen kleinen Konflikt, aber die wandten sich bestimmt nicht an die Polizei.

Er fuhr fort: „Ich meine zwar nicht, dass wir das Ganze zu ernst nehmen sollten, aber man kann doch vorsichtig sein. Hast du heute Abend Zeit?"

Er duzte mich. Und warum sollte ich vorsichtig sein? War es eine Falle? Oder wollte er mit mir ausgehen? Wagte es nur nicht, direkt zu fragen? Ein heimlicher Verehrer?

Noch einmal stöhnte ich über mein mittelalterliches Touch-Screen-Gerät. Wer es smart phone getauft hatte, wusste wohl nicht, wovon er sprach. Sollte ich auf die Frage eines Fremden gleich mit Ja antworten? (Den aggressiven Buren-General, der meine Aufmerksamkeit auf sich lenken wollte, schob ich zärtlich hinter den Vorhang seines Kriegszeltes zurück. Klar, dass ich mich heute Abend nicht mit ihm verabreden werde, wenn ich ein besseres Angebot kriegen sollte!) Schnell, bevor er noch weiterreden konnte, sagte ich ins Telefon, dass ich ausnahmsweise Zeit hätte.

„Okay. Am besten treffen wir uns, wo es laut und voll ist. Ich glaube zwar nicht, dass wir beobachtet werden, aber wie gesagt, wir sollten vorsichtig sein. Der Bahnhof? Um 18.50 kommt der ICE aus Wien an. Da steigen immer eine Menge Passagiere aus. Ich erwarte dich auf Gleis 7, im Sektor E." Und schon hatte er die Verbindung unterbrochen.

Ich schob das Kriegsfeld der Buren mit einer Handbewegung von der Erde. Ich guckte nicht einmal nach, wie die kleinen Kämpfer im Weltall verschwanden. Stattdessen stopfte ich schnell die schmilzende Milchschnitte in den Mund und rannte in die Garderobe meiner Eltern. Das Ganze war so aufregend wie ein Krimi.

Klar, dass ich zum Bahnhof gehen und mir den Anrufer angucken würde. Nur würde ich mich nicht so blöd benehmen, wie eine naive Gans. Ich würde ihn beobachten und dann entscheiden, ob ich meine Verkleidung fallen ließ oder nicht.

Ich wählte rasch eine Tarnkleidung aus: eine elegante, schwarze Hose und den Ballonmantel meines Vaters und den Hut mit breiter Krempe von meiner Mutter. Ich schminkte mich wild und grell, besonders meine Lippen, die dadurch doppelt so breit wurden wie sonst. Ich nahm meine eigene Sonnenbrille. Meine Eltern hatten ihre Brillen nach Mauritius mitgenommen. Außerdem konnte man gar nicht wissen, dass sie mir gehörte.

In einen großen Koffer warf ich den Inhalt des dritten und vierten Bücherregalbodens und damit war ich fertig. Ein Blick in den Spiegel: Jesus! – Aber es war zu spät, mir einen Plan B zusammenzustellen, ich musste doch zeitig auf Gleis 7 sein!

Der Bahnhof ist am anderen Ende der Stadt. Ich musste fünfmal umsteigen und den blöden Koffer fünfmal hoch- und runterschleppen. Ich verfluchte alle Verkehrsmittel, weil sie keine Rampen für Koffer hatten. Ich verfluchte mich, weil ich den Koffer nicht mit einem Kopfkissen ausgestopft hatte. (Oder hätte ich ihn auch ganz leer lassen können?)

Ich ging natürlich am Gleis 6 entlang. Von dort beobachtete ich die Wartenden. Es waren meistens Paare, ich sah nirgendwo einen jungen Mann alleine. Gegenüber dem Sektor E blieb ich vor der Glasvitrine mit dem Fahrplan stehen. Von dort guckte ich immer wieder, ob mein Geheimnisvoller kam.

Ich fiel beinahe vor Schreck aus dem Ballonmantel, als jemand von hinten meine Schulter berührte. Als ich mich umdrehte, trat ich gegen den Koffer, der, schwer wie er war, direkt auf Hans' Fuß fiel.

Er hüpfte auf einem Bein, schimpfte und lachte gleichzeitig. Ob ich denn verrückt sei, so auszusehen wie Ingrid Bergman in Casablanca? Was zum Kuckuck ich eigentlich in meinem Koffer schleppte? Etwa die Notizen von meiner Oma?

Ich wurde sehr böse. Er spielte den Geheimnisvollen am Telefon und jetzt lachte er mich aus! „Was dachtest du dir eigentlich? Dass ich einem Fremden gleich ja sage?" Er lachte noch immer und sagte, dem Schein nach sehe es aber so aus. Er holte sein Handy aus der Tasche und fing an, mich zu fotografieren. Ich versuchte, ihm das Telefon wegzuschnappen. „Lösch sofort die Bilder! Ich erlaube dir nicht, von mir Fotos zu machen! Du trittst meine persönlichen Rechte mit beiden Füßen! Ich wende mich an einen Rechtsanwalt! Ich zeige dich an!"

Er steckte sein Telefon ruhig in die Tasche zurück und erklärte mir, nicht er, sondern ich habe seine Rechte und rechten Fuß verletzt. Die Bilder wolle er gar nicht benutzen, er mache sie ausschließlich für meine Oma, um beweisen zu können, dass er die Sache ernst nahm und mich traf. Ob meine Oma mich in dieser Maskerade erkenne?

Kühl und distanziert beruhigte ich ihn. Den Hut hatte meine Mutter von meiner Oma bekommen; wenn sie sonst nichts erkennen würde, dann auf jeden Fall den Hut.

Wir setzten uns auf eine Bank, und ich fasste die Geschichte meiner Oma zusammen. Im Heim passierten komische Sachen. Besonders im Flügel B. Im Flügel A wohnte meine Oma. Dort schien alles in Ordnung zu sein, aber in B funktionierte die Heizung nie. Mal war der Fußboden so heiß, dass man barfuß nicht gehen konnte, mal sank die Temperatur innerhalb von ein paar Stunden unter 15 Grad. Meine Oma machte sich von allem, was ihr auffiel, Notizen. Und dann war letzte Woche diese Sache mit dem Wasser gewesen.

Über das Wasser wusste auch Hans Bescheid. Irgendein chemisches Zeug war in die Wasserleitung gelangt. Das Wasser im ganzen Gebäude und, wie sich herausgestellt hatte, in der ganzen Gegend, war für Stunden ausgeblieben. Man erfuhr natürlich nicht, was genau passiert war, aber die Alten hatten hinterher Kopfschmerzen, Schnupfen, bei manchen blutete sogar die Nase. Hans wusste sogar genau, an welchem Tag das war, denn nachher hatten die Bewohner nur darüber gesprochen. Am nächsten Tag war sogar ein Artikel in der örtlichen Zeitung erschienen.

Durch Zufall (und dank der Buren) erinnerte auch ich mich ganz genau an den Tag. Es war nicht so wichtig, warum, ich wollte Hans damit nicht langweilen, es ging ihn gar nichts an, wie ich mit den Buren meine Schlacht führte. Aber an dem Tag hatte ich Gelegenheit, die Wasserqualität in der Schultoilette zu prüfen: durch Gesichtswaschen, durch Wassertrinken, durch kalte Augenkompressen usw. Die Schule ist praktisch in der Nachbarschaft des Heimes. Ganz sicher kommt das Wasser für beide Gebäude aus der gleichen Leitung. Und an jenem Tag war das Wasser in der Schule super. Wie immer.

Wir dachten darüber nach. Mehr fiel uns im Moment nicht ein, so machten wir uns auf den Weg. Hans begleitete mich zum Zentrum, half mir beim Heben meines Koffers, und ließ mich versprechen, dass ich das nächste Mal eine Gürteltasche als Tarnung wählte. Aber nach dem dritten Umsteigen hatte er keine Lust mehr, blöde Witze zu machen.

Am nächsten Tag hielten wir einen Kriegsrat bei meiner Oma ab. Wir beide wussten, wenn wir sie nicht ernst genug nahmen, würden wir ihre Sorgen niemals beseitigen können. Und die Sache mit dem Wasser gefiel uns auch nicht. Besonders, nachdem meine Oma uns ihre Sammlung zeigte: Zeitungsausschnitte, Anzeigen, alles, was darüber in der Zeitung erschienen war.

Oma war mit uns recht zufrieden. Plötzlich fing sie an, sich laut über das Wetter zu beklagen, wobei sie auf allen Vieren unter das Bett kroch. Sie hantierte eine Zeitlang von unten an der Matratze, dann zog sie ein zusammengefaltetes Papier hervor. Es war eine Tabelle voll mit chemischen Zeichen und komischen Zahlen. Mit ihrem Zeigefinger wies sie uns an, nicht zu sprechen, und rief ganz laut in Richtung Rufknopf: „Du kannst es ruhig deiner Mutter mitnehmen. Ich sammele schon lange keine Ansichtskarten mehr."

Ich steckte das Papier in meine Hosentasche. Sowohl Hans als auch meine Oma guckten mich bedeutungsvoll an. Ich hatte keine Ahnung, was ich mit der Tabelle anfangen sollte, aber ich tat so, als wenn ich mit Gedankenlesen keine solchen Probleme hätte, wie mit dem Burenkrieg. Ich klopfte an meine Hosentasche, zeigte mit meinem Daumen ein Okay-Zeichen, und verabschiedete mich von ihnen.

Zu Hause schob ich meine Bücher wieder beiseite. Ich konnte meine Zeit jetzt nicht mit lange Verstorbenen verplempern, ich hatte hier und jetzt eine Mission von historischer Bedeutung!

"Hallo, ich bin's wieder. Stellen Sie alle Dokumente zusammen, die mit der Wasserpanne in Zusammenhang stehen! Die Tabellen, die Werte und Auswertungen, alle Publikationen, Zeitungsartikel. Alles. Ich brauche den Ordner in einer halben Stunde hier auf meinem Schreibtisch."

Ich suchte lange im Internet, bis ich alle Zeichen und chemische Formeln gefunden hatte. Ich schrieb sie auf ein großes Blatt Papier. Ich war so ordentlich und gut strukturiert wie noch nie. Ich dachte, wenn ich mit diesem Projekt fertig bin, werde ich meine neuen Methoden auch bei anderen historischen Projekten verwenden. Ich sprang von Webseite zu Webseite, meine Augen vibrierten von den vielen Bildern, Bannern, Formeln. Eine Sache wurde mir relativ schnell klar: Die Werte bezogen sich auf Wasserverschmutzung und wichen von den normalen Werten stark ab.

Es war halb zwei in der Nacht, als ich eine Studie fand, die die gesundheitlichen Folgeschäden der Wasserverschmutzung analysierte. Ein paar Elemente der Tabelle und ihre Wirkungen wurden sogar ausführlich beschrieben. Da stand alles schwarz auf weiß in PDF-Form: Irritationen der Nasenhaut, bei größerer Dosis sogar Beschädigung derselben, Durchfall, Magenschmerzen, bei langer Einwirkung Gelenkbeschwerden.

Aufgeregt rief ich Hans an. Ich wusste, er hatte keinen Dienst mehr. (Als ich ihn das erste Mal erblickt hatte, hatte ich mir seine turnusmäßigen Dienstzeiten für die nächsten acht Monate besorgt. Länger ging es leider nicht. Wie schön, dass ich sie gleich auswendig gelernt hatte! – Hätte Hans zufällig burische Vorfahren gehabt, hätte ich meine Prüfungsvorbereitungen leichter geschafft.)

Ich merkte an seiner Stimme, dass ich ihn geweckt hatte. Er war aber nicht böse. Er hätte auch keine Zeit dazu gehabt, da ich ihn sofort mit meinen neuen Informationen vollstopfte. Ausführlich fragte ich ihn aus, ob er in der letzten Zeit Bewohner mit Durchfall und Erbrechen gehabt hätte oder mit ungewöhnlichen Beschwerden in den Gelenken. So ad hoc konnte er keine Antwort geben, aber es war ihm aufgefallen, dass alle Bewohner mit Magenproblemen im Flügel B waren. Die Gelenke täten allen weh: mal das Knie, mal der Ellenbogen, mal das Kreuz. „Die Armen", fügte er noch mitfühlend hinzu.

Die Armen! Plötzlich hatte ich eine Idee. Ich war zwar nicht über alle strategischen Fragen des Burenkrieges im Bilde, aber schon von Anfang an empört darüber, dass man immer die armen Bauern in der ersten Reihe aufstellte und in den Kampf schickte. Eigentlich war das der Grund, weshalb ich eine nähere Beziehung mit dem Thema sofort abgelehnt hatte. Ich beauftragte Hans, eine Auflistung der gesellschaftlichen Zugehörigkeit der Bewohner beider Flügel zu besorgen. Vielleicht war es kein Zufall, dass meine Oma, die den höchsten Tarif zahlte, im Flügel A wohnte.

Nachdem ich Hans eine gute Nacht gewünscht hatte, tippte ich meine Notizen ordentlich in den PC. Ich kopierte die wichtigsten Stellen der Studie, fügte alles schön zusammen, und druckte das Dokument aus. Ich heftete die Blätter in einen Ordner, damit meine Oma sie leichter durchblättern konnte. Die Originaltabelle wollte ich in der Wohnung verstecken. Ich suchte lange nach dem sichersten Ort, bis ich die Vase fand, in der seit 20 Jahren der Hochzeitsstrauß meiner Mutter Staub sammelte.

Als ich die Vase auf den Schrank zurückstellte, setzte ich mich auf die Bettkante meiner Eltern. Plötzlich fingen meine Beine an zu zittern. Es hätte auch vor Müdigkeit geschehen können, aber ich wusste, das war es nicht. Ich hatte Angst. Bis jetzt war es nur ein Spiel: Tarnung, Recherche mit einem Jungen, der mir sowieso gefiel, die Phantasien einer alten Dame. Aber das Verstecken eines schweren Beweises, die Möglichkeit einer eventuellen Hausdurchsuchung machte das Spiel ernst. Ich blickte zum Fenster. Bevor ich die Vase nahm, hatte ich vergessen, die Jalousien runterzuziehen. Vielleicht wurde ich bereits beobachtet? Mein Herz pochte laut, meine Handflächen schwitzten. Ich zog die Jalousien runter und warf mich auf das Bett. Nein, nein, nein! Ich will mich nicht einmischen! Morgen gehe ich zu meiner Oma und sage alles ab. Sie soll den Schmuck den Hunden geben, mir soll es recht sein, aber sie soll mich aus der Geschichte rauslassen. Sie soll sich an die Direktorin wenden oder an die Wasserwerke, sie soll eine Anzeige bei der Polizei machen oder tun, was sie will, nur ohne mich!

Die Entscheidung beruhigte mich ein wenig. Vielleicht schlummerte ich auch ein. Ich fuhr beim Klingeln meines Handys auf. Es war fünf Uhr morgens. „Ich bin's. Könntest du schnell zu deiner Oma kommen? Nimm ein Taxi. Aber beeil dich!"

Nur gut, dass ich noch angezogen war. Nach einer Viertelstunde stand ich schon am Bett meiner Oma. Schläuche hingen aus ihr heraus oder führten in sie hinein, und sie war sehr blass. Ihre Augen waren aber geöffnet. Ich musste mich ganz nahe an sie lehnen, um zu verstehen, was sie sagte. Sie flüsterte den Namen unseres Hausarztes, und dass ich sie in ein offizielles Krankenhaus bringen lassen sollte. Aber schnell, wenn mir ihr Leben lieb sei.

Auf dem Flur traf ich die Pflegedienstleiterin Frau Körber. Die Geschehnisse täten ihr sehr leid, meine Oma schien immer so ausgeglichen zu sein. Langsam verstand ich, was passiert war, beziehungsweise, wie die offizielle Version lautete. Schlafmittelüberdosis, Selbstmordversuch. Sie habe die Tabletten wahrscheinlich mit dem Kakao am Abend genommen, sonst habe man in ihrem Magen nichts gefunden. Es sei ein großes Glück, dass sie nicht auf die Idee gekommen sei, das Zeug mit Alkohol zu nehmen. Ich fragte mich, warum, aber wollte es gar nicht so genau wissen. Zu erschrocken war ich.

Hans, dachte ich. Wäre er nicht im Dienst gewesen, würde meine Oma vielleicht nicht mehr leben. Die Kraft verließ meine Beine, ich sank auf einen Plastikstuhl. Mir war, als wenn Tausende von Alarmglocken in meinem Kopf bimmelten: Vorsicht, was du sagst! Verrate dich nicht!

Ich legte mein Gesicht in die Hände. Ohne Zusammenhang, stotternd, fing ich an zu sprechen. Ich sagte, dass sie so was schon früher hatte. Als sie meine Mutter zur Welt brachte, als meine Eltern für eine längere Zeit ins Ausland zogen. Ich würde mit ihrem früheren Hausarzt sprechen. Dann sprang ich auf, ergriff die Hände der Pflegedienstleiterin. Ich musste verhindern, dass sie es noch einmal versuchten. Mit hysterischer Stimme forderte ich ihr Versprechen, dass sie persönlich auf meine Oma aufpassen würde. Eine Pflegerin kam gerade vorbei. Ich rief ihr zu: „Die Frau Körber ist verantwortlich dafür, dass meiner Oma nichts passiert!"

Ich wusste nicht, ob ich es mir nur einbildete, aber sie guckte recht unbehaglich. Als wenn ihr weißer Kittel plötzlich zu eng geworden war.

Mehr konnte ich in der gegeben Situation nicht machen. Mein Gehirn arbeitete wie eine Dampflok. Ich musste Oma von hier wegbringen lassen. Aber wie? Der Hausarzt konnte dabei nicht behilflich sein. Er war nie ein Meister seines Berufes gewesen. Ich dachte immer, beim Aspirin hatte er den Faden an der Uni verloren. Er würde mir sowieso nicht glauben, und wenn doch, würde er nie etwas riskieren. Ehrlich gesagt: Ich hätte mir auch nicht geglaubt. Das Ganze war echt surreal. Aber ich wusste auch: Meine Oma wäre die letzte, die Selbstmord begehen würde.

Ich verließ das Gebäude, ohne zu wissen, wohin. Mein Vater wüsste bestimmt, an wen er sich wenden sollte. Mit der halben Stadt war er zur Schule gegangen, die andere Hälfte hatte er danach kennengelernt. Jede Woche spielte er Monopoly mit einem Schuldirektor (Gott sei Dank nicht mit meinem!), mit einem Feuerwehrhauptmann, einem ehemaligen Kommissar, den alle nur „Torst" nannten, und einem Synchronsprecher. Und für alle anderen Fälle war Robert da, unser Nachbar. Was dessen ursprünglicher Beruf war, wusste kein Mensch, aber er half, wenn Schränke verschoben werden mussten, er besorgte und stapelte unser Kaminholz, er reparierte die tropfenden Wasserhähne. Ob er auch bei der Befreiung von Oma behilflich sein könnte?

Torst, der pensionierte Kommissar! Ich wusste sogar, wo er wohnte. Schnell rief ich meine Freundin an und sagte ihr, dass ich krank sei. Sie solle in der Schule Bescheid sagen. Dann ging ich mit entschlossenen Schritten Richtung Hauptplatz. Mit ein wenig Glück würde ich ihn sogar zu Hause antreffen.

„Hallo, ich bin's. Sind Sie verrückt geworden? Ein Selbstmordversuch in unserem Heim? Das fehlt uns noch - eine Untersuchung. Wie wagten Sie es, ohne meine Zustimmung eine solche Entscheidung zu treffen? – Ich will nichts davon hören. Harmlos? Wer weiß schon, was harmlos ist? Sie soll verschwinden. Alle Spuren sollen verwischt werden. Alle, verstehen Sie? Sie soll einfach von der Erde verschwinden, bis ich einen anderen Befehl gebe. – Nein, auf keinen Fall. Schlaftabletten, Beruhigungsmittel, aber ganz kleine Dosen. Je mehr sie schläft, desto weniger spricht sie. Seien Sie sehr, sehr vorsichtig!"

Ich hatte großes Glück. Für einen ehemaligen Kommissar war Torst eine Schlafmütze. Er kam im Bademantel zur Tür. Ich musste eindrucksvoll auf ihn gewirkt haben, denn er bat mich gleich herein, bot mir Tee an und hörte sich meine Geschichte aufmerksam an. Es war keine zusammenhängende Erzählung, immer wieder vergaß ich etwas Wichtiges, ich sprang vom Hölzchen aufs Stöckchen. Er war ernst und konzentriert. Beim Monopoly-Spiel erlebte ich ihn immer ganz anders. Als ich fertig war, stand er lange am Fenster. Ich dachte schon, er hätte mich vergessen. Ich saß nur da, leer, mit bleischweren Gliedern, todmüde. Die Nacht, das Rennen heute früh, der Schock, alles zog mich auf einmal völlig runter. Ich betrachtete die nackten Füße des Kommissars und wurde plötzlich misstrauisch. Was wäre, wenn auch er eingeweiht war? Er arbeitete als staatlicher Angestellter, ich konnte nicht sicher sein, auf welcher Seite er stand. Ich fing an zu schwitzen.

Nach einer Weile drehte er sich um. Ich konnte an seinem Gesichtsausdruck nicht erkennen, was er dachte. Er sagte, ich solle ruhig zur Schule gehen, er organisiere alles. Ich solle meinen Ordner noch heute bei ihm abgeben, am Nachmittag würde er schon wieder zu Hause sein. Ich dürfe aber mit niemanden über die Angelegenheit reden.

Ich stand auf und flüchtete aus der Wohnung. Es war ziemlich unhöflich von mir, aber ich hätte keine Minute mehr da verbringen können. Ich musste einfach weg.

Auf der Straße wurde ich von Personen verfolgt. Überall, wo ich hinguckte, starrte man mich an. Ich ging auf einem Umweg nach Hause und blickte ständig nach hinten, ob die Verfolger noch da waren; aber vielleicht bildete ich mir das alles auch nur ein. Zu Hause angekommen schloss ich die Tür hinter mir ab und hatte wieder keine Ahnung, was ich machen sollte. Der Ordner und die Tabelle waren Zeitbomben. Wenn ich sie behielte, wäre ich erledigt. Wenn ich sie aus der Hand gäbe, könnte ich vielleicht am Leben bleiben, aber meine Oma würde ich dadurch auch nicht retten. Und vor allem wusste ich nicht, wem ich vertrauen konnte. Hans war letztendlich nur ein Angestellter. Was, wenn er auch nur Theater spielte?

Ich hörte plötzlich ein komisches Geräusch von oben. Ich erstarrte! Es klang, als wenn eine Tür zugeschlagen worden wäre. Es dauerte eine Weile, bis ich begriff, dass es gar nicht von oben kam. Es war der Müllwagen. Ich sprang auf. Ich würde keine Minute mehr in diesem Haus bleiben! Ausgeliefert. Lahm. Ich nahm den Ordner und lief zur Straße. Zur Schule konnte ich nicht. Zum Kommissarenfreund meines Vaters auch nicht. Es blieb nur ein Ort übrig, wo ich relativ sicher war: in der Höhle des Löwen. Wenn ich genug Lärm machen würde, würden sie es nicht wagen, mich zu beseitigen. Auch wenn ich mich am Bett meiner Oma festbinden musste.

Dazu hatte ich allerdings keine Gelegenheit mehr. Bei meinem Eintreffen im Heim war meine Oma nirgends zu finden. Ich sah auch keinen Hans, und auch Frau Körber schien nicht mehr im Dienst zu sein. Das ganze Gebäude war wie ausgestorben. Ich geriet in Panik: Ich war zu spät gekommen.

Ich rannte zum ersten Stock, wo die Verwaltungsbüros waren. An der Tür mit dem eleganten Kupferschild „Geschäftsleitung" klopfte ich. Keine Antwort. Ich öffnete und spähte hinein. Niemand zu sehen. Elegante Büromöbel aus Metall und Glas, pedantische Ordnung, in der Ecke eine glänzende Kaffeemaschine, ein Wasserautomat. So war es leicht, sauberes Wasser zu trinken, dachte ich. Rechts eine elegante Holztür. Ich klopfte nicht einmal, sondern ging einfach rein.

Das Büro der Direktorin glich einer Bibliothek aus dem letzten Jahrhundert. An den Wänden Bücherregale, voll von glänzenden, ledergebundenen Folianten. Ich stand in der Mitte, blickte rundherum, bis mir schwindelig wurde.

Ich dachte, ich halluziniere, als sich eine Wand bewegte. Mitsamt Regal und Büchern drehte sie sich aus der Ecke, und aus dem grellen Hintergrundlicht trat die Direktorin hervor.

Wer von uns mehr erschrak, konnte ich nicht feststellen. Ich wäre beinahe in Ohnmacht gefallen. Sie schrie mich an, wer ich sei und was ich in ihrem Büro suche.

„Meine Oma!", erwiderte ich, ohne nachzudenken. Meine Hände waren klitschnass, mir war es ganz schwindelig. Die Direktorin trat aus dem geheimnisvollen Türrahmen heraus und mit einer überraschend leichten Handbewegung schob sie das Regal zurück. Sie zeigte unmissverständlich auf die lederne Sitzgarnitur. Ich sank in den Sessel und fühlte, wie meine Tränen das Gesicht hinunterliefen. „Meine Oma … Wo ist meine Oma?"

Die Direktorin holte mir ein Glas Wasser aus dem Vorzimmer. Meine Hand zitterte, als ich nach dem Plastikbecher griff. Nein, sie werden mich nicht so leicht aus dem Weg räumen können, dachte ich. Wie zufällig rutschte der Becher aus meiner Hand auf den teuren Teppich. Ich stotterte eine Entschuldigung und wischte mit einem Taschentuch das Wasser von der Sessellehne. Dann fing ich wieder von meiner Oma an. Ich dachte, sie fragt mich aus, geht dann zum Telefon, ruft nach einem Pfleger. Stattdessen nahm sie mir gegenüber Platz. Ich hörte ihr verblüfft zu. Sie wusste über meine Oma genau Bescheid. Sie erzählte, dass heute Vormittag ein alter Freund von ihr, einer der berühmtesten Ärzte der Stadt, nämlich ein Professor für

Psychiatrie, meine Großmutter in seine Klinik aufgenommen hatte. Leider könne sie mir keine weiteren Informationen geben, der Herr Professor habe für meine Oma absolute Ruhe verordnet. Aber sie versprach mir, mich sofort zu informieren, wenn sie etwas erfuhr.

Sie stand auf, öffnete die Bürotür. Ich verstand, sie war fertig mit mir. Auf der Schwelle drehte ich mich um: „Sie wissen nicht einmal, wer ich bin! Ich habe mich gar nicht vorgestellt! In diesem verdammten Haus könnte jeder meine Oma sein!"

Kaum rutschten die Wörter aus meinem Mund, wusste ich, dass ich einen fatalen Fehler begangen hatte. Das freundliche Schauspiel war mit einem Schlag dahin, zwei verbitterte Gegner starrten einander an. Sie sprach mit heiserer Stimme. Sie quietschte so, dass es mir kalt den Rücken runterlief. „Ich weiß genau, wer Sie und Ihre Oma sind. Am besten kümmern Sie sich beide in der Zukunft um Ihre eigenen Angelegenheiten. Auf Wiedersehen!"

Ich rannte, wie ich nur konnte. Den Flur entlang, die Treppe runter. Hinter mir hörte ich schnelle Schritte, aber ich drehte mich nicht um.

Ich lief aus dem Gebäude, durch den Park bis zur Bushaltestelle. Zwei Frauen standen dort, die sich unterhielten. Die eine fragte mich nett, ob ich ein wenig Mineralwasser trinken wollte, und schon zog sie eine kleine Flasche aus ihrer Einkaufstüte heraus. Ich sprang entsetzt beiseite: „Ich bin allergisch gegen Mineralwasser. Gegen Leitungswasser. Gegen allerlei Wasser!" Meine Nerven waren total kaputt.

„Hallo, ich bin's. Wo ist sie??? Ich sagte Ihnen, sie sollte ruhiggestellt werden. Wo wir sie im Auge behalten können. – Nein, Ihre Ausreden interessieren mich nicht. Wo sind wir, dass hier jeder aus der Straße reinmarschieren kann und unsere Bewohner mitnimmt? – Ich habe jetzt keine Zeit. Verschonen Sie mich mit Ihren Erklärungen! Sie haben genau eine Stunde Zeit, um herauszufinden, wo sie ist!"

Den ersten Bus ließ ich wegfahren. Ich versuchte, mich und meine Gedanken zusammenzureißen. Ins Heim konnte ich natürlich nicht mehr zurück. Am Abend vielleicht, wenn die Tagschicht vorbei war, könnte ich mein Glück an der Rezeption versuchen. Bis dahin musste ich aber am Leben bleiben. Ich griff zu meiner Tasche. Der Ordner war noch da. Plötzlich wusste ich, was zu tun war ....

Interessant. Problemsituationen machen mich in der Regel lahm. Ich stehe nur da und kann keinen Gedanken aus mir herausquetschen. Wie damals, als man mich bei der Prüfung nach den Buren ausfragte. Die Lebensgefahr hingegen scheint mich sogar zu inspirieren. (Hätte mich der Geschichtslehrer mit einer Machete angegriffen, wären die Jahreszahlen und Namen aus mir nur so herausgeflossen.)

Die Stadtbibliothek war praktisch leer. Die Bibliothekarin setzte sich gleich an ihren Computer, als ich ihr erzählte, ich bräuchte die Dokumente der letzten großen Bauprojekte der Stadt. Ich müsste für die Schule ein Essay schreiben. Leider habe die Bibliothek die Baupläne nicht, die könne ich im Rathaus besorgen, sagte die nette Frau, aber die Projektbeschreibungen könne sie mir zur Verfügung stellen. Diese fände ich aber auch im Internet. Und schon schrieb sie die Webadressen auf einen Zettel. Es gab drei große Projekte: das Altenheim, das Einkaufszentrum am Bahnhof und den Ring um die Stadt. Das Internet war mir recht. Ich wählte absichtlich einen PC, den die Frau direkt sah. Wenn ich schon sterben musste, würde ich wenigstens einen Zeugen haben.

Die Dokumente waren sofort da. Ich fand sogar 3D-Modelle von dem Gebäude. Ich ließ mir zwei Exemplare von der Bibliothekarin ausdrucken. Eine Serie heftete ich in meinen Ordner ein (die Lebensgefahr machte mich nicht nur kreativer, sondern auch koordinierter), die anderen Blätter fing ich an zu studieren.

Auf den ersten Blick war alles in Ordnung. Die Wohnungen waren in beiden Flügeln symmetrisch verteilt. Im Erdgeschoss nur Wohnungen, im ersten Stock waren in dem einen Flügel die Büros. Ich suchte das Büro der Direktorin. Es fiel mir sofort auf, dass der Raum eine Etage tiefer doppelt so breit war. Die Büros befanden sich nur auf der einer Seite des Flurs. Die andere Seite war gar nicht eingezeichnet. Als wenn sie gar nicht existierte.

Die Wohnungen im Flügel B waren ganz in Ordnung. Die gleiche Verteilung, keine ungewöhnlichen Lösungen. Es musste aber gerade da etwas nicht in Ordnung sein. Ich fing wieder an, den Flügel A zu betrachten. Die Wohnung unter dem Büro der Direktorin war ein bisschen kleiner als die gegenüberliegende. Als wenn eine kleine Kammer aus dem Wohnzimmer geschnitten worden wäre.

Ein Aufzug! Von dem Raum hinter dem Bücherregal konnte man mit einem Aufzug unbemerkt zum Erdgeschoss fahren. Oder vielleicht noch tiefer? Plötzlich verstand ich alles. Durch das Büro der Direktorin konnte man den geheimen Flügel erreichen, wo weitere Büros oder Labors waren. Und unter dem Flügel B lief vielleicht auf mehreren unterirdischen Ebenen eine große Schweinerei ab.

Mein Gehirn arbeitete wie verrückt. Alleine kam ich nicht weiter. Wem konnte ich aber vertrauen? Woher konnte ich wissen, ob der ehemalige Kommissar vertrauenswürdig war?

Mit einer plötzlichen Idee meldete ich mich am Computer ab, zahlte die Gebühr fürs Internet und für die Ausdrucke und ging in das Erdgeschoss. Neben der Kantine gab es eine Telefonzelle. Ich rief das Heim an. Ich versuchte, meine Stimme zu verändern, ich machte zwischen den Wörtern längere Pausen. Man verband mich sofort mit der Direktorin, als ich sagte, ich wollte mit ihr über Bücherregale sprechen, sie würde schon wissen, wer ich bin. Sie nahm den Hörer sofort ab. Ich wartete ein wenig, erst dann sagte ich: „Ich bin's. Es ging etwas schief. Torst ist nicht mehr drin. Wir müssen eine andere Kontaktperson suchen."

Zu meiner größten Erleichterung fragte sie gar nicht nach meinem Namen. Als ich über Torst sprach, konnte ich ihre Verblüffung spüren. Ob ich ganz sicher wäre mit dem Namen? Gehe es nicht um einen Horst?

Horst? Es traf mich am Herzen. Ich sagte etwas wie, dass ich mich noch melden würde, dann legte ich auf. Der Kommissar ist also in Ordnung. Hans aber … Ich hatte keine Zeit, lange darüber zu grübeln, ich musste schnell handeln. Die Bibliothek war nur noch eine Stunde auf. Ich rief von der Telefonzelle den Kommissar an.

Nach zehn Minuten war er da. Wir sprachen nicht viel. Kurz schilderte ich ihm, was ich entdeckt hatte, dann reichte ich ihm den Ordner. Als er ihn in seine Aktentasche steckte, war ich erleichtert. Wir verabschiedeten uns gerade, als mein Handy klingelte. Hans wollte mich sofort treffen. Er hatte nicht viel Zeit, wahrscheinlich wurde er auch schon beobachtet. Ich fragte ihn schnell, ob er Horst hieße. Ich fügte keine Erklärung dazu, sagte nur, es sei eine Frage von Leben und Tod. Aus seinem Lachen verstand ich seine Antwort.

Wir setzten uns also in der Halle hin, und während wir auf Hans warteten, erzählte ich dem Kommissar von meinem Anruf bei der Direktorin. Zum ersten Mal entdeckte ich in seinen Augen etwas, was wie Lachen aussah.

Hans keuchte, als er ankam. Er brachte die Liste der Bewohner mit. Wie er sie hatte beschaffen können, sagte er nicht.

Meine Idee war richtig: Im Flügel B wohnten ausschließlich Sozialfälle. Alkoholiker, Obdachlose, Behinderte, die keine Familie hatten. Die wohlhabenden, zahlenden Bewohner lebten alle im Flügel A.

Als wir mit der Liste fertig waren, ließ ich ihn schwören, dass er nicht Horst hieß. Er verstand noch immer nicht, was ich damit bezweckte, aber anscheinend fiel es ihm leicht. Ich zeigte ihm die Pläne und Modelle des Gebäudes. Er erinnerte sich, dass er einmal auf der Nordseite, dort, wo es keine Fenster gab, eine Feuerleiter entdeckt hatte. Sie führte zu einer weiß gestrichenen Metalltür, deren Funktion er den Brandschutzvorschriften zuschrieb, also hatte er die Sache mit der Leiter wieder vergessen. Er zeichnete die Stelle auf der Karte bei den nicht existierenden Büros ein, etwa in die Mitte. Klar, wenn jemand hinter den Wänden arbeitete, musste es einen Notausgang geben.

Die beste Nachricht kam zum Schluss. Er wollte schon gehen, als er einen Zettel in meine Hand drückte. Es war die Adresse der Privatklinik, in der meine Oma lag. Er verriet wieder nicht, wie er dazu gekommen war. Und bevor ich ihn fragen konnte, wie er tatsächlich hieß, zwinkerte er dem Kommissar zu, und war weg.

Auch Torst verabschiedete sich. Er murmelte etwas von Informationen, die er dringend besorgen wollte. Ich blieb in der Halle allein.

Ich wollte gerade ein Taxi rufen, als mein Handy klingelte. Zu meiner größten Verblüffung war es meine Schulleiterin. Sie bekäme über mich komische Nachrichten, als wenn ich gar nicht krank wäre. Ich solle sofort zu ihr in die Schule kommen, wenn ich nicht wolle, dass ich nie mehr das Gebäude betreten dürfe. Ich blickte auf die große Wanduhr neben dem Aufzug. Es war 19.30 Uhr. Nie wurde ich am Abend von der Schule angerufen. Wenn es nur um Schulschwänzen ginge, könnte sie es morgen mit meiner Klassenlehrerin erledigen. Ich wusste, es steckte viel mehr dahinter. Wahrscheinlich kannten alle Direktoren in der Stadt einander. Oder die beiden Frauen waren sogar Geschwister. Ihre Haarfarbe war verdächtig ähnlich. Ich würde nicht in die Falle reinmarschieren. Wenn ich rausgeschmissen werden sollte, würde ich mir eine andere Schule suchen. Damit wäre dann auch das Burenproblem erledigt.

Ich rief also das Taxi und fuhr zu der Adresse, die Hans mir besorgt hatte. Es war schon dunkel, als ich ankam. Ich dachte, ich würde höflich aufgefordert werden, nach Hause zu gehen und morgen zurückzukommen, aber einen Versuch wert war es schon. An der Rezeption saß ein Nachtwächter. Als wenn er auf mich gewartet hätte, begrüßte er mich mit einem breiten Lächeln. Dann rief er jemanden kurz an, und nach paar Minuten erschien eine Krankenschwester, die mich zu meiner Oma führte.

Sie schlief, aber innerhalb von Sekunden wurde sie munter. Sie lächelte mich glücklich an. Anscheinend fühlte sie sich wohl und sicher.

Wir sprachen lange. Ich erzählte ihr alles, was wir herausgefunden hatten. Immer wieder unterbrach sie meinen Wortschwall glücklich und aufgeregt: „Siehst du? Ich hatte doch recht!"

Irgendwann gegen Morgen kuschelte ich mich neben sie. Wie in meiner Kindheit. Sie streichelte meine Hand, so schlief ich ein.

"Sehr geehrter Herr Bürgermeister!

Auf diese Weise möchte ich Sie über meine Demission informieren. Als Anhang meines Briefes finden Sie meine Kündigung, die ich an die Stiftung einreichte. Aufgrund meiner Besprechungen mit dem Herrn Präsidenten kann ich Ihnen versichern, dass mein Nachfolger in Kürze die Position übernimmt, und das Projekt kann problemlos weitergeführt werden.

Obwohl Sie über die Gründe meiner Kündigung und die vorherigen Geschehnisse auch offiziell informiert werden, möchte ich Ihnen persönlich einen Bericht geben.

Wie Sie wissen, arbeiteten wir seit Jahren an einer neuen Energiequelle, die kostengünstig und ohne jegliche Umweltgefährdung die volle Energieversorgung der Stadt übernehmen kann. Nach unserer Beurteilung kamen die Forschungen und Experimente letztes Jahr in eine entscheidende Phase, sodass das System in einer städtischen Einrichtung im Praxisbetrieb ausprobiert werden konnte.

Leider traten mehrere technische und menschliche Fehler auf, die meine Verantwortlichkeit belasten. Deshalb habe ich meinen Rücktritt als Leiterin des Altenheimes und des Projektes beschlossen.

Die Analyse dieser bedauerlichen Fehler zeigte aber eindeutig, dass wir mit dem geplanten und erhofften Erfolg des Projektes recht haben. Auch unter extremen Bedingungen und Leistungen funktionierte das System wirtschaftlich und sicher. Deshalb entschied sich das Kuratorium der Stiftung im Einklang mit der technisch-wissenschaftlichen Leitung des Projekts, dass die Entwicklung weitergeführt wird. Die wichtigste Bedingung ist allerdings, dass keine weiteren menschlichen Risiken in Kauf genommen werden dürfen. Deshalb wurde das Gebäude evakuiert, und die Bewohner zogen in ein anderes Heim der Stiftung. Das Projekt läuft also in der Zukunft in einem leeren Gebäude unter simulierten Bedingungen (Lüftung, Öffnen der Türen usw.).

Ich werde meinem Nachfolger selbstverständlich alle Hilfen geben, damit das Projekt wegen meines Rücktritts keinerlei Nachteile erleidet.

Ich möchte mich bei Ihnen bedanken, dass Sie mir die Möglichkeit gaben in diesem revolutionären Projekt mitzuwirken. Für die Zukunft der Energiewende und Ihnen persönlich wünsche ich viel Erfolg."

Ja, die Buren sind einzig und alleine schuldig. Wenn sie mit den Briten keinen Streit gehabt hätten, wenn sie anstatt blutige Kämpfe auszufechten friedlich miteinander Whiskey getrunken hätten, dann hätte ich auch friedlich auf weißem Sand liegen, meinen Bauch sonnen und an meinem Cocktail nippen können.

Aber dann hätte mich Hans (oder Hubertus?) nie bemerkt.

Und das ganze komische Projekt wäre unbemerkt geblieben.

Und wir wären mit meiner Oma nie Verbündete geworden.

Kann es sein, dass ich den Buren doch dankbar bin?

Kriminalinski

Grüner Tod

Prolog

Münsterländische Tageszeitung
Zeitungsartikel aus dem Jahre 2010

Gasvergiftung

Drei Tote bei Unglück in Biogasanlage

Ein bisher ungeklärter Gasaustritt in einer Biogasanlage in Molbergen hat gestern das dritte Todesopfer gefordert. Neben dem 46-jährigen Kraftfahrer einer niederländischen Zulieferfirma sind zwei Mitarbeiter des Anlagenbetreibers im Alter von 27 und 35 ihren schweren Gasvergiftungen erlegen.

Landkreis Cloppenburg - Nach dem Unglück in einer Biogasanlage in Molbergen ist die Zahl der Todesopfer auf drei gestiegen. Wie die Polizei am Mittwoch mitteilte, erlag ein 46 Jahre alter Berufskraftfahrer einer niederländischen Zulieferfirma am Mittag im Krankenhaus seinen schweren Verletzungen. Bereits am Dienstag waren eine 35-jährige Frau und ein 27 Jahre alter Mitarbeiter des Anlagenbetreibers gestorben. Fünf Feuerwehrmänner erlitten Hautreizungen. Aus bislang ungeklärter Ursache war aus der Anlage Gas ausgetreten.

Am Mittwoch lief die Suche nach der Schadensursache auf Hochtouren. Bislang ist das Leck, aus dem eine Gasmischung aus brennbarem Methan sowie Schwefelwasserstoff, Kohlendioxid und Ammoniak ausgetreten sein soll, nicht gefunden worden. Bis zum Mittag hatte ein Expertenteam Messungen an der Produktionshalle der Anlage vorgenommen. Dort lagen die Messwerte von Schwefelwasserstoff, dem Gas, das vermutlich zum Tod der Opfer führte, noch deutlich über der maximalen Arbeitsplatzkonzentration.

In der 2007 erbauten Biogasanlage in Molbergen werden überwiegend Maissilage sowie Bioabfälle aus der Landwirtschaft verarbeitet. Damit wird Methangas produziert, das in Blockheizkraftwerken in Wärme und Strom umgewandelt wird. Die Anlage galt bis zu dem Unglück als landwirtschaftlicher Demonstrationsbetrieb.

* * *

Thies Otten saß auf der Holzbank vor seinem Haus und hielt in der einen Hand einen Zettel, auf dem mit aufgeklebten Buchstaben eine äußerst bedrohliche Nachricht gebildet war. In der anderen Hand hielt er einen dem Drohbrief beigefügten Zeitungsbericht der Münsterländischen Tageszeitung. Der Landwirt aus Molbergen fühlte sich nicht einfach nur genötigt. Das war – ganz unmissverständlich – eine Morddrohung, da war er sich sicher. Sie galt zweifelsfrei ihm, denn der Zeitungsartikel berichtete von einem Vorfall in seinem Betrieb aus dem Jahre 2010. Es war von einem Unfall in seiner Biogasanlage zu lesen, bei dem drei Menschen getötet worden waren. Irgendjemand wollte ihn mit dieser Nachricht davon abbringen, in der Nachbargemeinde Grönheim eine weitere Biogasanlage zu bauen. Sollte er seine Pläne dennoch umsetzen, würde er das teuer bezahlen müssen – so stand es auf dem Zettel geschrieben.

Der Landwirt war schockiert. Sicher, er hatte für den schrecklichen Unfall von damals die moralische Verantwortung übernommen. Doch eine direkte Schuld an dem Unglück traf ihn nicht. Die Untersuchungen hatten seinerzeit ergeben, dass das Tankfahrzeug einer Zulieferfirma aus Holland ein Leck hatte, aus dem eine tödliche Giftwolke ausgeströmt war. Die hatte zum Vergiftungstod dreier Menschen auf seiner Biogasanlage geführt. Üppige Schmerzensgeldzahlungen der niederländischen Firma an die Hinterbliebenen konnten über die schweren Schicksalsschläge natürlich nicht hinweghelfen. Thies Otten arbeitete seit dem Vorfall nicht mehr mit der Firma zusammen, und nach einigen Monaten schien Gras über die Sache gewachsen zu sein. Die aufgrund des Unglücks zunächst wieder laut gewordene Kritik an seiner Biogasanlage verstummte nach weiteren drei Monaten. Da die Unmutsäußerungen mit von der Öffentlichkeit verurteilten Aktionen einiger militanter Umweltschützer einhergingen, war schnell die Rede vom uneinsichtigen Wutbürger. Die Allgemeinheit stand dem grünen Strom, den die Anlage von Thies Otten produzierte, überwiegend positiv gegenüber. Schließlich gelangte der in Molbergen aus nachwachsenden Rohstoffen gewonnene Biostrom in das öffentliche Netz. Zunächst belieferte Bauer Otten mit seiner Anlage kommunale Einrichtungen, wie das Cloppenburger Krankenhaus oder die Stadtverwaltung. Mit seiner geplanten zweiten Biogasanlage im benachbarten Grönheim wollte er nun Biostrom für die privaten Haushalte in Cloppenburg produzieren. Die Gasleitung, die von Molbergen aus über Stedingsmühlen und Ambühren in die Kreisstadt führen sollte, befand sich schon im Bau. Doch irgendjemand schien etwas dagegen zu haben, dass Thies Otten eine zweite Biogasanlage baute. Aber wer konnte das sein?

* * *

Polizeikommissar Hendrik Willen hielt mit unterkühltem Blick das schwarze Sportcoupé an, das in der Tempo-30-Zone eindeutig zu schnell unterwegs war. Er erkannte das Auto und den Fahrer darin: Alfons Hackmann, der seit seinem Lottogewinn auf großem und in diesem Fall auch auf schnellem Fuß lebte.
„Moin Hacki, was hast du es in der Früh denn so eilig?"
„Moin Pommes, weißt du doch. Ich bin halt immer spät dran", versuchte sich Alfons Hackmann herauszureden.
Pommes war Hendrik Willens Spitzname aus alter Handballzeit. Der eher stille Junge war damals mit einem Meter fünfundachtzig nicht sonderlich groß, aber die gerade mal siebzig Kilogramm Gewicht hatten seine Eltern veranlasst, den „Spar-

geltarzan" ständig zu ermuntern, mehr zu essen. Und so aß Hendrik – Pommes Frites nach jedem Training. Schnell wurde er im Verein zum Kultivierer dieser länglichen, frittierten Kartoffelstäbchen. Dicker wurde er jedoch nicht dadurch. Doch Hendrik hatte seinen Spitznamen weg.

„Ich drück' noch mal ein Auge zu, Hacki, weil noch nicht viel los ist."

„Danke, Pommes!"

Der Kommissaranwärterin auf der anderen Seite des Sportwagens warf der Beamte einen strengen Blick zu, der jeden Widerspruch im Keim erstickte. Anja Krause gefiel das zwar nicht, aber sie fügte sich zunächst. Schließlich war Willen der Chef. Nachdem Alfons Hackmann seine Fahrt im vorgeschriebenen Tempo fortgesetzt hatte, erklärte Pommes seiner jungen Kollegin, die bei ihm in der Dienststelle Molbergen das während des Fachstudiums vorgeschriebene Praktikum absolvierte, weshalb er so gehandelt hatte:

„Hier auf dem Land muss man mit allen gut zurechtkommen. Da sollte man bei Kleinigkeiten nicht päpstlicher sein als der Papst."

Die Kommissaranwärterin sah ihn etwas irritiert an und fragte: „Meinst du nicht, dass du das Uraltimage von der Polizei als Freund und Helfer ein wenig zu wörtlich nimmst? Es ist ja schön, dass der Dorfpolizist jeden im Ort kennt und auch mit den privaten Verhältnissen bestens vertraut ist. Doch du lässt sehr oft Gnade vor Recht ergehen – zu oft, wie ich finde."

Willen blieb ihr eine Antwort schuldig. Stattdessen sah die junge Polizistin in zwei verdutzte Augen und dachte, als sie sich wieder hinter die Radarpistole stellte, was der Kollege doch für ein seltsamer Bursche war. Sie hatte bereits in den ersten Tagen ihres Praktikums bemerkt, dass Polizeimeister Hendrik Willen kein Mann vieler Worte war. Small Talk war nicht sein Ding. Seine Sätze waren kurz und präzise. Nie sagte er mehr als nötig.

Das Messgerät piepte erneut und riss die junge Polizistin aus ihren Gedanken. Hendrik Willen hob zum Gruß die Hand, als der Geländewagen an ihnen vorbeischoss.

„Überprüf noch mal die Toleranz, Anja!"

Anja Krause lächelte still in sich hinein. In ihren Augen war Hendrik der Urtypus des unbedarften Polizisten, der bei Falschparkern und Temposündern gern mal ein Auge zudrückte und ansonsten lieber eine ruhige Kugel schob. Nicht zu viel Aufregung im Revier – das war seine Devise. Allerdings war Willen der Typ Dorf-Cop, der über sich hinauswuchs, sobald es die Situation erforderte. Es gehörte wohl zu seiner Taktik, dass man ihn oft unterschätzte.

Zu dieser Meinung kam die junge Kommissaranwärterin, als Willen ihr einmal von dem ersten richtigen Mordfall in Molbergen berichtete. Es war noch gar nicht so lange her, dass man in der Molberger Dose eine Leiche gefunden hatte, die im Torf vergraben war. Hendrik war wider Willen in die Rolle des Mordermittlers geschlüpft, die Kripo hatte um seine Unterstützung gebeten. Im Zuge der Ermittlungen musste er sogar von seiner Schusswaffe Gebrauch machen und seiner Kripo-Kollegin das Leben retten.

Irgendwie bewunderte Anja ihn aber auch. Hendrik hatte eine besondere Art, mit den Dingen umzugehen. Dieser jungenhaft wirkende Mann mit naiver, geradezu fügsam klingender Stimme konnte einen Verbrecher auf stille Weise zu Fall bringen. Das machte ihm so schnell keiner nach. Und das machte ihn für Anja Krause sympathisch.

Hendrik Willen rückte sich mit strenger Miene die Uniformmütze zurecht, als sein Handy die Tatort-Melodie spielte.

„Ja, Willen ... Ach Helge, alter Rübenzüchter, was gibt's Neues im Landkreis?"

Willen wandte sich von der Fahrbahn ab, um ungestört telefonieren zu können. Das Gespräch dauerte eine Weile. Als der Beamte zurückkam, gab er seiner Kollegin Anweisung, die Geschwindigkeitsüberwachung zu beenden. Sie hätten eine weitaus wichtigere Aufgabe zu lösen.

„Das war Helge Otten, ein alter Schulfreund."

„Ist der Vater, Thies Otten, nicht der große Milchbauer hier in Molbergen?", erkundigte sich Anja Krause.

„Genau", bestätigte Willen. „Sein Alter hat einen Drohbrief erhalten und Helge bittet mich um Hilfe."

Anja Krause nickte. Rasch bauten sie die Radarpistole ab, verstauten das Gerät im Dienstwagen und machten sich auf den kurzen Weg zu Bauer Otten.

Helge Otten kam gerade aus dem Kuhstall, als der Polizeiwagen auf den Hof fuhr. Während der Polizeikommissar den Wagen abstellte, verschwand der Jungbauer im Haus und kam kurze Zeit später mit dem an seinen Vater adressierten Drohbrief zurück. Nach einer kurzen Begrüßung betrachtete Hendrik Willen den Zettel und reichte ihn beinah uninteressiert weiter an seine Kollegin. Er bemerkte, dass Thies Otten hinter der Gardine des Küchenfensters stand und ihn beobachtete.

„Hat er Angst?", fragte Hendrik seinen alten Kameraden.

„Klar hat er Angst", antwortete dieser und fügte hinzu: „Wirst du uns helfen, Hendrik?"

Hendrik Willen wartete mit seiner Antwort. Die Sache von damals kam ihm wieder in Erinnerung und verursachte ein bedrückendes Gefühl im Magen. Er musste blinzeln, als die Sonne ihm grell ins Gesicht schien.

„Mhm." Der Polizist nickte mürrisch.

Helge Otten wandte den Blick zu seinem Vater am Küchenfenster und hob den Daumen seiner rechten Hand. Der alte Bauer verschwand daraufhin hinter der Gardine. Anja Krause, die die Szene die ganze Zeit aufmerksam verfolgt hatte, nahm vor allem das Nichtgesagte in dieser Situation wahr. Irgendwie schien die Beziehung zwischen Hendrik Willen und Thies Otten belastet zu sein. Sie blieb diskret und hakte nicht weiter nach. Dennoch schaltete sie sich jetzt in das Gespräch ein:

„Ich dachte, Sie wären Milchbauern, Herr Otten."

„Das sind wir. Aber wir betreiben zudem eine Biogasanlage. Als Zusatzgeschäft, sozusagen. Die Nebenprodukte aus Tierzucht und Landwirtschaft können für die Herstellung von Biogas verwendet werden. Außerdem wird die Anlage mit Zuschüssen vom Staat gefördert."

„Verstehe. Die Geschäfte laufen gut und Sie wollen eine zweite Anlage bauen."

„Die wetterunabhängige Erzeugung von Biostrom sichert uns als Anlagenbetreiber eine kalkulierbare Einnahmequelle, da Energie aus Biogas keinen Preisschwankungen unterworfen ist, wie es beispielsweise bei der Milch der Fall ist. Gleichzeitig tragen wir mit einer Biogasanlage aktiv zum Umweltschutz und zum Energiemix der Gemeinde bei."

„Toll auswendig gelernt. Ihr macht es der Kohle wegen", kommentierte Willen die Ausführungen seines Kumpels.

„Na und, ist das etwa verboten? Du kaufst deine Milch doch auch beim Discounter, Hendrik. Hauptsache billig. Ob wir Milchbauern von den Lebensmittelkonzernen ausgenommen werden, ist dir doch egal."

„Ein Streit bringt uns nicht weiter, Leute", versuchte die junge Kommissaranwärterin die Wogen zu glätten. „Wir müssen herausfinden, wer Ihren Vater bedroht. Nur so können wir ihn schützen. Haben Sie eine Idee, von wem der Brief stammen könnte, Herr Otten?"

„Da kämen viele infrage", antwortete der junge Landwirt und nannte einige Namen, die der Gegner-Fraktion der Biogasanlage zuzurechnen waren. Anja Krause notierte sich die Namen in ihr Notizbuch.

„Morgen findet eine Gemeindeversammlung statt. Da werden alle kommen – die, die für die Anlage sind, und die, die dagegen sind. Vater hat zu der Veranstaltung eingeladen und will den Grönheimern erklären, warum wir die Anlage bauen werden und welche Vorteile sie davon haben."

„Ihr Vater begibt sich damit in die Höhle des Löwen. Schon mal darüber nachgedacht, dass man dort einen Anschlag auf ihn ausüben könnte?"

Der Jungbauer sah die Polizisten erschrocken an.

„Ihr müsst ihn beschützen!", flehte er die Beamten an.

„Wir sind keine Personenschützer, Helge", antwortete Willen schroff.

„Wir könnten aber hingehen und für einen störungsfreien Ablauf der Versammlung sorgen", erwiderte die junge Kollegin.

Für eine Weile schwiegen alle. Die Polizistin und der Landwirt warteten auf Willens Reaktion, dessen Blick zorniger wurde. Der Polizist wandte sich von ihnen ab in Richtung Auto.

„Wir sehen uns dann morgen, Helge."

Helge Otten atmete erleichtert auf. Er rief Willens Kollegin noch Ort und Uhrzeit der Veranstaltung zu und sah dann dem Polizeiwagen hinterher, der langsam vom Hof fuhr.

* * *

Thies Otten hatte alle Anwohner der geplanten Biogasanlage zu einer Informationsveranstaltung mit anschließendem Freibier ins Alte Landgasthaus Dwergte eingeladen. Die meisten Anwohner waren seiner Einladung gefolgt. Das Lokal in Dwergte gab es schon ewig. Es schien, als wäre es seit der Eröffnung nicht mehr renoviert worden. Thies Otten war es aber egal, dass das Gasthaus von der Tourismusbranche oder der Dehoga nicht sonderlich empfohlen wurde. Im ganzen Landkreis war bekannt: Der frische Krabbensalat kam seit eh und je frisch aus der Dose, die Einrichtung, Eiche rustikal, sah aus wie Gelsenkirchener Barock, aus dem Radio strömte gediegene Marschmusik – und noch so manches andere stand für das, was man gemeinhin deutsche Gemütlichkeit nennt. Der Landwirt befand, dass diese Lokalität dem Anlass des Treffens entsprach. Außerdem war es eine günstige Lösung.

Als der alte Otten zusammen mit den beiden Polizisten den großen Saal betrat, war bereits eine hitzige Diskussion im Gange. Es hatten sich zwei Lager gebildet: ein konservativ-bürgerliches, das überwiegend aus den betroffenen Anwohnern in Grönheim bestand, sowie ein grün-alternatives, das von Umweltaktivisten dominiert wurde. Die Lautstärke hatte einen Pegel erreicht, bei dem man sein eigenes Wort nicht mehr verstand. Es wurde zwar laut und wild, aber friedlich durcheinandergeredet. Die Debatte entzündete sich an der Umwelt- und Energiepolitik der Bundesregierung in Berlin. Auslöser war der Rausschmiss des Umweltministers aus dem Kabinett nach der CDU-Wahlpleite in NRW, die dieser zu vertreten hatte. Einige Bürgerliche kritisierten, die Kanzlerin würde ihrem Image als eiserne Lady gerecht, die ihren Minister eiskalt abserviert hätte. Andere Stimmen verwiesen auf die Notwendigkeit, der Energiewende eine höhere Priorität einzuräumen, und empfahlen, ein eigenständiges Energieministerium zu schaffen. Dem widersprachen etliche Vertreter der Umweltaktivisten mit dem Argument, dass es grundsätzlich richtig sei, Kompetenzstreitigkeiten zwischen Umwelt- und Wirtschaftsministerium zu vermeiden. Die Gesamtverantwortung sollte jedoch dem Umweltministerium zugesprochen werden, das man dann in Klimaministerium umbenennen könnte.

Als Thies Otten neben seinem Sohn Helge und Hubert Loegmann, dem Vorsitzenden des Gemeinderats Molbergen, Platz nahm, kehrte allmählich Ruhe im Saal ein. Hendrik Willen und Anja Krause postierten sich am Saaleingang und konnten von dort das Geschehen überblicken. Sie gingen davon aus, dass sich der Absender des Drohbriefes unter den Anwesenden befand, und waren daher darauf gefasst, jederzeit einzuschreiten, sobald der Landwirt in Gefahr geriete.

Hubert Loegmann erhob sich und eröffnete die Bürgerversammlung mit einer kleinen Ansprache. Nachdem er ein paar einführende Worte zum Anlass des Zusammenkommens verloren und sich im Namen aller bei dem Landwirt Thies Otten für die Ausrichtung bedankt hatte, übergab er das Wort an Ludger Wolf, seinen Stellvertreter im Rat, in dessen Ressort diese Angelegenheit fiel und der die Moderation des Abends übernehmen sollte. Wolf führte in kurzen Zügen in das Thema ein und stellte dann unmissverständlich klar, warum die Gemeinde dem Bauantrag für Ottens zweite Biogasanlage zugestimmt hatte: Biogas sei politisch gewollt und würde großzügig gefördert. Niedersachsen, und insbesondere der Landkreis Cloppenburg, nahm hier eine Vorreiterrolle ein. Augenblicklich wurde es wieder laut im Saal. Widersprüche und Gegenargumente schlugen Wolf entgegen und er hatte größte Mühe, die Diskussion in geordneten Bahnen zu führen. Er erteilte zunächst Claudia Gerdes, einer Anwohnerin, das Wort.

„Ludger, wir alle wissen, dass dich die Angelegenheit persönlich betrifft. Wir haben größten Respekt davor, wie professionell du mit der Sache umgehst und hier nicht deinen eigenen Standpunkt, sondern den der Gemeinde vertrittst."

Anja Krause sah Willen fragend an.

„Seine Frau ist damals bei der Explosion in Ottens Anlage in Molbergen ums Leben gekommen."

Die Polizistin hörte der Anwohnerin jetzt aufmerksam zu.

„Wir verstehen auch die Beweggründe für die Gemeinde. Unabhängige Energieversorgung und Gewerbesteueraufkommen sind aus Sicht der Gemeinde wichtig. Aber, Ludger, denke bitte an uns Anwohner, die wir ganz direkt durch den Bau der zweiten Anlage betroffen sind!"

„Ganz genau!", ergänzte Heinrich Budde, ebenfalls Anwohner und Sprecher der Bürgerinitiative, die sich gegen den Bau der Biogasanlage gebildet hatte. „Um es klar vorweg zu sagen: Wir Anwohner sind nicht generell gegen eine zweite Anlage, wir sind nur gegen den Standort dieser Anlage. Nach jetziger Planung würde sie sich zu nah am Wohngebiet befinden und durch die enorme Geruchsbelästigung die Wohnqualität der Siedlung ganz erheblich mindern."

Andreas Gerdes, der Mann von Claudia Gerdes, stützte Buddes Argumentation: „Dazu kommt noch das erhöhte Verkehrsauf-kommen. Tag und Nacht der Lärm der Laster, die die Anlage anfahren, um den Mais hinzubringen und die Gärreste wieder abzuholen. Das hält auf Dauer niemand aus."

„Scheiß Biogasanlage! Drei Tote in Molbergen sind genug!", schrie Paula Liebrecht, eine junge und sehr radikale Umwelt-aktivistin, in die Runde. Mit ihrer Äußerung entfachte sie die heftige Diskussion erneut. Ludger Wolf hatte große Mühe, die erhitzten Gemüter zu beruhigen.

„Das ist doch die, die letztens die Stinkbomben in Molbergen schmiss", flüsterte Anja Krause Willen zu, der ihr das mit ei-nem kurzen Nicken bestätigte.

„Du Ökofundamentalistin! Du übertreibst es mit deinen blö-den Aktionen und schadest damit unserer Initiative!", rief je-mand laut aus der bürgerlichen Mitte.

Jemand anderes stimmte dem zu: „Wir haben's satt, dass du uns alle mit deiner Grün-Religion zu missionieren versuchst. Werde mal lieber erwachsen!"

Paula Liebrecht wollte aufspringen, konnte aber von Arne An-dersen, einem als gemäßigt bekannten Naturschützer, daran gehindert werden. Er wollte in der Sache vermitteln und gab der Aktivistin grundsätzlich recht, wobei er natürlich radikale Aktionen nicht gutheißen wollte.

„Paula übertreibt es mit ihren Aktionen vielleicht ein wenig, dennoch hat sie im Grunde recht. Havariefälle in Biogasan-lagen sind leider nicht wegzudiskutieren. Hinzu kommt die negative Klimaschutzbilanz. Es wird mehr CO2 freigesetzt, als durch den Betrieb der Anlage eingespart werden müsste. Dann der Maisanbau, er schädigt durch den Stickstoffdünger das Grundwasser und damit das Trinkwasser. Außerdem geht die Artenvielfalt durch die Maismonokulturen verloren."

Beifall aus den Reihen der Bürgerschaft übertönte Helge Ottens Klagelied von den geschröpften Milchbauern, die um ihre Existenz kämpfen und sich neue Einnahmequellen erschließen mussten. Sein Vater saß von Anfang an stumm daneben und beteiligte sich nicht an der nun äußerst hitzig geführten Diskussion. Ludger Wolf unternahm keine weitere Anstrengung, die Debatte zu moderieren. Er blieb auf seinem Stuhl sitzen und blickte mit einem hinterhältigen Grinsen zu Thies Otten herüber. Der alte Landwirt erhob sich plötzlich von seinem Sitzplatz und humpelte in Richtung Saalausgang.

„Ihr könnt euch auf den Kopf stellen, ich werde die Anlage wie geplant bauen!", zischte er sichtlich erregt, während er von den Polizisten flankiert den Saal verließ.

„Das wirst du bitter bereuen, alter Mann. Dich mach' ich fertig!", schrie ihm Paula Liebrecht nach.

Ludger Wolf gab dem Wirt ein Zeichen, mit dem Bierausschank zu beginnen. Er nahm sein Glas und hob es für einen, wie er meinte, passenden Trinkspruch triumphierend hoch:

„Die Bürgerwehr in ihrem Lauf halten weder Ochs noch Esel auf!"

* * *

Du hast das Spiel beginnen lassen.

Die Nachricht ist angekommen. Sie hat dem Alten einen gehörigen Schrecken versetzt. Du hast es in seinen Augen gesehen, dass er Angst hat. Angsthase. Sitzt in der Versammlung wie ein Häschen in der Grube. Die Polizei hat er sich zum Schutz mitgebracht. Ausgerechnet den Polizisten, der noch eine Rechnung mit ihm offen hat.

Wer war schuld damals? Er? Sie? Beiden hatten getrunken. Sie mehr als er.

Braveheart, der brave Polizist, war tapfer. Am Grab und auch danach. Ob er das je vergessen kann?

119

Und er liebt das Landleben – wie die anderen – und will es schützen. Muss es schützen. Braver Polizist, er wird das Richtige tun. Dafür wirst du sorgen.

Gut, gut. Du hast alles im Griff. Du bist mit deinem Protest nicht allein. Niemand hier will die zweite Anlage. Die braven Bürger wollen doch ihre kleine heile Welt schützen. Ihr spießiges Vorgärtchen, in dem der Regenwurm sich tummelt. Ihr Trinkwasser soll nicht übel riechen und die Kinderlein krank machen. Wenn sie aus dem Fenster blicken, wollen sie grüne Bäume, weite Felder und glückliche Milchkühe sehen. Keine hässlichen Gasbehälter. Wenn's in der Anlage kracht, dann Gut' Nacht.

Sie sind auf deiner Seite. Klar, denn sie wählen doch alle die Grünen, die Partei der Besserverdienenden, und meinen, damit tun sie etwas für Umwelt und Natur. Doch keiner will wirklich etwas unternehmen. Sie reden nur, tun aber nichts. Außer am Wahltag. Da machen sie ihr Kreuzchen und erleichtern ihr schlechtes grünes Gewissen.

Also musst du es tun. Du musst! Für sie, die so schwach sind.

Du kannst dir sicher sein: Alle sind gegen ihn. Das ist gut, denn dann fällt der Verdacht nicht so schnell auf dich. So kannst du in Ruhe weitermachen.

Die zweite Warnung wird noch deutlicher werden. Aber du musst aufpassen, darfst den Polizisten nicht unterschätzen. Braveheart. Sein naiver Blick ist trügerisch. Er ist nicht dumm, tut manchmal nur so.

Sei wachsam!

* * *

An die fünfzig Leute waren dem Aufruf der Bürgerinitiative zur Demonstration vor der Molberger Biogasanlage gefolgt. Die Demo war nicht angemeldet, sondern über Facebook organisiert. Dafür verlief sie aber überwiegend friedlich. Mit Pappschildern und Spruchbändern taten einige Bürger ihre Meinung zu Biogasanlagen kund. Heinrich Budde sprach als Vorsitzender der Bürgerinitiative durch ein Megafon und erntete in den Pausen, in denen er Luft holte, frenetischen Applaus. Neben ihm auf dem Podest vor den Toren der Anlage stand der in grüner Jägerkluft gekleidete Naturschützer Arne Andersen und ergänzte von Zeit zu Zeit Buddes Proklamation. Als passionierter Jäger untermauerte er die Argumentation aus Sicht von Flora und Fauna.

Paula Liebrecht führte ein Dutzend Aktivisten an, die sich der Demo angeschlossen hatten und mit Atemschutzmasken bekleidet Flyer unter den Anwesenden verteilten. Darauf waren radikale Parolen zu lesen wie „Stopp dem grünen Tod!" oder „Biogasanlagen sind moderne Gaskammern!" Einige Zettel landeten auf dem Boden, andere wurden aufmerksam gelesen und mit Kopfnicken bedacht.

Etwa dreißig Minuten, nachdem die Demo ihren Anfang genommen hatte, erschienen Hendrik Willen und seine Kollegin, um sie direkt wieder aufzulösen.

„Tut mir leid, Leute, ihr hättet sie anmelden müssen", erklärte der Dorfpolizist die Rechtslage.

Die Menge wich nur widerwillig und so hatte die Exekutive in Person der beiden uniformierten Beamten einige Mühe, die Menge auseinanderzubringen.

Paula Liebrecht gab ihrer Truppe ein Zeichen und verschwand unbemerkt aus der Meute, während Willen heftig mit Budde und Andersen diskutierte.

Es dauerte noch eine knappe Stunde, bis die Ordnungsmacht die Demo endgültig aufgelöst hatte. Willen und seine Kollegin waren zufrieden damit, dass das Ganze friedlich verlaufen war. Dann klingelte Willens Diensthandy. Er meldete sich und hörte Helge Otten flüstern:

„Komm schnell, Pommes, ich glaub, hier ist was im Busch!"

Das Telefonat war beendet, noch ehe der Polizist nachfragen konnte.

Kurze Zeit später erreichten die Gesetzeshüter den Hof von Bauer Otten. Als sie aus dem Wagen stiegen, sahen sie bereits die Sprüche, die auf Haus- und Scheunenwand geschmiert worden waren. Es waren dieselben Parolen wie auf den Flyern, die bei der Demo verteilt wurden.

„Dafür macht dein Kumpel so einen Aufstand?"

Anja Krause sah ihren Kollegen verständnislos an. Die Polizisten gingen am Wohnhaus vorbei in Richtung der Kuhställe, denn am Futtersilo, das sich neben den Ställen befand, machten sie von fern Helge Otten aus. Dieser hielt sich am Silo geduckt und beobachtete die Stalltüre.

„Mensch Helge, wegen ein paar blöder Sprüche rufst du mich an?"

Im nächsten Moment erschütterte eine gewaltige Explosion den Boden, auf dem sie standen. Steine, Silage und Metallstücke flogen ihnen aus Richtung des Silos um die Ohren. Geistesgegenwärtig schmiss sich Willen auf seine Kollegin und riss sie zu Boden. Er lag jetzt über ihr und schützte sie mit seinem Körper. Aus der Staubwolke, die das Futtersilo eingehüllt hatte, vernahm Willen die markerschütternden Schreie seines ehemaligen Schulkameraden. Nachdem Willen zu ihm gerobbt war, bot sich ihm ein schrecklicher Anblick, wie er ihn nur aus Kriegsfilmen kannte. Helge lag drei Meter von der Stelle entfernt, an der er wenige Sekunden zuvor noch gestanden hatte. Sein Gesicht war von Blut und Pulver ganz schwarz und von Metallstücken übersät. An beiden Oberschenkeln klafften riesige, offene Fleischwunden. Die Unterschenkel lagen abgetrennt einige Meter entfernt im Schmutz. Helge schrie wie am Spieß.

„Ruf sofort den Notarzt, Anja!"

Während die Polizistin zum Handy griff, kam der alte Bauer aus dem Kuhstall gelaufen. So schnell er konnte humpelte er zu Willen und zu seinem am Boden liegenden Sohn.

„Ich konnte nicht erkennen, wer es war. Aber das Schwein ist im Stall, Hendrik! Geh und schnapp ihn dir, ich bleibe bei meinem Sohn."

Hendrik Willen sprang auf und rannte zur Stalltüre. Kurz davor verlangsamte er seine Schritte und zog die Pistole. Mit der Waffe in Vorhalte betrat er vorsichtig den Stall.

Es war laut, die Kühe waren von der Explosion aufgeschreckt und zerrten an den Stricken, mit denen sie am Gestänge festgebunden waren. Einige traten nach hinten aus oder rissen sich los. Willen konnte sich durch einen Sprung ins Stroh vor den wild gewordenen Kühen in Sicherheit bringen. Dann musste er sich wieder orientieren und aufpassen, dass er genügend Deckung hatte. Er wurde durch ein Geräusch auf die

Milchkammer aufmerksam. Langsam und mit vorgehaltener Waffe ging er in die Richtung, aus der das Geräusch gekommen war. Er erreichte die Kammer, postierte sich neben der Tür, mit dem Rücken an der Wand, und schob mit seiner linken Hand behutsam die Türe auf. Sie knarzte laut. Das war das Geräusch, das er gehört hatte. Willen riskierte einen Blick in das Innere der Milchkammer. Er konnte niemanden sehen. Aber eine weitere Tür, die zum Hof hinaus führte, schlug plötzlich zu.

„Hendrik!"

Willen hörte, wie die Kollegin von draußen seinen Namen rief. Den Blick in ihre Richtung gewandt, rief er:

„Bleib hier weg, Anja, ich mach das schon!"

„Hendrik komm schnell, die Liebrecht flüchtet!"

Der Polizist jagte durch die Milchkammer. Er stürzte nach draußen und erkannte die Umweltaktivistin, die wie vom Teufel geritten vom Hof flüchtete. Im selben Moment fuhr der Rettungswagen vor. Die junge Kommissaranwärterin winkte den Notarzt zur Unglücksstelle. Dieser schob hastig Thies Otten zur Seite und begann mit schneller Routine die Versorgung des Verletzten. Willen kam hinzu und beobachtete die Wiederbelebungsversuche des Arztes. Nach einer Weile blickte dieser auf und schüttelte dem Polizisten zugewandt mit dem Kopf.

Danach schienen die Handgriffe des Arztes von keiner Hast mehr getrieben zu sein.

* * *

Da hat es doch glatt jemanden erwischt. Und dann auch noch den falschen. Aber gut, Unfälle passieren nun mal.

Der Knall hat jedenfalls alle geweckt. Das ist gut so. Damals sind ebenfalls Unschuldige gestorben. Mach also weiter, dein Plan ist todsicher.

Aber es war knapp diesmal. Der Polizist hätte dich beinah geschnappt. Ganz nah war er dir schon, im Kuhstall. Er hätte nur noch einen Schritt zur Seite machen müssen, in der Milchkammer nur hinter die Tür gucken müssen, dann hätte er dich gehabt. Ob er in dem Moment deinen Herzschlag spüren konnte, so wie du seinen? Du konntest sein Rasierwasser riechen. Noch mal wirst du nicht so viel Glück haben.

Du musst besser aufpassen. Dir den Polizisten vom Hals halten. Aber wie? Du brauchst ihn ja noch, deinen Freund und Helfer. Doch eigentlich musst du ihm helfen, damit er das Richtige tut. Er sieht es längst, aber er traut sich noch nicht. Zu loyal, zu aufrichtig, zu brav. Nur noch einen kleinen Schritt, dann begreift er, was gut und was schlecht, was richtig und was falsch ist. Er kann es für das Mädchen tun. Er wird es tun, ganz sicher. Der Bauer ist auch sein Feind. Der grüne Feind. Das weiß er genau.

Der Bauer allein trägt die Schuld. Aus Holland kamen Schweinereste auf seine Anlage. Gar nicht gut. Er hätte sie nicht bestellen müssen. Dann wären sie noch am Leben. Dann wäre … SIE … noch am Leben.

Sie wurde von allen geliebt. Von dir am meisten. Du hast wahrhaftig um sie getrauert und ihr etwas versprochen. An dem Tag, als es so heftig geregnet hat. Der Tag des Begräbnisses. Leise, ganz leise hast du deinen Schwur getan. Niemand hat es gehört. „Schütze die anderen!", hat sie dir aus der Ferne zugerufen. Das hat niemand außer dir gehört. Du hast „Ja!" gesagt. Das war dein Schwur.

Und Braveheart? Der Polizist weiß doch, dass der Bauer betrunken Auto gefahren ist. Sein Mädchen hatte kein Licht am Fahrrad. Die Kurve. Der Nebel. Der Bauer fuhr zu schnell und passte nicht auf. Der böse Bauer, fährt noch heute nach dem Kohlessen betrunken nach Hause. Hat nichts gelernt. Wird es bald büßen.

Das Böse ist in ihrer Mitte. Ganz nah. Ganz in Grün. Trägt immer grüne Stiefel und grüne Mütze, so wie du manchmal. Wählt bestimmt auch grün. Ist aber nicht grün! Ist … nicht … grün.

Den grünen Tod hat er ins Dorf gebracht. Doch das ist ihm egal. Denn der 100-Euro-Schein ist auch grün. Er will immer mehr davon. Ist nie zufrieden. Noch einen und noch einen. Noch eine Anlage und dann noch eine Anlage. Versteckt sich hinter grünem Strom, für den er Mais und Schweinedärme vergast. Biomasse soll das werden. Die Toten von damals sind auch schon Biomasse. Vergoren und zersetzt unter der Erde. Das Mädchen, die schöne Frau. Der Holländer und der Arbeiter.

Werde jetzt bloß nicht sentimental. Behalte einen kühlen Kopf! Lass dich nicht von deinem Ziel abbringen. Du weißt, es ist wichtig und richtig. Man muss die Umwelt retten. Gott hat sie erschaffen und wir dürfen sie nicht zerstören. Im Großen nicht und im Kleinen auch nicht.

Mach wie geplant weiter.

Der grüne Tod wird den Bauern in seiner eigenen Anlage ereilen. Unsichtbar, geruchslos, schmerzlos.

Worauf wartest du noch?

* * *

Es hatte nicht lange gedauert, bis Hendrik Willen die Umweltaktivistin verhaftet hatte. Paula Liebrecht wurde zum Verhör von einem Anwalt begleitet. Es war ganz offensichtlich nicht das erste Mal, dass der Anwalt radikale Aktivisten vertrat. Er wusste genau, wie er vorzugehen hatte. Die schmierige und selbstsichere Art des Juristen kotzte Willen mächtig an. Aber er musste sich selbst eingestehen, dass er im Moment keinerlei Beweise für die Täterschaft von Paula Liebrecht hatte. Die Explosionsstelle wurde noch untersucht, von Paula konnten dort bislang noch keine Spuren sichergestellt werden. Außer dem Umstand, dass sie zum Tatzeitpunkt auf dem Hof war, konnte Willen ihr nichts vorhalten. Er konnte noch nicht einmal mit Bestimmtheit sagen, dass Paula aus der Milchkammer geflüchtet war. Gesehen hatte er sie nämlich nicht. Das Anbringen der Parolen gab Paula zu. Doch das erfüllte höchstens die Tatbestände von Hausfriedensbruch und Sachbeschädigung. Das musste er dem Anwalt lassen: Der verstand seinen Job ziemlich gut. Willen ließ Paula nach dem Verhör gehen, zumindest vorerst.

„Ihr könnt mir gar nichts! Ich werde so lange weitermachen, bis der Otten aufgibt. Da kannst du Gift drauf nehmen, Pommes!", kündigte die Umweltaktivistin kampfbereit und uneinsichtig an, als sie den Verhörraum verließ.

„Grünes Gift?", hakte der Polizist provokativ nach.

„Wir leben in einer Demokratie, Herr Willen. Da ist es jedem

Bürger gestattet, für seine Meinung auf die Straße zu gehen um zu demonstrieren."

Für diese Äußerung wäre Willen dem bissigen Winkeladvokaten beinah an die Gurgel gegangen. Doch er beherrschte sich.

„Ich frage mich nur: Was ist hier stärker bedroht – die Umwelt oder das Leben eines Landwirts, dessen Sohn dem übertriebenen Umweltschutz bereits zum Opfer gefallen ist. Das ist schon kein Ökofanatismus mehr, das ist Ökofaschismus!"

„Seien Sie mit Ihren Äußerungen vorsichtig, Herr Polizeikommissar. Sonst haben Sie schneller eine Dienstaufsichtsbeschwerde am Hals, als Ihnen lieb ist!"

„Dann glauben Sie also auch, dass es Ihre Mandantin war?"

Der Anwalt grinste spöttisch, drehte sich um und verließ das Polizeirevier. Anja Krause musste Willen festhalten, sonst wäre dieser dem Juristen wirklich noch ans Leder gegangen. Ob er wollte oder nicht, er musste nach weiteren Tatverdächtigen Ausschau halten.

Nachdem sich Willen wieder beruhigt hatte, ließen die Polizisten die Bürgerversammlung noch einmal Revue passieren. Willen beschloss, da nochmals anzusetzen. Er wollte sich nach und nach die Mitglieder der Gegner-Fraktion vornehmen und mit Ludger Wolf, dem Moderator der Versammlung, beginnen. Dieser kannte sich in Molbergen bestens aus und war zudem von dem Vorfall aus dem Jahr 2010 persönlich betroffen. Seine Kollegin schickte Willen zu Thies Otten, damit sie ihn noch einmal bezüglich seiner möglichen Feinde befragte. Darüber hinaus wollte die Kommissaranwärterin dem Landwirt ins Gewissen reden. Vielleicht würde er sich den Bau der umstrittenen zweiten Anlage noch mal überlegen oder wenigstens auf unbestimmte Zeit verschieben. Des lieben Friedens wegen. Denn nun hatte es seinen Sohn getroffen und der Täter lief schließlich noch immer frei herum.

Von Ottens Frau erfuhr Anja Krause, dass der alte Landwirt auf seiner Biogasanlage war. Doch er hätte längst zurück sein müssen. Sie machte sich schon Sorgen, sagte sie der jungen Polizistin.

Als die Beamtin die Anlage erreichte, die unweit des Bauernhofes lag, beschlich sie ein ungutes Gefühl. Irgendetwas stimmte nicht. Sie verließ den Wagen und suchte auf dem Gelände nach Thies Otten. Anja Krause passierte die Vorgrube, in der Gülle und andere Substrate zwischengelagert wurden, und stand vor zwei großen Fermentern, auch Bioreaktoren genannt, die die Kernstücke der Biogasanlage bildeten. Links davon lag das Gärrestelager. Die Polizistin ging rechts um die riesigen Reaktoren herum. Als Ihr Blick auf das neben den Gasbehältern errichtete Blockheizkraftwerk fiel, traute sie ihren Augen kaum. Zwischen Fermenter und Wärmespeicher sah sie in einem alten Benz Thies Otten sitzen. Als sie genauer hinsah, erkannte sie, dass er zwar gefesselt, aber noch bei Bewusstsein war. Offenbar hatte Otten sie bemerkt, denn er schien sie zu rufen. Durch das Fenster der hinteren Tür auf der Beifahrerseite sah die Beamtin einen Schlauch, der in das Fahrzeuginnere führte. Anja Krause griff zu ihrem Handy, wählte die Kurzwahltaste, die auf Willen programmiert war, und alarmierte den Kollegen, dass er rasch kommen möge. Danach blickte sie sich um und nachdem sie niemanden sehen konnte, lief sie weiter auf das Auto zu. Sie war durch Ottens Rufe, die sie durch das geschlossene Fenster nur gedämpft hörte, abgelenkt, sodass sie den Schatten nicht bemerkte, der von der anderen Seite des Fermenters herübersetzte. Eine Sekunde später wurde sie durch einen wuchtigen Schlag in die Kniekehle von den Beinen geholt. Der Schmerz zog durch den ganzen Körper. Jemand schmiss sich auf sie und drückte ihr einen übel riechenden Lappen auf das Gesicht. Eine kalte Hand würgte ihren Hals. Die Polizistin versuchte, dem benebelnden, beißenden Chemie-Geruch irgendwie auszuweichen. Sie wehrte sich mit Händen und Füßen. Doch vergeblich, ihr Widerstand wurde immer schwächer. Um sie herum wurde es langsam dunkel. Sie wollte sich mit aller Kraft widersetzen, doch Hände und Füße gehorchten ihr nicht mehr. Sie spürte ihren Herzschlag, der in ihren Ohren dröhnte. Dann versank sie in einer abgrundtiefen Leere.

* * *

Gleich hast du es geschafft! Braveheart muss sich beeilen – der Bauer macht nicht mehr lange.

Jetzt musst du dich noch schnell um die Polizistin kümmern. Braveheart wird gleich da sein. Dann wird er sich entscheiden müssen. So oder so – du machst, dass es keine Gewinner gibt. Ein Happy End gibt's nur im Film. Das Leben ist manchmal unfair. Wie damals, da gab es auch kein Happy End.

Rasch, die Polizistin wird gleich wieder wach ...

* * *

Mit gezogener Pistole kam Polizeikommissar Willen näher. Er sah den Benz und erkannte Thies Otten auf dem Fahrersitz. Der Landwirt bewegte wie in Zeitlupe seinen Kopf. In dem Moment hörte Willen eine weibliche Stimme um Hilfe rufen. War das seine Kollegin? Wenn es ihre Stimme war, so klang sie anders als sonst. Die Stimme rief erneut und jetzt war sich Willen sicher, dass es Anja war. Er konnte sie aber nicht sehen.

„Anja?", rief Willen laut zurück.

„Hier!" Es war mehr ein Krächzen als ein Rufen.

Der Polizist rannte am Auto vorbei hinter das Blockheizkraftwerk, von wo aus er den Ruf vermutete. Ihm stockte beim Anblick seiner Kollegin der Atem. Anja Krause war stehend an einem Geländer gefesselt. Ihr Kopf steckte in einem dunklen Sack und ihr Oberkörper war in eine alte Decke eingehüllt, die mit einer Kordel zusammengehalten wurde.

„Hendrik?", winselte Anja.

„Ich bin hier. Warte, ich nehme dir den Sack vom Kopf."

„Hendrik, sei vorsichtig. Ich habe da was um den Bauch."

Als Willen ihr Sack und Decke abnahm, blickte er entsetzt auf einen Sprengstoffgürtel, den seine Kollegin am Leibe trug. Er sah mehrere Sprengladungen, die mit dünnen Drähten verbunden waren. Zwei farbige, etwas dickere Drähte verliefen quer über die Brust und waren mit den jeweiligen Westenhälften verbunden. Die sollen wohl die Explosion auslösen, sobald man die Weste ablegt, dachte Willen.

„Hol den Otten aus seinem Auto raus, Hendrik. Der erstickt sonst da drin."

„Wer hat dir das angetan?"

Willen war völlig ruhig in diesem Moment und sah sich die farbigen Drähte ganz genau an.

„Keine Ahnung, ich habe niemanden erkannt. Es ging alles so schnell. Du musst dich beeilen, Hendrik, der Otten macht's nicht mehr lang."

Willen machte keinerlei Anstalten, sich um den im Wagen eingeschlossenen Landwirt kümmern zu wollen.

„Hendrik! Du musst ihn da rausholen, das ist deine Pflicht als Polizist!"

Aber Willen hatte bereits sein Leatherman-Mehrzweck-Werkzeug in der Hand. Die junge Kommissaranwärterin sah auf ihren Kollegen herab, der vor ihr kniete und vorsichtig die Weste untersuchte. Nicht eine Schweißperle konnte sie auf seiner Stirn erkennen. Der Willen wieder, dachte sie, jetzt wächst er über sich hinaus.

„Spiel hier nicht MacGyver, Hendrik, geh und rette den Otten!"

Doch da hatte Willen die Zange bereits an einen der Drähte angesetzt. Die Polizistin hielt die Luft an. Es machte Klick und nichts weiter geschah.

„Hendrik!", schrie Anja, „Stopp, nein, nicht noch den zweiten Draht!"

Willen sah seiner Kollegin tief in die Augen, als er mit der Zange den zweiten Draht berührte. Erst jetzt wurde ihm bewusst, welch schöne blaue Augen seine Kollegin hatte. Er hätte es ihr ruhig mal sagen sollen.

Klick.

* * *

Ja, auf Braveheart ist Verlass!

Ganz so, wie du es arrangiert hast.

Armer, braver Polizist, hat wenigstens noch die richtige Entscheidung getroffen. Hatte die Wahl zwischen Gut und Böse. Der Ministerpräsident wird ihm sicher einen Orden auf sein Grab legen.

Jetzt geh aber schnell zum Auto und sieh dir den Bauern noch mal an. Sieh ihm zu, wie er erstickt. Braveheart kann ihn nicht mehr retten. Geh ruhig hin und sieh dir an, wie ihm die Luft wegbleibt. Wie sich Beklemmung und Angst in ihm breitmachen. Panik, Hilflosigkeit, Ausweglosigkeit. Sieh dir seine Augen an! Du kannst es in seinen hervorstehenden Augen sehen.

Guck, jetzt wird er bewusstlos. Langsam, aber unaufhaltsam. Die Augenlider werden immer schwerer, gleich fallen sie ihm zu.

Das Gehirn arbeitet sicher noch. Zeigt ihm jetzt den Film seines Lebens. Rasend schnell wird er alles sehen. Das Gute. Das Schlechte. Das Schöne.

Das schöne, helle Licht.

Ja, siehst du das helle Licht, Bauer? Gleich wird dein Herz aufhören zu schlagen. Dann ist alles aus und vorbei. Keine grüne Gefahr mehr …

… Geschafft.

Moment. Irgendwas stimmt hier doch nicht.

Der Knall!

Hast du vorhin den Knall gehört? Überlege! Hast du einen Knall gehört? Der Sprengstoffgürtel. Muss die Bullen doch zerfetzt haben. Kein Knall? War da wirklich kein Knall …?

… BRAVEHEART!

Oh Fuck! Scheiße. Verfluchte Scheiße!

Der Bulle hat dich gesehen! Jetzt weiß er, wer du bist. Renn, du Narr. Renn, so schnell du kannst.

Verdammt, der Polizist ist viel schneller als du. Renn weiter, bleib nicht stehen, sieh dich nicht um …

* * *

„Stehen bleiben, Wolf, oder ich schieße!"

Sandra Niermeyer

Das Jahr mit Maik

Direkt vor unserer Tür hatte jemand einen Igel überfahren,
und man konnte nicht aus dem Haus gehen, ohne die pelzig-
blutige Masse zu sehen. Wenn ich morgens aus der Einfahrt
fuhr, kurvte ich um das flacher werdende Tier herum.
Den hat's ganz schön erwischt, sagte ein Nachbar, als könnte
man bei einem derart zermatschten Tier überhaupt noch von
„erwischt" sprechen.
Jeder schien zu erwarten, dass wir uns darum kümmerten,
wenn das Opfer schon vor unserer Haustür lag.
Eines Morgens erbarmte ich mich. In aller Früh, noch bevor
in den anderen Häusern die Lichter angingen, kratzte ich die
Stacheln von der Straße.
Wenn ich mich zurückerinnere, fing damals unser Ärger an.
Eines Abends, als Frank und ich im Bett lagen – wir sahen
beide etwas peinlich berührt an die Zimmerdecke: unsere
abendliche Begegnung war nicht von Erfolg gekrönt gewesen
–, hörten wir ein Schaben an der Haustür. Wir lauschten beide gespannt, froh darüber, aus unserer Verlegenheit gerissen
zu werden. Irgendetwas drehte sich im Schloss, aber wir waren zu erleichtert über jede Ablenkung, als dass wir alarmiert
reagiert hätten. Die Tür quietschte in den Scharnieren – ich
lag Frank schon seit Wochen in den Ohren, dass er sie endlich
ölen sollte – und wir sahen durch unsere halb offene Schlafzimmertür den Lichtstrahl einer Taschenlampe durch den
Flur huschen. Ein paar Sekunden rührte sich keiner von uns.
Von den Kindern konnte es keines sein, die schliefen in der
oberen Etage, wir hätten sie gehört, wenn sie heruntergekom-
men wären. Der Lichtkegel war so schnell verschwunden, wie
er gekommen war, ein reiner Spuk. Wir fingen wieder an zu
atmen. Wahrscheinlich die Scheinwerfer eines vorbeifahren-
den Autos, sagte Frank leichthin. Sicherlich, bestätigte ich. Ich
hörte auf der gerade aufgeschütteten Hofeinfahrt das Knir-
schen von Schuhen im Kies, wovon ich Frank nichts sagte.

Tagelang machte ich mir Gedanken darüber, ob ein Einbrecher unser Haus hatte heimsuchen wollen und kehrtgemacht hatte, als er uns im Schlafzimmer gesehen oder gehört hatte. Es waren Schulferien, vielleicht hatte er gehofft, dass die Hausbewohner im Urlaub waren.

Fast jeden Abend hörte ich nun etwas. Ein leichtes Klicken an der Fensterscheibe, einen Stein, der die Auffahrt hinabrollte. Irgendjemand oder irgendetwas schlich ums Haus. Frank schien den Vorfall vergessen zu haben. Er prüfte zwar jeden Abend die Haustür, rüttelte einmal kurz an der Klinke, aber sonst deutete nichts in seinem Verhalten darauf hin, dass er noch daran dachte. Ich war ständig angespannt, stand manchmal minutenlang in irgendwelchen Verrichtungen still und lauschte, sogar am helllichten Tag.

Ich drängte Frank nicht mehr, die Tür zu ölen, ich war froh über ihr Quietschen.

Morgens wachte ich mit Rändern unter den Augen auf. Ich spitzte nachts so angestrengt die Ohren, dass ich Kopfschmerzen davon bekam. War nicht jemand mit dem Schuh gegen den neuen Blumenkübel auf der Haustürtreppe gestoßen?

Manche der Häuser, die um uns herum standen, waren noch im Rohbau. Vielleicht hatte sich dort jemand eingenistet, dem es nun mit dem hereinbrechenden Winter zu kalt wurde.

Als es dann passierte, war ich fast erleichtert. Ich hatte sowieso die ganze Zeit gewusst, dass wir nicht allein waren.

Wir lagen im Halbdämmer in unseren Betten, nicht mehr richtig wach, aber auch noch nicht eingeschlafen. Uns muss beiden zeitgleich klar geworden sein, dass wir das Atmen einer dritten Person hörten, denn wir hielten gleichzeitig die Luft an. Während ich wie tiefgefroren liegen blieb, knipste Frank sofort die Nachttischlampe an. Der Mann stand bewegungslos in unserer Schlafzimmertür. Was mich daran am meisten erschreckte, war nicht sein bedrohlicher Aufzug, sondern die Lockerheit, mit der er dort stand. Er fühlte sich zu Hause.

„Was wollen Sie hier?", fragte Frank barsch.

Mir war schon wiederholt aufgefallen, dass er in Schocksituationen vollkommen entspannt reagierte. Während bei mir sofort etwas aussetzte und ich zu keiner Handlung mehr fähig war, trugen bei ihm solche Ereignisse geradezu dazu bei, dass er mit vollkommener Klarheit reagierte.

Der Mann hielt eine Waffe auf uns gerichtet. Er war ganz in Schwarz gekleidet und trug eine Sturmhaube. Ich versuchte den aufsteigenden Schrei in meiner Kehle zu unterdrücken. Als Frank ein barsches „Nun?" hinterherschob, zog er die Sturmhaube ab.

„Ich bleibe hier", sagte er leichthin. „Bis sie aufgehört haben, mich zu suchen."

Frank lachte trocken auf. „Machen Sie sich nicht lächerlich", sagte er.

„Bin ausgebrochen", sagte der Mann ungerührt, „25 Jahre ohne Bewährung waren mir für fünffachen Mord zu lang, und so bin ich vorzeitig gegangen. Ich hoffe, hier ist das Essen besser und das Bett weicher." Er sah uns ausdruckslos an.

Mir wurde schlecht, ich wäre gerne auf die Toilette gelaufen.

„Nun geben Sie mal nicht so an", sagte Frank. „Sie packen jetzt Ihre Waffe weg und verschwinden."

Der Mann verzog keine Miene. „Die Befehle erteile ich." Er hielt Frank die Pistole unter die Nase, der nun doch erschrak – ich konnte die Angst aus seinen Poren riechen.

Und so zog der Mann, den wir hier Maik nennen wollen – seinen richtigen Namen haben wir nie erfahren –, bei uns ein.

Wir richteten ihm das Bügelzimmer ein. Die Schlüssel zu den anderen Zimmern hatten wir verloren, weil wir sie beim Einzug vor den Zwillingen versteckt und dann nicht wiedergefunden hatten.

Er besprach mit uns noch in der ersten Nacht, wie dieses vorübergehende Arrangement, wie er es nannte, laufen würde. Wir würden unser normales Leben weiterführen, allerdings würde immer einer von uns mit ihm im Haus bleiben, damit keiner von den anderen außerhalb auf dumme Gedanken käme. Sollte jemand von uns die Polizei verständigen, würde er denjenigen, der mit ihm zu Hause geblieben war, sofort liquidieren. Er sagte tatsächlich „liquidieren".

„Wir sind Doppelverdiener", wandte ich ein, „die Kinder gehen zur Schule."

„Oh", sagte er überrascht, „ich dachte, Sie" – er wandte sich an mich – „wären immer zu Hause."

„Es sind Schulferien", sagte ich verärgert, „ich habe mir Urlaub genommen."

Er kaute an seiner Unterlippe, offenbar verwirrt über den Fauxpas, der ihm unterlaufen war.

„Dann kündigen Sie halt", sagte er.

Ich schnappte nach Luft. „Spinnen Sie?", fragte ich.

Es ist bemerkenswert, wie schnell man zu seiner alten Schnodderigkeit zurückfindet, selbst wenn eine Waffe auf dem Tisch zwischen den Kaffeetassen liegt.

„Wer verdient mehr, er oder Sie?"

„Er", sagte ich widerwillig.

„Na, also", meinte er, „dann bleiben Sie zu Hause. Ich habe oben am Saupurzel und hier mehrere Familien observiert, alles Doppelverdiener, sieht man schon an den Autos vor der Tür, ich habe keine Lust weiterzusuchen."

Damit war der Fall für ihn erledigt.

Ich kündigte tatsächlich, aber erst, als er mir befohlen hatte, die Zwillinge aus ihren Betten zu holen, während er mit Frank in der Küche blieb, und diese dann schreckensstarr mit uns am Tisch saßen, ihre Blicke abwechselnd zwischen dem Mann, seiner Waffe und uns schweifen lassend.

Ich formulierte das Kündigungsschreiben noch am Küchentisch.

Wenn ich zurückdenke, kommt mir alles so unwirklich vor. Ich hätte mit dem Entschluss bis zum nächsten Morgen warten sollen, bei Tageslicht bekommen die Dinge eine andere Perspektive. Aber wenn ich es mir recht überlege, erscheint mir das ganze Jahr mit Maik wie ein seltsamer Traum. Was war in uns gefahren, dass wir uns so schnell bereit erklärten, ihn zu beherbergen? Sicherlich hätte es eine andere Lösung gegeben. Es war nicht so, dass wir nie über andere Möglichkeiten sprachen, meistens abends im Bett, im Flüsterton, aber wir verwarfen alle Ideen als zu gefährlich. „Sondereinsatzkommando", schlug Frank vor. „Alles Knalltüten", widersprach ich, „dabei kommt meistens jemand zu Tode, und selten der Täter. Wenn es einen von den Zwillingen treffen würde, könnte ich mir das nie verzeihen." Frank nickte. „Stürmen das Haus und schießen wild herum", murmelte er, „das geht bestimmt schief."

Also richteten wir es uns mit unserem neuen Mitbewohner ein. Er hatte einen ausgeklügelten Plan. Meistens blieb ich mit ihm zu Hause, arbeitslos, wie ich war, und auch deswegen, weil ich keinem von den Kindern zumuten wollte, mit ihm alleine zu bleiben. Frank ging wie gewohnt zur Arbeit, und Jan und Tabea gingen nach den Ferien wieder zur Schule. Wir trugen ihnen nicht auf, niemandem von Maik zu erzählen, das wäre sinnlos gewesen, sie waren in der ersten Klasse, sie hätten sich eh verplappert. Sie erzählten von ihm, keine Frage, es glaubte ihnen nur niemand. Die anderen Kinder „erfanden" ebenfalls verbrecherische Mitbewohner, und die Lehrer taten Maik als imaginären Spielgefährten ab. Nur die Klassenlehrerin rief mich einmal an und fragte, ob ich eigentlich das Fernsehprogramm meiner Kinder überwachte. Nein, sagte ich, ich halte nichts von Verboten, und knallte den Hörer auf.

Es ist erstaunlich, oder vielleicht sollte ich besser sagen: erschreckend, wie wenig Menschen voneinander mitbekommen. Karlstadt ist eine 7000-Einwohner-Stadt, ein Kaff sozusagen, zudem wohnen wir im Wurzgrund, einer Neubausiedlung, in der man sich gegenseitig in die Fenster gucken kann, trotzdem bekam es über ein Jahr lang niemand mit, dass wir einem Verbrecher Unterschlupf gewährten.

Ich vernachlässigte unseren Garten, weil ich mich nicht zu weit von Maik und seiner Pistole entfernen durfte. Der Vorgarten hatte zwar auch vorher nicht gerade ausgesehen wie mit einer Nagelschere gepflegt, trotzdem bin ich mir sicher, dass es unseren Nachbarn aufgefallen sein muss, wie unsere Beete, die ich immerhin mit viel Elan angelegt hatte, plötzlich zuwucherten.

Einkäufe konnte ich nicht mehr erledigen, die musste Frank auf dem Heimweg von der Arbeit besorgen.

Manchmal sah ich aus dem Fenster auf das Zementwerk, dessen Anblick mich sonst abgestoßen hatte, jetzt aber mit Sehnsucht erfüllte. Es hatte den Duft der großen weiten Welt. Abends war es beleuchtet wie eine Festung. Nur war ich es, die sich in einer Festung befand.

Alle paar Wochen kam ich mal aus dem Haus. Wenn wir zu Geburtstagen oder Partys eingeladen wurden, ging einer von uns hin, während der andere sich mit Grippe oder Kopfschmerzen entschuldigen ließ. Es fiel niemandem auf, dass wir ein geschlagenes Jahr lang nicht zu zweit, geschweige denn zu viert auftraten.

Hatten wir am Anfang noch für eine gerechte Verteilung gesorgt, sodass manchmal Frank nachts mit Maik im abgeschlossenen Bügelzimmer blieb, manchmal einer von den Zwillingen, damit Frank und ich unsere nächtlichen nutzlosen Lagebesprechungen führen konnten, so war es bald nur noch ich, die die Nächte mit Maik verbrachte. Frank fühlte sich von seinem Schnarchen gestört und konnte sich tagsüber in der Firma nicht konzentrieren. Den Zwillingen mutete ich den Aufenthalt mit einem mutmaßlichen Mörder in einem Zimmer nur zwei- oder dreimal zu, dann wurde es mir zu gefährlich.

Die Monate vergingen, und obwohl eine gewisse Gewöhnung an unsere ungewöhnliche Wohnsituation eintrat, machte ich mir langsam Gedanken, wie lange es wohl noch so weitergehen sollte.

Wir wollten mal wieder gemeinsam in Urlaub fahren; unsere Eltern lagen uns in den Ohren, dass wir sie mit den Kindern ein paar Tage besuchen kommen sollten. Wir wehrten solche Einladungen elegant ab, aber die Blicke, die wir uns über den Esstisch zuwarfen, während Maik genüsslich unsere Lasagne – die Pistole neben dem Teller – verzehrte, zeigten, dass unsere Nerven blank lagen.

Unser Eheleben litt nicht nur unter der Beherbergung eines Killers, sondern auch unter der nächtlichen Trennung. Frank begann, mir zu misstrauen. Meine vielen gemeinsamen Nächte mit Maik machten ihm zu schaffen.

Ich stehe nicht auf blonde Männer, erklärte ich ihm, schon lange nicht auf solche, die sich mit einer Waffe hinter dem Ohr kratzen.

„Vielleicht sollten wir doch einfach die Polizei rufen", meinte er.

„Bist du verrückt?", sagte ich, „nach fast einem Jahr? Da werden wir womöglich noch wegen Beihilfe zum Verbrechen rangekriegt."

Wir hatten alles getan, um es Maik recht zu machen. Wenn er duschte – Frank hatte ihm ein Brett für seine Pistole über der Duschbrause angebracht –, ließ sich einer von uns mit ihm im Bad einschließen, saß wartend auf dem Klodeckel.

Wenn Maik auf die Toilette ging, begleitete ihn einer von uns, stand mit dem Gesicht zur Tür.

Wenn er seine Unterhose wechselte, stand einer von uns daneben, den Blick abgewendet.

Was mir schließlich die Hutschnur platzen ließ, war unsere Heizkostenabrechnung. Unser Haus war nicht auf dem neuesten Energiestand, wir hatten am falschen Ende gespart, und Maik war jemand, der es gerne warm hatte. Statt sich einen Pullover überzuziehen, stellte er lieber die Heizung höher, wärmte die Räume bis auf 23 Grad. Wir liefen bald alle nur noch im T-Shirt herum.

Auf der Heizkostenabrechnung sah ich schwarz auf weiß, wie viel uns das Leben mit Maik kostete.

Der Gedanke an Mord reifte in mir. Nachts auf meiner Matratze im Bügelzimmer ging ich verschiedene Möglichkeiten durch.

Er badete nie, sodass sich die Fönvariante ausschloss. Mit Gift im Essen kannte ich mich zu wenig aus, und für eine Methode mit Körperkontakt, wie Erstechen oder Erwürgen, fühlte ich mich zu schwach, und vielleicht auch nicht unerschrocken genug.

Auf Frank konnte ich nicht zählen; er war in den vergangenen Monaten immer zurückhaltender und vorsichtiger geworden, gar nicht mehr sein altes Selbst. Und ehrlich gesagt war es mir auch lieber, wenn ich das Risiko trug. Mir fiel es leichter, selbst etwas zu ertragen, als jemandem, der mir nahe stand, dabei zuzusehen.

Maik legte die Pistole nachts unter sein Kopfkissen, er hatte einen leichten Schlaf, das hatte ich schon mehrfach getestet.

„Was hast du vor?", fragte er mich nachts, wenn ich zum Fenster schlich.

„Ich kann nicht schlafen", antwortete ich jedes Mal lahm, „ich will nachsehen, ob Vollmond ist."

Als ich dann endlich zur Tat schritt, handelte es sich weniger um einen ausgeklügelten Plan als um das Ergreifen einer günstigen Gelegenheit.

Ich brachte schmutzige Wäsche in den Keller – Maiks Wäsche war auch dabei.

Er folgte mir mit zwei Schritten Abstand, lässig mit den Armen schlenkernd, die Pistole im Hosenbund. Obwohl er mich bei meinen Erledigungen auf Schritt und Tritt begleitete, half er nie.

Als ich die Kellertür öffnete und die steile Treppe sah, stand es plötzlich glasklar vor mir. Wo anders als auf Kellertreppen kamen Leute ums Leben? Unzählige waren dort zu Tode gestürzt, und niemand wusste, ob es ein Unfall war oder jemand nachgeholfen hatte.

Ich strauchelte scheinbar, ließ den Korb von meiner Hüfte rutschen, die Wäsche auf die obersten Stufen fallen. Ich fluchte, suchte ein paar Wäschestücke vom Boden, dann richtete ich mich auf, sah Maik mit – nicht nur gespieltem – Ärger an.

„Du könntest ruhig mal mit anfassen", fauchte ich, „es ist schließlich auch deine Wäsche." Er grinste süffisant, bückte sich, hob einen meiner BHs auf. „Soll ich dir vielleicht damit helfen?" Er ließ den BH vor meinem Gesicht baumeln.

Es war das erste Mal, dass er eine sexuelle Anspielung machte; ich war einen Moment lang so überrascht, dass ich fast mein Vorhaben vergessen hätte.

„Womit auch immer", schnappte ich. Er bückte sich noch einmal, griff nach einem von Tabeas geblümten Schlüpfern, und irgendwie gab das den Ausschlag. Ich trat ihm mit aller Kraft in die Kniekehlen; er stürzte mit einem Aufheulen die Stufen hinab. Unsere Kellertreppe ist lang. Er polterte und schlitterte mit einem Überschlag die Stufen hinunter, sein Kopf schlug mit einem Krachen gegen die letzte Kante.

Eine Sekunde lang herrschte Stille, schreckliche Stille, in der mir fast das Herz vor Anspannung zersprang. Dann heulte er los. „Du Schlampe, du verdammte Hure", schrie er. Ich schlug die Hände vors Gesicht, spürte förmlich die Kugeln in meine Brust einschlagen.

Er beschimpfte mich mit den schlimmsten Ausdrücken, und

irgendwie half mir das, Wut anzusammeln. Ich spähte durch zwei Finger und sah, dass er keineswegs die Pistole auf mich richtete – die lag mehrere Meter von ihm entfernt.

Als wäre ihm auch gerade aufgegangen, dass Schreien und Schimpfen wenig bringen würden und seine ganze Macht in unserem Haus nur mit dieser Pistole zusammenhing, versuchte er sich aufzurappeln.

Die Mühe, die er mit seinem verdrehten Bein hatte, riss mich aus der Erstarrung. Ich rannte die Kellertreppe hinab, widerstand der Versuchung, dem robbenden Maik auf die Finger zu treten – vielleicht hätte er mich am Knöchel gepackt –, lief einen Bogen um ihn und hob die Waffe auf.

Mit zitternden Fingern, beide Hände um die Pistole gelegt, und in breitbeiniger Stellung, wie ich es im Fernsehen gesehen hatte, richtete ich sie auf ihn.

Er sah mich spöttisch an. „Die hat keinen Rückschlag", meinte er, „du musst dich nicht breitbeinig hinstellen." Ich modifizierte meine Beinhaltung, war verunsichert.

„Gib sie her", sagte er, „du schießt dir höchstens in den Fuß."

„Und wenn nicht?", sagte ich mit zitternder Stimme. „Wenn ich treffe? Vielleicht nur durch Zufall?"

Ich sah seinen Adamsapfel von oben nach unten wandern. „Gib sie her", sagte er, „bevor ich wirklich ungemütlich werde." Ich durfte keine Sekunde länger mit ihm reden. Er hatte uns in dem einen Jahr so weichgekocht, dass jeder weitere Satz mich dazu bringen konnte, ihm die Waffe auszuhändigen.

Ich schloss die Augen und drückte ab.

Ich traf ihn mitten in die Stirn. Ungläubig sah ich auf das Loch über seiner Nasenwurzel, das Blutrinnsal, wartete, dass er wieder herumschreien würde, aber er war tot.

Mit weichen Knien ließ ich mich an der Wand hinuntergleiten. Ich saß eine gefühlte Ewigkeit auf den kalten Kellerfliesen. Merkwürdigerweise entsetzte es mich nicht so sehr, einen Menschen umgebracht zu haben, als mit einer Leiche im Keller zu sein. Ich hatte noch niemals einen Toten gesehen.

Die Zeit, bis Frank von der Arbeit wiederkam, verging für mich wie im Rausch.

Übelkeit und Euphorie wechselten einander ab. Als die Zwillinge von der Schule kamen, unternahm ich überhaupt nicht den Versuch, ihnen eine Lüge aufzutischen. Sie hatten in dem einen Jahr genug mitgemacht.

„Maik liegt tot im Keller", sagte ich knapp, „ich habe ihn erschossen." – „Cool", sagte Jan. Tabea nickte nur. Sie wirkten plötzlich so reif und erwachsen.

Als Frank da war, setzten wir uns an den Küchentisch.

„Was sollen wir nun machen?", fragte ich. „Wir können schließlich nicht jetzt noch die Polizei rufen, die glauben uns ja kein Wort. Ein Jahr mit einem Verbrecher unter einem Dach, und jetzt ist er plötzlich tot."

Frank fuhr sich durch die Haare, strich sich über sein immer häufiger unrasiertes Kinn.

„Lass mich nachdenken", murmelte er.

Den Gedanken, ihn einfach im Main zu versenken, verwarfen wir wieder. Wir waren keine Profis. Wenn wir nachts eine mit einem Zementblock beschwerte Leiche durch die Gegend schleppten, fielen wir garantiert jemandem auf.

„Wir packen ihn einfach in die Kühltruhe", hörte ich mich sagen, „was sonst macht man mit unerwünschten Leichen?"

Und das taten wir. Frank hatte keine bessere Idee, also nahmen wir meine.

Wir räumten die Truhe aus, packten Maik an Beinen und Schultern und hievten ihn hinein. Später, es war schon Mitternacht, schrubbte ich den blutigen Kellerfußboden, mir Maiks Anwesenheit in der Truhe hinter mir bewusst.

Wir gewöhnten uns schnell an ihn. Hatten wir uns vorher mit ihm als Mitbewohner abgefunden, so arrangierten wir uns nun mit ihm als Leiche im Keller.

Unser Leben hätte wieder seinen gewohnten Gang gehen können, wäre da nicht eine kleine Unannehmlichkeit gewesen.

Maik hatte sich unter fremdem Namen Post an unsere Adresse schicken lassen. Vorher hatte ich nicht auf diese Briefe geachtet, er war ohnehin derjenige gewesen, der die Post aus dem Kasten geholt und kontrolliert hatte, aber nun öffnete ich die Umschläge.

Sein Bruder schrieb ihm aus dem Ausland, wo er einige Jahre im Gefängnis gesessen hatte. Er wurde vorzeitig entlassen –

das „Entlassen" setzte er in Anführungsstriche – und wollte bei Maik wohnen.

Die Briefe kamen in regelmäßigen Abständen, ich erzählte Frank nichts davon. Ich war entschlossen, auch diese Angelegenheit alleine zu regeln.

Eine Zeitlang spielte ich mit dem Gedanken, Maiks Bruder mit schreibmaschinengetippten Briefen zu antworten, ihn vom Kommen abzuhalten. Aber ich verwarf die Idee als zu gefährlich. Womöglich würde es mir nicht gelingen, Maiks Ton zu treffen, geschweige denn seine unflätige Ausdrucksweise, und das würde seinen Bruder misstrauisch machen.

Ich überredete Frank dazu, zwei neue Kühltruhen zu kaufen.

„Was willst du denn mit zweien?", fragte er, „reicht nicht eine? Wir essen doch eh meistens Frisches, und denk an die Stromkosten; Kühltruhen ziehen unglaublich viel Strom."

Ich blieb stur. „Ich will zwei", beharrte ich, „falls wir doch mal Tiefkühlpizzas oder Eis einlagern wollen."

„Sowas essen wir doch gar nicht, und das würde auch in eine passen, direkt neben das Gemüse." Frank raufte sich die Haare. „Willst du uns ruinieren?"

„Zwei", wiederholte ich, und nur Tabea sah mich dabei merkwürdig an, als würde sie etwas ahnen.

Die zweite Kühltruhe steht nun leer im Keller. Sie zieht noch keinen Strom.

Ich bewahre Maiks Pistole in meiner Nachttischschublade unter ein paar Büchern auf, und obwohl ich mit Waffen gänzlich unerfahren bin, ist es mir gelungen, das Magazin zu öffnen. Es enthält noch fünf Kugeln.

Ich habe versucht, das Rad zurückzudrehen, dort anzuknüpfen, wo wir waren, bevor Maik in unser Leben trat. In einem Lexikon habe ich gelesen, dass Igel alleine überwintern, außer wenn man ihnen eine Übernachtungsmöglichkeit zur Verfügung stellt. Die habe ich bei einem freundlichen älteren Herren auf dem Flohmarkt gekauft: einen aufklappbaren Baumstumpf, den ich in unserem Garten in einen Laubhaufen gestellt habe. Das Bild im Lexikon zeigt zwei schlafende Igel nebeneinander liegend. Ich betrachte es immer wieder verwundert. Die Igel sind nicht zu einer Kugel zusammengerollt, wie man es von Igeln erwartet, sie liegen auf dem Rücken, die Schnauze zur Brust gezogen, die Beine auf dem Bauch gefaltet, gänzlich ungeschützt.

Heike Klein

Stromtrasse

Das SEK war innerhalb von einer Stunde vor Ort. Anne Kremer beobachtete, wie die Männer sich in dem beschaulichen Ort mitten im Grünen verteilten und vor dem Einfamilienhaus in Position brachten. Sie sah ihren Kollegen, Hauptkommissar Thomas Brandner, mit dem Einsatzleiter sprechen. Brandner winkte sie heran.

„Anne, das ist Michael Keil vom SEK und Philipp Westkamp, der Psychologe. Meine Kollegin, Anne Kremer, sie hat hauptsächlich mit dem Geiselnehmer zu tun gehabt."

Sie schüttelten sich die Hände.

„Und, Frau Kremer", sprach sie der Psychologe direkt an, „wie schätzen Sie die Situation ein? Denken Sie, dass Peter Dorn seiner Familie tatsächlich etwas antun könnte?"

Anne seufzte und schaute zu dem Haus hinüber, in dem Peter Dorn sich mit einer Waffe, seiner Frau, den zwei Kindern und dem Nachbarn, Markus Thelen, verschanzt hatte. „Ich weiß es nicht. Aber, eigentlich, ich denke eher nicht. Er ist verzweifelt und ein angeschlagener Mensch, aber wenn man ruhig mit ihm bleibt, haben wir eine gute Chance, alle heil aus dieser Sache zu bekommen."

Anne verstummte und lehnte sich an den Wagen des Einsatzkommandos an. Es war unglaublich, welche Wende dieser Fall genommen hatte. Es war gerade eine Woche her, dass sie nach Raasdorf gerufen worden war. Ein paar Straßen weiter war Rainer Berger mit zwei Schüssen in der Brust in seinem Wohnzimmer gefunden worden. Rainer Berger, der mit Leichtigkeit den Wettbewerb zum unbeliebtesten Einwohner Raasdorfs gewonnen hätte. Denn in Raasdorf ging es entgegen dem idyllischen Anschein hoch her. Letztes Jahr hatte der Netzbetreiber Amprion bekannt gegeben, parallel zur Starkstromtrasse, die schon jetzt quer durch den Ort führte, eine weitere Trasse zu bauen. Die neue Trasse sollte im Rahmen des Gesetzes zum Ausbau von Energieleitungen, EnLAG, entstehen und helfen, den Strom, der in den Offshore-Windparks im Norden produziert wird, nach Süden zu transportieren. Nur waren dafür Strommaste geplant, die fast das Doppelte an Höhe wie die jetzigen maßen. Schnell formte sich der Protest. Es wurde eine Bürgerinitiative „Pro-Erdkabel-Raasdorf" gegründet, die verlangte, statt der gigantischen Maste die Leitungen unterirdisch zu verlegen. Der Netzbetreiber lehnte aus Kostengründen ab. In Kürze sollte das Planfeststellungsverfahren eröffnet werden. Es war mehr als fraglich, ob die Bürger sich mit ihrem Antrag durchsetzen konnten.

Rainer Berger hatte seit seiner Lehre vor 20 Jahren für Amprion gearbeitet. Er war die ersten Jahre noch selbst hinausgefahren und hatte Stromleitungen gewartet, bis er den Blaumann gegen einen Anzug tauschte und in die Büros wechselte. Amprion hatte die Idee, weil Rainer in Raasdorf aufgewachsen war und immer noch dort lebte, ihn als Vertreter der Firma einzusetzen. In seinem Wohnzimmer führte er die Verhandlungen über die Entschädigungszahlungen mit den Anwohnern, die direkt von dem Projekt betroffen waren. Auf den Bürgerversammlungen vertrat er die Position seiner Firma. Dieses ließ seine Beliebtheitswerte stetig sinken. Anne Kremer machte es die Arbeit schwer. Sie hatte ein Dorf, in dem fast jeder ihr Mordopfer hasste. Hinzu kam, dass Raasdorf einen äußerst aktiven Sport- und Schützenverein hatte. Fast ein Drittel dieser angesehenen Bürger nannte einen ordentlichen Waffenbestand sein Eigen, ein Traum für jeden Kriminalisten. Doch trotz mehrerer Durchsuchungen blieb die Tatwaffe verschwunden. Auch die erkennungsdienstlichen Ermittlungen brachten sie nicht weiter. Es wurden zwar jede Menge Fingerabdrücke gefunden, aber keine, die nicht zu erklären waren. Nur eins war ziemlich klar: Rainer Berger hatte seinen Mörder gekannt und ihn selbst ins Haus gelassen.

Doch nach ein paar Tagen kamen sie an einem Verdächtigen nicht mehr vorbei: Peter Dorn, der jetzt in diesem Augenblick vielleicht darüber nachdachte, in welcher Reihenfolge er sich und seine Familie erschießen sollte.

Peter Dorn, 37 Jahre alt, verheiratet mit Miriam Dorn seit 14 Jahren, zwei Kinder, acht und zehn Jahre alt. Früher bei Amprion angestellt, doch seit einem Arbeitsunfall vor acht Jahren erwerbslos, streitet um die Anerkennung einer Berufs- und Frührente. Mitglied im Schützenverein und Gründer und Vorsitzender der Bürgerinitiative „Pro Erdkabel". Es war sein Name, der den Leuten als Erstes einfiel, wenn man sie nach Rainer Bergers Feinden fragte.

Plötzlich klingelte Annes Handy: Ralf, ihr Lebensgefährte.

„Hallo, kannst du gerade reden oder ist es ganz schlecht?"

„Geht."

„Ja, ich wollte nur gerade, also Max' Schule hat eben angerufen. Ihm ist irgendwie schlecht geworden und ich komm hier gerade ganz schlecht weg, könntest du ihn vielleicht eben von der Schule abholen?"

„Sorry, ich bin mitten in einem Einsatz, es geht gar nicht im Moment."

„Okay. Dann muss ich schauen. Vielleicht frage ich Martha." Martha war ihre Nachbarin, die manchmal auf die Kinder aufpasste. „Aber denk ans Essen heute Abend, ich schaff's heute nicht – bis dann, ich liebe dich."

„Bis dann." Das Essen hatte sie total vergessen. Heute war sie an der Reihe mit Einkaufen und Kochen. Wie sollte das alles noch klappen? Das Leben mit Ralf war manchmal schon anstrengend. Sie liebte ihn wirklich, aber eigentlich hatte sie gedacht, das Thema Kindererziehung vor einigen Jahren abgeschlossen zu haben, als ihr Sohn wegen des Studiums auszog. Ralfs Kinder waren süß, aber mindestens genauso arbeitsintensiv. Vielleicht hätte sie ihm direkt sagen sollen, dass sie hier wohl noch den ganzen Tag feststeckte.

Sie blickte auf das Haus mit den heruntergelassenen Jalousien. Was für eine absurde Situation. Während sie sich ärgerte, dass sie keine Zeit fürs Abendessen hatte, spielte sich dort drinnen eine Familientragödie ab.

Sie dachte an ihr Gespräch mit Petra Becker, die sie als eine der Ersten ins Präsidium bestellt hatte.

„Frau Becker, ich habe Sie heute hierher kommen lassen, weil ich mit Ihnen über Rainer Berger sprechen wollte. Sie haben doch mit ihm die letzten Jahre zusammengearbeitet, da lernt man sich doch kennen."

„Das lässt sich wohl nicht vermeiden, wenn man sich ein Büro teilt."

„Was war Rainer Berger für ein Mensch?"

„Puh, was für eine Frage." Petra Becker schien ins Grübeln zu kommen. „Rainer ... ja ... eigentlich war er ein ganz lockerer Typ. Für meinen Geschmack vielleicht manchmal ein bisschen zu sehr von sich eingenommen. Aber er hatte wirklich was an sich, er hatte schon einen gewissen Charme." Sie seufzte.

„Er hatte also einen Schlag bei Frauen."

„Na ja, er sah ja auch nicht schlecht aus."

Anne betrachtete Petra Becker, wie sie in ihrem Hosenanzug mit übereinandergeschlagenen Beinen vor ihr saß und der rechte Fuß unaufhörlich auf und ab wippte.

„Sind Sie seinem Charme auch erlegen?", fragte Anne ohne Umschweife.

„Nun ja, ich muss zugeben, das ist aber auch ein paar Jahre her. Ich denke, wir waren beide darüber hinweg."

„Haben Sie sich in letzter Zeit noch privat getroffen?"

„Nein, nur noch im Büro."

„Hatte er eine Freundin oder sich mit jemandem getroffen?"

„Davon weiß ich nichts. Allerdings war unser Verhältnis auch nicht mehr so eng."

Anne nickte und wollte eine weitere Frage stellen, als Petra Becker plötzlich nachsetzte: „Aber in letzter Zeit ... Rainer hat sich irgendwie verändert."

„Wie meinen Sie das?"

„Er war irgendwie nachdenklicher, stiller. Und manchmal sagte er, dass er auf alles keine Lust mehr habe und am liebsten alles hinschmeißen wolle. Es hätte mich nicht gewundert, wenn mir eines Tages jemand erzählt hätte, dass der Rainer seine Koffer gepackt hat und weg ist."

„Haben Sie eine Idee, warum er sich so verändert hat?"

„Na ja, es ist ja schon einiges bei ihm im letzten Jahr passiert. Erst stirbt sein Vater, dann zieht er wieder bei seiner Mutter ins Haus und wenig später stirbt auch die Mutter. Und dann diese ganze Geschichte mit dem Dorf." Petra Becker rutschte unwirsch auf ihrem Stuhl hin und her und stieß dabei mit der Lehne gegen Annes Tisch. „'tschuldigung, aber die Sache regt mich wirklich auf. Besonders jetzt, wo Rainer ... Wenn ich nur daran denke, dass einer dieser Spinner ihn auf dem Gewissen hat!"

„Sie denken, es war einer aus dem Ort?"

„Natürlich, was sonst? Einer von den Spinnern ist durchgedreht. Sie hätten mal erleben sollen, wie die ihn angefeindet haben. Bei diesen Versammlungen. Und dann war einmal die Luft aus seinen Reifen und sein Haus mit Mist beschmiert. Das ist doch alles nicht normal!" Sie schüttelte den Kopf. „Sehen Sie, alle wollen keine Atomkraftwerke mehr, aber wenn wir wegen den Windparks neue Leitungen bauen müssen, geht das Drama los."

„Nun ja, es geht ja nicht grundsätzlich gegen neue Leitungen, sondern eher um die Frage, ob über oder unter der Erde."

„Klar, dann sollen die Leute einen höheren Strompreis bezahlen, dann können wir alles auch unterirdisch verlegen." Petra Becker holte tief Luft. „Jedenfalls mit Rainer, das war ganz komisch. Ich wäre an seiner Stelle total aggressiv geworden, wäre weggezogen oder hätte dieses ganze verdammte Dorf in Brand gesteckt, aber er hat das den Leuten nicht übel genommen, er hat sich immer mehr zurückgenommen und ist so nachdenklich geworden."

„Sagen Sie, kennen Sie Peter Dorn?"

„Peter Dorn, den Oberspinner von der Bürgerinitiative? Flüchtig, er hat ja ganz früher auch bei Amprion gearbeitet, und natürlich von den Bürgerversammlungen. Denken Sie, dass der Rainer erschossen hat? Die haben ja alle eine Waffe in dem verrückten Dorf!"

„Also im Moment denken wir noch gar nichts. Wir sammeln erst mal Beweise und Aussagen. Wissen Sie etwas über den Unfall von Peter Dorn?"

„Nicht viel. Peter, Rainer und noch einer ... Thelen ..."

„Markus Thelen, der Nachbar von Peter Dorn", half ihr Anne.

„Ja, die drei waren auf Montage, Peter Dorn macht irgendetwas falsch, er bekommt einen Stromschlag, stürzt und hat seitdem diese Behinderung. Und Jahre später fängt er plötzlich an zu behaupten, dass Rainer an dem Unfall schuld sei. Dabei hat Peter noch nicht einmal eine Erinnerung mehr an den Unfall. Er weiß gar nicht, was passiert ist. Der sucht doch nur einen Schuldigen, dem er sein verkorkstes Leben anhängen kann. Ein total kaputter Typ."

„Ein total kaputter Typ", Petra Beckers Worte hallten in Annes Kopf nach, die einen Schritt vom Einsatzwagen des SEK zur Seite trat. Hätte sie vielleicht ahnen müssen, dass sich Peter Dorn nicht einfach verhaften lassen würde, dass er jemand war, der nichts mehr zu verlieren hatte? Gestern hatten sie endlich die Tatwaffe in einem nahen Waldstück finden können: eine unregistrierte Waffe, verkauft auf einem Waffenmarkt in Belgien, konnte diese mittels eines EC-Belegs mit Peter Dorn in Verbindung gebracht werden.

„Frau Kremer", hörte sie plötzlich jemanden rufen, „Frau Kremer, schnell!" Der Einsatzleiter stürzte auf sie zu. „Peter Dorn will mit ihnen reden." Sie sah das Telefon in seiner Hand.

„Frau Kremer, ich weiß, das ist nicht unbedingt Ihr Fachgebiet, aber Sie müssen auf Peter Dorn eingehen. Er darf auf keinen Fall in Panik geraten."

Michael Keil gab ihr das Telefon.

„Hallo?"

„Frau Kremer?"

„Ja."

„Hier ... hier ist Peter Dorn. Ich muss unbedingt mit Ihnen reden."

„Ja." Anne fühlte sich unsagbar hilflos.

„Frau Kremer, ich muss mit Ihnen reden. Ich weiß nicht, was ich tun soll. Sie müssen zu mir kommen."

„Ins Haus?"

„Ja, Sie müssen kommen."

„Nein, ich weiß nicht. Kommen Sie raus, Herr Dorn, ich verspreche Ihnen, hoch und heilig, Sie werden mir alles erzählen können, ich werde Ihnen zuhören."

„Nein, nein", seine Stimme wurde verzweifelter und Anne bekam Panik.

„Herr Dorn, dann lassen Sie wenigstens Ihre Kinder gehen. Sie wollen doch auch nicht, dass den Kindern etwas passiert."

Schweigen am anderen Ende der Leitung.

„Herr Dorn?"

„Kommen Sie die Kinder holen?"

„Wenn Sie das wollen."

„Gut, ich mache Ihnen die Tür auf." In der Leitung knackte es: Peter Dorn hatte aufgelegt.

Anne blieb wie angewurzelt stehen. Sie sah in die entsetzten Gesichter von Michael Keil und ihrem Kollegen, Thomas Brandner.

„Anne, du kannst doch da jetzt nicht reingehen", begann Thomas.

„Ihr Kollege hat recht. Sie sind für solche Einsätze nicht ausgebildet, ich kann Sie da nicht reinlassen."

„Anne, sag was", Thomas berührte ihren Arm.

Anne fand langsam wieder zu sich. „Ihr könnt mir alle glauben, es gibt tausend Dinge, die ich jetzt lieber tun würde, als in dieses Haus zu gehen, aber offensichtlich vertraut mir Peter Dorn, und nur mir. Und die Kinder da jetzt rauszubekommen ist doch das Wichtigste."

Michael Keil schien wenig überzeugt. Anne wandte sich direkt an ihn: „Sehen Sie, wenn ich ihn überreden konnte, die Kinder rauszulassen, dann ist das doch ein Zeichen, dass er noch verhandlungsbereit ist. Vielleicht kann ich ihn überzeugen, ganz aufzugeben."

„Gut", Michael Keil wirkte auf einmal sehr entschlossen, „auch wenn sich alles in mir sträubt, das ist vielleicht die beste Chance. Aber seien Sie bloß vorsichtig, regen Sie ihn nicht auf."

Anne nickte. Michael Keil ging zum Wagen und holte eine schusssichere Weste für sie. Während sie diese anzog, versuchte ihr der Psychologe noch zu helfen. Sie gab sich alle Mühe, sich auf seine Ratschläge zu konzentrieren, aber in ihrem Kopf pochte und rauschte es. Sie hatte gerade eine große Rede geschwungen; sicher war nichts wichtiger, als die Kinder zu retten, aber in diesem Moment wollte sie nur ihre Beine in die Hand nehmen und so schnell wie möglich davonlaufen. Stattdessen trugen ihre Beine sie jetzt in Richtung des umstellten Hauses. Sie drückte die Klingel.

„Herr Dorn, ich bin jetzt da."

Langsam ging die Tür ein Stück auf. Anne trat in den dunklen Flur. „Herr Dorn?" Sie sah einen Schatten hinter der Tür.

„Bleiben Sie stehen." Anne hörte die Tür ins Schloss fallen und rührte sich nicht.

„Es tut mir leid", sagte er und kam langsam näher, „ich will nur sichergehen, dass Sie keine Waffe tragen."

Auf einmal spürte Anne seine Hand an ihrem Körper. Sie erstarrte. In ihre Nase drang starker Schweißgeruch. Er zog seine Hand zurück und sie hörte, wie er sich von ihr weg bewegte. Plötzlich ging das Licht an. Anne drehte sich um. An der Tür stand Peter Dorn, strähnig und verschwitzt, die Waffe in seiner Hand zeigte auf den Boden.

„Wo sind die Kinder?", fragte sie.

„Dort drüben", er deutete auf die nur angelehnte Tür am Ende des Flurs.

Anne ging auf die Tür zu und öffnete sie vorsichtig. Im Kinderzimmer saß Miriam Dorn auf dem Bett, fest an ihre Kinder geklammert, die zu beiden Seiten an ihr hingen.

„Frau Dorn, ich werde die Kinder jetzt rausbringen." Doch Miriam Dorn schien sich nicht von den Kindern trennen zu wollen. „Frau Dorn, bitte."

Miriam Dorn stand mit den Kindern auf und bewegte sich langsam zur Tür.

„Gib sie der Frau", herrschte Peter Dorn sie plötzlich an.

Miriam Dorn blickte ihren Mann an. In ihr Gesicht, das bis eben wie aus Stein gewesen war, kam mit einem Mal Bewegung. „Peter, bitte, lass mich mit ihnen gehen", schluchzte sie.

„Du bleibst hier." Er nahm die Kinder Miriam weg und drückte sie Anne auf. Anne spürte, wie es den größeren Jungen wieder zu seiner Mutter zurückzog, während das Mädchen steif neben ihr stand. Schnell packte sie die Kinder und schob sie den Flur hinunter. Sie öffnete die Eingangstür einen Spalt und rief laut: „Die Kinder kommen jetzt raus!"

Sie drückte die Kinder durch den Spalt nach draußen, in Richtung der wartenden SEK-Beamten. Sie stand in der Tür; ein Schritt nach vorne und sie hätte das Haus verlassen. Sie warf einen Blick zurück auf Peter Dorn, der schräg hinter der Tür stand. „Frau Kremer, bitte gehen Sie nicht, ich muss mit Ihnen reden."

Anne zögerte. Peter Dorn war am Ende. Er war am Ende und

suchte die rettende Hand. Sie dachte an Miriam Dorn, die immer noch in dem Haus war.

„Ich bleibe im Haus. Es ist alles in Ordnung", rief sie den Kollegen draußen noch zu, bevor sie die Tür hinter sich schloss.

„Ich danke Ihnen. Frau Kremer, Sie müssen mir glauben, ich war's nicht. Ja, die Waffe ist meine, aber ich war's nicht. Etwas läuft hier ganz furchtbar schief."

„Ich glaube Ihnen, aber das, was Sie hier veranstalten, ist doch keine Lösung. Bitte geben Sie mir die Waffe und es wird sich alles klären."

Er reagierte nicht. Anne versuchte in seinem Gesicht zu lesen, was in ihm vorging. Hatte sie eine Chance, dass er jetzt aufgab? Ganz vorsichtig machte sie einen Schritt auf ihn zu. Doch plötzlich kam wieder Leben in ihn. Er schüttelte sich, riss die Hand mit der Waffe hoch und schrie: „Bleiben Sie weg! Es geht nicht! Bleib weg!"

Anne erschrak fürchterlich. Sie erinnerte sich wieder an die Worte des Psychologen: „Machen Sie alles, nur regen Sie ihn bloß nicht auf!" Das hatte sie ja hervorragend hinbekommen. Peter Dorn zeigte weiterhin mit der Waffe auf sie. „Gehen Sie da runter. Gehen Sie ins Wohnzimmer."

Im Wohnzimmer saß Miriam Dorn auf der Couch. Das Gesicht in ihren Händen versteckt, weinte sie stumm. Auf dem Sessel neben ihr hockte der Nachbar, Markus Thelen, an den Anne gar nicht mehr gedacht hatte. Der arme Kerl war einfach nur zur falschen Zeit auf Besuch bei seinen Nachbarn gewesen und so in diese Familientragödie hineingerutscht. Anne setzte sich zu Miriam auf das Sofa. Peter Dorn ging zum Esstisch hinüber. Anne beobachtete, wie er sich mit leichten Mühen – seine ganze linke Körperhälfte war seit dem Unfall nicht mehr voll funktionsfähig – auf einen der Stühle setzte. Er legte die Waffe vor sich auf den Tisch.

Was für eine Situation! Anne rieb sich den Nacken. Noch vor ein paar Minuten hatte sie geglaubt, alles unter Kontrolle zu haben, gedacht, Peter Dorn ließe sich von ihr überzeugen. Wie hatte sie glauben können, dass jemand wie sie, der die meiste Zeit hinterm Schreibtisch im Büro saß, so eine heikle Lage meistern könnte?

Sie schaute zur Seite auf Miriam Dorn, die jetzt nicht mehr weinte, sondern Löcher ins Laminat starrte. Die arme Frau. Vielleicht hätte sie ihren Mann doch besser verlassen sollen. Sie hatte eine Affäre, so viel wusste Anne. Eine Nachbarin hatte sie beim letzten Dorffest abseits der Feier beim Schäkern erwischt, nur leider hatte diese Frau den Mann dank einer üppigen Hecke nicht sehen können. Mit wem betrog sie ihren Mann?

Anne blickte auf Markus Thelen. Vielleicht der Klassiker? Hatte sie eine Affäre mit dem Nachbarn und guten Freund des Hauses? Allerdings, wenn Anne die beiden beobachtete, mussten sie extrem gute Schauspieler sein. Nichts deutete darauf hin, dass Markus Thelen an Miriams Leiden Anteil nahm oder Miriam bei ihrem Nachbarn Unterstützung suchte.

Ein anderer, verwegener Gedanke kam Anne in den Sinn: Und wenn es Rainer Berger war? Rainer Berger, der Frauenheld? So absurd war die Idee noch nicht einmal. Vor Urzeiten waren Rainer und Miriam ein Paar gewesen. Wie Miriam selbst zu Protokoll gebracht hatte, hatte er sie unzählige Male betrogen, bis sie die Beziehung beendete. Nur wenn man allen Aussagen, die Anne gesammelt hatte, glauben durfte, hasste Miriam Dorn Rainer Berger. Anne hatte mindestens so viele Leute, die dieses bezeugen konnten, wie sie es von Peter Dorn taten. Warum nicht Miriam? Bis jetzt war Peter Dorn immer ihr Favorit gewesen, aber Miriam hätte mit der Waffe ihres Mannes genauso schießen können. Und wenn er kein Alibi hatte, weil er unten im Keller schlief und sie oben im Schlafzimmer, dann hatte sie auch kein Alibi. Bei der letzten Bürgerversammlung vor zwei Wochen war es zu einem heftigen Streit zwischen Rainer Berger und Peter Dorn gekommen. Zum Schluss wurde es sogar handgreiflich zwischen den beiden Kontrahenten. Doch wie war der Streit so eskaliert? Anne erinnerte sich an die Zeugenaussagen: Miriam hatte zuerst angefangen, Rainer zu beschimpfen, bis Rainer konterte und Miriam vor der ganzen Dorfgemeinschaft aufs Übelste beleidigte. Vielleicht der Tropfen, der das Fass zum Überlaufen brachte und Miriams Wut ins Unermessliche steigerte. Sie betrieb ein kleines Wellnessstudio mit Hang zur Esoterik im Keller. Kaum zu glauben, dass die an Erdstrahlen und Energiebahnen glaubende Klientel weiterströmte, wenn ihr demnächst ein 70 Meter hoher Strommast vor die Tür gesetzt wurde.

Plötzlich ging Annes Handy los. Alle schauten sie an. „Mein Handy", murmelte sie entschuldigend und griff in ihre Tasche. Es war Paul Stewinski, ein Kollege von der kriminaltechnischen Untersuchung, den sie um einen Gefallen gebeten hatte. „Kann ich rangehen?", fragte sie vorsichtig. „Es könnte wichtig sein.

Peter Dorn zuckte mit den Schultern.

„Ja, Paul."

„Hallo Anne. Wie geht's? Ich wollte dir nur sagen, was ich rausbekommen habe. Der Gefallen, du weißt schon. Dafür schuldest du mir etwas."

Er sprach ganz locker. Offensichtlich hatte sich ihre prekäre Lage noch nicht bis zu ihm herumgesprochen.

„Bitte, Paul, es ist gerade schlecht. Sag mir schnell, was es gibt."

„Also, du hattest mich ja gebeten, den Unfall von Peter Dorn noch mal durchzugehen. So wie der Unfall in den Akten steht, kann es nicht passiert sein."

„Sondern wie?"

„Wie genau, kann ich dir leider nicht sagen, oder vielmehr noch nicht. Was ich weiß, dass es so, wie Rainer Berger und Markus Thelen es beschrieben haben, nicht gewesen sein kann. Das stimmt nicht mit Peter Dorns Verletzungen überein."

„Ich danke dir. Ich muss jetzt Schluss machen." Anne legte ihr Handy zur Seite.

„War es was Wichtiges?" Peter Dorn war aufgestanden.

„Nein", log sie ihn an. „Es ging nur um ein paar Details. Nichts was uns im Moment weiterbringen würde."

Sie sah Markus Thelen an. Zu gerne würde sie ihn fragen, was damals wirklich geschehen war. Doch es war nicht auszudenken, was passieren könnte, wenn Peter Dorn erfuhr, dass er jahrelang belogen worden war. Sie konnte nichts anderes tun als abzuwarten. Zu warten und zu beten in dieser gespenstigen Szenerie, ein helles, freundliches Wohnzimmer mit verriegelten Fenstern und zugezogenen Jalousien und drei

Menschen, die nicht wussten, wann alles in einer Katastrophe endete oder ob Peter Dorn in letzter Minute doch noch einsichtig wurde.

Plötzlich schluchzte Miriam Dorn laut auf: „Peter, bitte, lass mich gehen, ich kann nicht mehr. Wie lange willst du uns noch festhalten?"

Peter Dorn zeigte keine Regung.

„Peter, sie hat recht", setzte Markus Thelen nach, „was soll das Ganze hier? Was willst du damit erreichen? Bitte. Ich verstehe dich nicht."

Mit einem Mal regte sich der Angesprochene. „Ich verstehe dich nicht, Markus. Wie kannst du das so hinnehmen?" Er stand auf, die Waffe wieder in seiner Hand. „Die machen uns doch unser ganzes Leben kaputt mit diesen Scheißstrommasten. Dieses ganze Haus, weißt du, wie viel Geld und Arbeit ich hier reingesteckt habe? Letztes Jahr habe ich noch den ganzen Keller ausgebaut. Und dann sagen die von Amprion einfach so, dass die mir demnächst einen 70 Meter hohen Mast vor die Nase setzen wollen. Wer hätte das denn ahnen können? Und die Entschädigungen, die die zahlen, sind nur lächerlich. Ich meine, die alte Stromleitung ist ja schon schlimm genug, aber das, was die vorhaben, wird den ganzen Ort zerstören. Wer will denn hier noch wohnen?!" Er setzte sich wieder. „Mann, Markus, du hast echt Schwein gehabt, dass du deine Ausbauten letztes Frühjahr verschoben hast, sonst säßest du jetzt genauso in der Patsche wie ich. Hier brauchst du doch keinen Cent mehr reinzustecken."

Anne war gerade etwas aufgefallen. Vorsichtig holte sie ihren kleinen Block aus der Hosentasche. Ihr kleiner Block war vielleicht in den heutigen Zeiten etwas unmodern, aber ihr größter Schatz. Bei jedem Fall schrieb sie dort ein paar Zeilen über alle Beteiligten hinein, sammelte ihre Ideen und Fragen. Den Block hatte sie im Dienst immer bei sich. Sie konnte nur hoffen, dass Peter Dorn sie eben schnell in ihren Block schauen ließ. Sie blätterte auf die Seite von Markus Thelen und flog über die Zeilen: 42 Jahre, verheiratet, 3 Kinder, bis 2006 bei Amprion, arbeitet die letzten Jahre als freier Immobilienmakler, und dann las sie das, an das sie sich noch dunkel erinnern konnte. Sie sprang auf.

„Herr Dorn, sagen Sie, wann genau hat Amprion letztes Jahr die Nachricht mit der neuen Stromtrasse rausgebracht?"

Peter Dorn sah sie verdutzt an, antwortete aber trotzdem: „Das war am siebten Juni."

„Siebter Juni." Anne lächelte. Ohne nachzudenken, ging sie auf Peter Dorn zu. „Sie müssen mir jetzt helfen. Sie haben doch bestimmt irgendwo einen Plan, auf dem die alte und die neue Stromtrasse abgebildet sind."

„Müsste ich gleich hier haben." Er durchsuchte den Blätterstapel, der auf einem der Stühle lag. „Hier." Er legte zwei Karten auf den Tisch: Eine zeigte den Istzustand mit der alten Trasse und die andere den Zustand nach Fertigstellung der Bauten.

Anne beugte sich über die Pläne: „Also, im Prinzip läuft es so, dass die neue Trasse einfach neben der alten gebaut wird. Nur an dieser Stelle", Anne tippte auf das Papier, „scheint das nicht zu sein." Sie blickte Peter Dorn, der neben ihr stand und mit in die Karten lugte, fragend an.

„Diese Stelle ist sehr eng und vom Profil schwierig. Diese riesigen Masten können dort nicht gebaut werden. Damit die alte und die neue Trasse zusammenbleiben, hat sich Amprion entschieden, an dieser Stelle die alte Trasse ein Stück zu versetzen."

„Das heißt also, dass Grundstücke, die jetzt noch einen Strommast im Garten und dicke Stromleitungen über den Köpfen der Bewohner haben, bald das reinste Paradies wären, was natürlich auch eine immense Wertsteigerung zur Folge hätte."

„Ja, manche haben eben Glück."

„Glück", Anne lachte, „nein, ich glaube, mit Glück hat das wenig zu tun. Herr Thelen", sie ging einen Schritt auf die Sitzecke zu, „Sie haben doch Anfang letzten Jahres einen ganzen Wohnkomplex in dieser Gegend gekauft. Zu einem Spottpreis, weil die Anlage so renovierungsbedürftig ist, aber immer noch genug Geld, dass Sie bei den Banken hoch in der Kreide stehen. Ist das nicht toll, wie viel Geld sie verdienen können, wenn Sie die Wohnungen schön sanieren und dann bald die doofen Strommasten weg sind?"

„Ja, das Ganze ist sehr gut für mich gelaufen. Und?", antwortete Markus Thelen barsch.

„Genauso gut wie mit Ihrem eigenen Haus, das Sie plötzlich nicht mehr renovieren wollten, weil bald ein zweiter Strommast dazukommt."

„Ich habe an meinem Haus nichts mehr gemacht, weil mir durch den Kauf der Wohnanlage das Geld fehlte. Wie hätte ich denn von Amprions Plänen wissen sollen? Ich arbeite dort seit Jahren nicht mehr!"

„Rainer Berger."

„Was?!"

„Rainer Berger hat es Ihnen erzählt."

Markus Thelen schüttelte heftig mit dem Kopf. „Das ist doch Schwachsinn. Warum, in Gottes Namen, hätte mir Rainer geheime Interna seiner Firma verraten sollen? Das hätte ihn doch alles gekostet."

„Der Unfall. Nehmen wir mal an, dass Rainer den Unfall damals tatsächlich verschuldet hat, und irgendwie überredet er Sie, mit ihm eine falsche Aussage abzugeben und Peter Dorn, der ja selbst keine Erinnerung mehr hat, die Schuld zu geben. Und ein paar Jahre später sitzen Sie vielleicht gemütlich mit Rainer zusammen, sie waren ja immer noch befreundet, und Rainer entwischt es zufällig, dass Amprion ganz neue Pläne hat. Sie wittern ihre Chance und erpressen ihn mit der alten Unfallgeschichte, damit Sie die Pläne vor allen anderen kennen. Nur Rainer fängt an, merkwürdig zu werden. Ob's eine Midlife-Crisis ist oder das schlechte Gewissen drückt, er droht, alles auffliegen zu lassen. Aber dafür haben Sie zu viel investiert. Sie gehen in sein Haus und erschießen ihn mit Peter Dorns Waffe."

Markus Thelen stand von seinem Sessel auf. „Das ist doch völlig absurd!"

„Die Waffe, die Waffe", murmelte Peter Dorn und stellte sich vor seinem Freund auf, „du warst doch dabei, als ich die Waffe gekauft habe. Du warst mit auf dem Waffenmarkt in Belgien. Du bist mein Nachbar, du hast alle meine Schlüssel. Verdammt noch mal, warum, warum hast du das getan?!"

„Ich konnte ihn doch nicht mit einer meiner eigenen Waffen erschießen, die sind alle registriert. Und ehrlich, Peter, ich meine, es tut mir wirklich leid, aber seit dem Unfall, wie du in Selbstmitleid ertrinkst, du bist doch nur noch ein Wrack. Was macht das noch für einen Unterschied, ob du hier in deiner eigenen Hölle schmorst oder im Gefängnis sitzt? Nebenbei gesagt, deine Frau betrügt dich mit Michael Braun von der Baumschule." Markus Thelen ließ sich wieder in den Sessel fallen.

Anne ging auf Peter Dorn zu, der mit offenem Mund festgefroren war. In seiner rechten Hand baumelte immer noch die Waffe. „Peter, bitte geben Sie mir die Waffe. Es ist jetzt alles vorbei." Er zeigte keinerlei Reaktion, aber Anne war sich sicher, er würde sich nicht mehr wehren. Ganz vorsichtig griff sie nach seiner Hand und die Waffe rutschte in ihre Hände.

„Okay, Frau Dorn, kommen Sie, wir werden jetzt nach draußen gehen."

Miriam Dorn sprang auf und huschte an Annes Seite.

„Wir kommen jetzt raus. Die Waffe ist gesichert", rief Anne, bevor sie die Eingangstür öffnete.

Die SEK-Leute stürmten ins Haus, jemand anders nahm ihr Frau Dorn ab. „Herr Keil", rief sie dem Einsatzleiter noch hinterher, „nehmen Sie auch Markus Thelen fest, er hat Rainer Berger ermordet."

Ihr Kollege, Thomas Brandner, eilte auf sie zu und drückte sie fest. „Mensch, Anne, was bin ich froh, dich heil wiederzusehen. Das war ja kaum auszuhalten. Hier, komm mit und setz dich." Er schubste sie zu der Mauer, die den Garten der Dorns umzäunte. „Und den Mordfall hast du auch noch gelöst. Wie praktisch. Komm, trink." Er reichte ihr eine Wasserflasche, aus der sie gleich trank. „Besser?"

Sie setzte die Flasche ab. „Geht. Obwohl, ein Schnäpschen wäre jetzt auch nicht schlecht gewesen."

„Kann ich mit dienen."

„Warum nur überrascht mich das jetzt nicht?" Plötzlich ging ihr Handy wieder los. „Oh nein, bitte nicht jetzt."

„Dann geh einfach nicht ran. Soll ich fü..."

„Es ist Ralf", unterbrach sie ihn, „ich muss ran. Ja, hallo, Schatz."

„Ja, ich bin's noch mal. Du, mit Max habe ich alles geregelt. Ich weiß nicht, bist du jetzt schon am Einkaufen?"

„Nein, nicht unbedingt."

„Brauchst du auch nicht mehr. Ich habe mir überlegt, wir holen heute ausnahmsweise mal was vom Türken unten an der Ecke. Ich hatte heute echt einen nervigen Tag und ich habe das Gefühl, bei dir lief's auch nicht so toll?"

„Öh, ja, könnte man so sagen."

„Ja dann, bis gleich."

„Bis gleich." Anne legte das Handy zur Seite und schmunzelte. Ein erfolgreicher Tag im Leben der Anne Kremer ging zu Ende: Der Mörder war gefasst und das Abendessen gerettet.

Klaus Brabänder

Der Stromer

Der Prototyp eines furchtlosen Kämpfers bin ich sicherlich nicht, das gebe ich unumwunden zu, aber wenn ich von etwas überzeugt bin, wenn mir die Argumente detailliert und plausibel dargelegt werden, kann ich mich einer Sache mit Hingabe widmen und für das gesteckte Ziel Opfer bringen. Und weil ich das kann, tue ich es auch.

Meine Mutter hatte immer dafür gesorgt, dass es mir an Idealen nicht fehlte. Mit der Überzeugungskraft einer strengen Lehrerin, die sie im Berufsleben war, hat sie mir zeitlebens eingetrichtert, dass die Welt nur zu retten ist, wenn man sich konsequent dafür einsetzt. Mit ‚man' hatte sie vor allem sich und mich gemeint. Sonst war in unserer Familie keiner da – oder besser gesagt: Wir beide waren die Familie.
Mein Vater hatte sich kurz nach meiner Geburt von den Weltrettungsparolen meiner Mutter distanziert, so hat sie es mir geschildert. Er habe sich mit ihrer anthroposophischen Grundhaltung nicht länger identifizieren können.

Bis heute verstehe ich nicht, was das eine mit dem anderen zu tun hat, aber derart philosophische Konstrukte sind ohnehin nicht meine Stärke. Die Welt zu retten, ist eine Sache, die Menschen verstehen zu wollen, eine völlig andere. Ich bin eher ein Typ für die praktische Anwendung. Mit Theorien tue ich mich schwer, und für Analysen und Grundsatzprogramme sind andere besser geeignet. Soldat der grünen Welle oder so ähnlich hat mich meine Mutter genannt, als ich klein war. Das ist jetzt mehr als zwanzig Jahre her.
Hier drin ist es eindeutig zu warm; reine Energieverschwendung. Wie soll ich da einen klaren Gedanken fassen? Außerdem fehlt frische Luft, das behindert mich beim Nachdenken. Meine Mutter kommt mir wieder in Erinnerung, wie sollte ich sie je vergessen? Sie und ihren unbändigen Willen, alles

zu tun, um diesen Planeten ein Stück besser zu machen. Vor allem in ökologischer Hinsicht. Diesem Ziel hatte sich alles unterzuordnen. Und alle in ihrem erweiterten Umfeld. Raucher, Pelzträger und Autofahrer wurden konsequent geächtet. Einen Fernsehapparat gab es bei uns ebenso wenig wie eine Waschmaschine oder einen Geschirrspülautomaten. Und falls die Heizung überhaupt lief, dann um die Zimmertemperatur nicht unter sechzehn Grad fallen zu lassen, aber nur bis acht Uhr am Abend. Wer früh im Bett ist, verbraucht weniger Energie. Höchstens für eine Stunde Licht, damit ich ein auf umweltfreundliches Papier gedrucktes Buch über den Einsatz alternativer Energien oder die Rettung der Regenwälder lesen konnte. Dass wir selten oder genauer gesagt nie Besuch hatten, versteht sich von selbst.

Ich kann mich erinnern, dass wir anfangs ein paar Mal bei Kollegen meiner Mutter eingeladen waren, aber das endete immer in einem Fiasko. Die Gastgeber wollten Mutters fundiertes Fachwissen über Ökologie und Energieverschwendung einfach nicht anerkennen, was ich als sehr schade empfand. Mit der Zeit gewöhnten wir uns daran, alleine zu sein. Ich las Fachbücher, und Mutter spielte Klavier.

Das wäre sicherlich auf ewig so weitergegangen, wäre meine Mutter nicht erkrankt. Nach der Diagnose waren ihr nur sechs Monate geblieben, um alles zu regeln und ihren Frieden zu finden.

Um ihr einen letzten Gefallen zu tun, hatte ich kurz vor ihrem Tod drei Autos und ein Trafohäuschen angezündet. Sie sollte wissen, dass ich hinter ihrer Überzeugung stand und auch später bereit war, alles zu tun, um ihr Lebenswerk fortzusetzen. Sie hatte mich belehrt, dass das der falsche Weg sei, aber gefreut hatte sie sich trotzdem. Auf die Schliche war mir damals niemand gekommen, und meine Mutter hatte das Geheimnis mit in ihr Grab genommen.

Dass sie erst starb, als ich gerade achtzehn geworden war und meinen mittleren Schulabschluss in der Tasche hatte, erwies sich als glücklicher Umstand. Ich war volljährig und konnte tun und lassen, was ich wollte, Hauptsache, ich setzte das Lebenswerk meiner Mutter fort. Von meinem Vater habe ich nie wieder etwas gehört, was ich in keinster Weise bedauere.

Langsam geht mir die schwüle Hitze dieses Raumes auf den Geist. Auch nachts wird die Heizung nicht abgestellt. Wenigstens geht das Licht um neun Uhr aus, immerhin ein kleiner, wenn auch unbedeutender Beitrag zum Stromsparen.

In diesem Land ist alles anders als in meiner sauerländischen Heimat. Vielleicht hätte ich gar nicht erst herkommen sollen, aber im Nachhinein ist man immer schlauer. Zu Hause hatte ich nicht bleiben wollen. Die Aktivisten hatten meine Pläne, dass man die Straßenbeleuchtung in den Städten aus Energiespargründen und zur Rettung der Umwelt generell abschalten, ja sogar verbieten sollte, als nicht durchsetzbar abgetan. Sie hatten sich geweigert, mit mir auf die Straße zu gehen und zu demonstrieren. Als ich mich mit weiteren guten Vorschlägen als Querdenker nicht hatte durchsetzen können, war ich plötzlich isoliert. Isolation unter Gleichgesinnten macht fürchterlich einsam, mehr noch als unter Fremden. Ich hatte versucht, Zeichen zu setzen, um wieder in ihren Kreis aufgenommen zu werden. Beim dritten Anschlag auf die Straßenbeleuchtung am Rathausplatz, dort wo die Hälfte der Kapazität eines Blockheizkraftwerks in eine des Nachts unbelebte Parkfläche vergeudet wird, war ich erwischt worden.
Die Sachbeschädigung kam mich teuer zu stehen. Neben der Schadensbegleichung von rund zwölftausend Euro wurde mir eine Geldbuße von dreitausendfünfhundert Euro auferlegt. Gut, dass mir meine Mutter ein ansehnliches Erbe hinterlassen hatte. Gebracht hatten die Aktionen nichts. Die Lampen vergeudeten ihr Licht weiterhin, und bei den Aktivisten bekam ich irgendwie keinen Fuß in die Tür. Ich sei zu auffällig, zu wenig Stratege, hieß es.
Auch in der Ausbildung ging es nicht weiter. Musik hatte ich studieren wollen, aber dazu reichte mein Abschluss nicht, und eine Lehre als Schreiner, die mir die Berufsberatung vorgeschlagen hatte, scheiterte an einer Holzstauballergie.
In Deutschland hatte ich keine Perspektiven mehr gesehen, und deshalb beschloss ich, das Haus zu verkaufen und nach

Amerika zu gehen. Dort wollte ich von vorne anfangen, Aktivisten suchen und mich einer dortigen Bewegung anschließen. Amerika, das Land der hemmungslosen Energieverschwendung mit unbegrenzten Möglichkeiten. Erst mal für ein paar Wochen. Drei Monate später war ich da. Mittlerweile war ich fünfundzwanzig, das war vor ungefähr zwei Jahren.

Zu allem Übel summt jetzt auch noch der Ventilator sein nervtötendes Lied. Was für ein Irrsinn! Die Heizung lässt mich schwitzen, und der Lufthauch jagt mir eine Gänsehaut über den Körper. Energieverschwendung in zweifacher Hinsicht. Sie kapieren es nicht, ein verrücktes Volk, diese Amerikaner.

Whatever! Wäre ich nach Spanien oder Italien gegangen, hätte ich Joe nie getroffen, und wenn doch, hätte ich ihn nicht verstanden, denn in der Schule habe ich weder Spanisch noch Französisch gelernt. So aber liefen wir uns über den Weg, und das war unser beider Schicksal, mit dem Unterschied, dass ich noch lebe. Joe nicht, und das scheint jetzt ein Problem zu sein! In diesem bescheuerten Land kommt man ohne Auto kaum von der Stelle. Mein Fahrrad wurde mir quasi unter dem Hintern weggeklaut. Fliegen kam nicht infrage. Nur einmal habe ich diesen ökologischen Schwachsinn zwangsläufig in Kauf nehmen müssen, denn eine Schiffspassage von Europa nach Amerika war mir zu teuer. In diesem riesigen Land wäre die Eisenbahn eine Notlösung gewesen, wenngleich die Dieselloks nur wenig hinter dem Schadstoffausstoß der Autos zurückstehen, wenn man das auf die Passagierzahlen umrechnet. Aber da, wo ich hin wollte, gab es keinen Schienenverkehr. Ich musste kleinere Etappen mit dem Bus hinter mich bringen, eine andere Alternative gab es nicht. Dementsprechend mies gelaunt war ich, als ich in Sisterscrown ankam.

Sisterscrown, Kentucky. Warum ich ausgerechnet dorthin gefahren war, weiß ich heute selbst nicht mehr. Vielleicht weil Kentucky so amerikanisch und dessen Hauptstadt Frankfort so deutsch klingt, oder weil Sisterscrown idyllische Visionen in mir auslöste, ich kann es nicht mehr sagen.

Whatever! Zu meiner schlechten Laune waren der strömende Regen und peitschender Wind hinzugekommen, und der Rucksack scheuerte auf meinen Schultern, als ich auf der Suche nach einer Bleibe durch die menschenleeren Straßen von Sisterscrown wanderte. Auf meiner Karte war am anderen Ende des kleinen Ortes ein Campingplatz eingezeichnet, aber mit jedem meiner Schritte schwand in mir die Hoffnung, dass ich es vor Einbruch der Dunkelheit dorthin schaffen würde. Zudem schien es mir fast unmöglich, mein Zelt bei diesem Wetter aufzubauen.

Als ich den Ortsrand erreichte, dämmerte es bereits, aber von einem Campingplatz war weit und breit nichts zu sehen, nur das rote Neonlicht eines Motels.

Selbst bei diesem Sauwetter scheuten sich die Amis nicht, ihren Überfluss an Energie über das Land zu werfen. Dafür mussten sonstwo Menschen zu Hungerlöhnen Tag und Nacht schuften, und diese Ärsche hier beleuchteten den Regen in diesem menschenleeren Kaff.

Die Straßen waren mittlerweile völlig überflutet, schlammiges Wasser schwappte über den Bürgersteig. Der Sturm wurde stärker, und ich kam kaum noch vorwärts. Mir blieb nichts anderes übrig, als das Motel aufzusuchen, das Letzte, was ich eigentlich vorhatte.

Hätte ich damals geahnt, dass ich heute in dieser trockenen, völlig überhitzten Behausung sitzen würde, hätte ich dem Unwetter sicherlich etwas Positives abgewinnen können, so aber fluchte ich über den Sturm und den Regen und ging, so schnell ich konnte, in Richtung des Motels.

Ich wollte die Straßenseite wechseln, als aus dem Nichts ein Pickup angeschossen kam. Er war viel zu schnell unterwegs, raste auf mich zu, sauste nahe am Bürgersteig vorbei und hupte ohne Unterlass. Die aufspritzende Gischt fiel wie ein Wasserfall über mich her. Ich war zwar zuvor bereits völlig durchnässt, aber jetzt wurde ich von der schlammigen Brühe von oben bis unten zugesaut. Völlig fertig und fassungslos starrte ich hinter dem Wagen her, bis ich merkte, dass er stoppte. Dann verschwanden die roten Bremslichter, und die weißen Scheinwerfer kamen auf mich zu. Die Sau hatte gewendet und schien Jagd auf mich machen zu wollen. Noch ehe ich begriff, was vor sich ging, wiederholte sich die Drecksprozedur, diesmal aus der anderen Richtung. Danach verschwand der Wagen in der Dämmerung, in der Ferne leuchteten die Bremslichter erneut auf. Ich erwachte aus meiner Schreckensstarre und stellte fest, dass ich nicht geträumt hatte. So schnell ich konnte, rannte ich zu dem Motel und rettete mich in Sicherheit und ins Trockene.

Wenn ich mich an dieses Ereignis erinnere, spüre ich die nasse Kälte meiner verdreckten Klamotten plötzlich wieder auf meiner Haut, und die schwüle Hitze meines Domizils kommt mir erträglicher vor. Damals hätte ich weiß Gott was dafür gegeben, in die wohlige Wärme trockener Kleider schlüpfen zu können und mich bei einer heißen Tasse Tee aufzuwärmen. Knapp zwei Jahre ist das jetzt her, und dennoch ist mir dieser Tag in naher Erinnerung, denn er veränderte alles.

Die junge Frau am Empfang zeigte trotz meines katastrophalen Erscheinungsbildes keinerlei Regung. Entweder war es für sie normal, dass Gestalten in diesem Zustand das Motel betraten, oder sie war völlig abgestumpft, was auf die Einnahme bewusstseinsstörender Substanzen hindeutete. Letzteres hielt ich für wahrscheinlich, denn sie schien geistig nicht anwesend zu sein, sprach kaum ein Wort, kassierte das Geld, reichte mir den Zimmerschlüssel und fertig. Weder fragte sie nach meinem Namen, noch ob ich einen besonderen Wunsch hegte.

Das Zimmer war einfach, aber sauber, und verfügte über eine Dusche. Schleunigst streifte ich meine Klamotten ab und legte sie über den Stuhl. Ich packte meinen Rucksack aus und verteilte den Inhalt zum Trocknen auf dem Fußboden, der Bettdecke und dem Tisch, dann sprang ich unter die Dusche. Ich war gerade dabei, meine Sachen nach halbwegs trockenen Wäschestücken zu durchsuchen, als plötzlich die Tür mit lautem Getöse aufflog. Ein Mann stürzte ins Zimmer, stolperte durch den Raum und torkelte auf das Bett zu, wo er schließlich Halt bekam und sich aufrappelte. Er war von schmächtiger Statur, hatte lange dunkle Haare und war völlig durchnässt. Der lappige Anorak mit Tarnfarbenmuster war ihm mindestens zwei Nummern zu groß, die Armeestiefel und die Jeanshose starrten vor Dreck. Bei diesem Wetter war das nicht weiter verwunderlich, das Spektakuläre hingegen war die Pistole, die der Kerl in der Hand hielt.

„Hey, Motherfucker! Hat dir der liebe Joe vorhin einen Schrecken eingejagt? Zwei Duschen gratis, hähä! Du solltest dafür zahlen, Arschloch! Was meinst du?"

Mir wurde klar, dass es der Irre war, der mit dem Pickup auf mich losgegangen war. Ich wollte etwas sagen, aber er stoppte mein Vorhaben, noch bevor ich beginnen konnte.

„Halt's Maul, Motherfucker! Los, gib Joe deine Kohle! Komm schon! Hast du Crack, Koks, Speed? Schau nicht so blöd, du Arschloch ..."

Der Typ redete und redete wirres Zeug und fuchtelte dabei wild mit der Pistole herum. Er schien mit Drogen vollgepumpt zu sein, seine Bewegungen waren fahrig, die Augen glasig, und die dürren Finger mit der Pistole zitterten. Hätte er die Waffe nicht gehabt, wäre es selbst für ein schmales Handtuch wie mich ein Leichtes gewesen, den Burschen zu überwältigen.

Ich wollte ihn beruhigen, weil ich fürchtete, dass sich bei der Fummelei mit der Waffe womöglich aus Versehen ein Schuss lösen könnte, deshalb sprach ich ihn mit Namen an.

„Joe, ich habe nichts, nur zehn Dollar, die kannst du haben", log ich, in der Hoffnung, dass er das Geld nehmen und verschwinden würde. „Und Drogen habe ich keine. Ich nehme das Zeug nicht, Joe."

„Das kannst du deiner Großmutter erzählen, Motherfucker. Bist du 'ne Schwuchtel, he? Los, rück die Kohle raus, sonst blase ich dir deine verdammten Eier weg!"

„Hör zu, Joe! Ich gebe dir die zehn Dollar und meine Uhr, mehr habe ich nicht", bot ich an und ging zu meinem Rucksack, in dem ich die wasserdichte Mappe mit dem Geld und den Papieren deponiert hatte.

„Willst du mich verarschen?", fragte er und spannte den Hahn. „Okay, dann bediene ich mich selbst, nachdem ich dir das Hirn aus dem Schädel geblasen habe. Was hältst du davon, Motherfucker? Glaubst du, ich mache Witze?"

Jetzt ergriffen mich Panik und Wut zu gleichen Teilen. Der Typ war zu allem fähig und würde mich umbringen, ob er bekam, was er wollte, oder nicht. Der Kerl war völlig durchgeknallt.

„Tu's nicht, Joe! Moment, ich gebe dir alles, was ich habe."

Ich ging langsam zu meinem Rucksack und griff hinein. Eigentlich wollte ich nach der Mappe greifen, aber dann fühlte ich die Scheide meines Campingmessers, das ich zwei Tage zuvor erstanden hatte. Der große feststehende Dolch mit einer ungeheuer scharfen Klinge konnte mit einem Schnellverschluss rasch aus der Scheide gezogen werden. Für den Fremden unsichtbar griff ich nach der Waffe und zog sie noch im Rucksack aus der Halterung.

„Hey, Motherfucker, was machst du da?", schrie der Junkie plötzlich und schnellte auf mich zu.

Was dann geschah, spielte sich in Bruchteilen von Sekunden ab. Bis heute kann ich nicht nachvollziehen, wie die nächsten Augenblicke abliefen. Fest steht nur, dass Joe am Ende vor mir auf dem Rücken lag, röchelte und am ganzen Körper zuckte. Die Pistole lag neben ihm auf dem Boden, dafür steckte mein Dolch in seinem Hals.

Weitere Augenblicke später lag er still, und seine Augen hatten immer noch den gleichen glasigen Mattglanz, mit dem Unterschied, dass sie jetzt ins Leere starrten, ohne etwas zu sehen. Es dauerte eine gefühlte Ewigkeit, bis mir klar wurde, dass ich soeben einen Menschen getötet hatte.

Der Gedanke an diesen Abend jagt mir eisige Schauer über den Rücken, und plötzlich friere ich trotz der Hitze. Die Luft aus dem Ventilator ist jetzt kälter als der Wind an den Polkappen. Ich muss mich bewegen, sonst kriege ich noch eine Erkältung. Die könnte ich jetzt beileibe nicht gebrauchen.

Zurück nach Sisterscrown.

Was Joes Tod letztendlich für mich bedeutete, wurde mir erst einige Tage später klar, als ich Hunderte von Meilen weiter südlich wieder zur Ruhe kam und Zeit zum Nachdenken fand. Zuvor war ich Hals über Kopf mitten in der Nacht aus Sisterscrown verschwunden, zur Landstraße gerannt und zu Fuß weitergegangen, bis ich schließlich von einem Trucker mitgenommen wurde. Einige Stunden später hörte ich in einem Truckstop, dass Sisterscrown am frühen Vormittag von einem Tornado dem Erdboden gleichgemacht worden sei. Es waren zahlreiche Todesopfer zu beklagen. Den, dessen Ableben mit den Naturgewalten nichts zu tun hatte, erwähnten sie mit keinem Wort.

Je weiter ich mich vom Tatort entfernte und je mehr Zeit verging, desto größer wurde meine Hoffnung, dass Polizei und Einsatzkräfte anderes zu tun hatten, als sich um die detaillierte Todesursache der Opfer von Wirbelstürmen zu kümmern. Immerhin war ich so clever gewesen, das Messer aus Joes Hals zu ziehen. Später hatte ich es an der Landstraße in ein Gebüsch geworfen.

So sehr mich Joes Tod auch belastete, er hatte etwas Positives in mir hinterlassen. Zum ersten Mal in meinem Leben war ich nicht als Verlierer vom Platz gegangen, wenngleich ich mir eine andere Art von Sieg gewünscht hätte. Dennoch war es irgendwie ein erhebendes Gefühl.

Als Joe, alle viere von sich gestreckt, den Fußboden zierte, überkam mich plötzlich neben aller Aufregung ein Gefühl von Macht, zumindest glaubte ich, dass es sich so anfühlen müsste, wenn man die Macht über etwas hat. Was da vor mir lag, war ein Ergebnis, mein Ergebnis, wenn auch ein fatales. Mit einem Resultat aufwarten zu können, war eine völlig neue Erfahrung, eine gute Erfahrung. Ich hatte nicht nach der Pfeife eines anderen getanzt. Ich hatte mich durchgesetzt. Ich hatte etwas geleistet.

Vor meinem geistigen Auge spielte sich das Szenario ab, wie die Polizei mich suchen würde. So übel es auch wäre, wenn man mich als Täter identifizieren würde, aber gesucht hatte mich noch nie jemand. Mich, den Nobody, oder wie Joe es ausdrücken würde, den Motherfucker, würde halb Amerika suchen. Das war einerseits beängstigend, andererseits eine völlig neue Dimension. Aber das war nur eine Vision. Erstens würde mir die Tat nicht nachzuweisen sein, zweitens wusste niemand, wer ich bin, und drittens schon gar nicht, wo ich mich aufhielt.

Ein größeres Problem war meine Aufenthaltsgenehmigung. Ich war als Tourist eingereist und sollte das Land eigentlich nach drei Monaten wieder verlassen, aber das war natürlich nicht meine Absicht. Ich wollte einen Job annehmen, aber dazu brauchte ich eine Aufenthaltserlaubnis, und damit biss sich die Katze in den Schwanz. Sechs Wochen blieben mir noch, aber die Zeit lief mir unerbittlich davon. Ich musste einen Bürgen finden, der mir zur Verlängerung der Aufenthaltsgenehmigung verhelfen und einen Job besorgen konnte. Wie ich diesen Garanten aus dem Hut zaubern sollte, war mir ein Rätsel. Vielleicht würde sich mir unterwegs eine Gelegenheit bieten.

Mittlerweile war ich bereit, Kompromisse zu schließen, was die Transportmittel betraf. Per Anhalter mit den Trucks zu reisen, schien mir eine annehmbare Lösung. Zum einen fuhren die Monster sowieso durchs Land, zum anderen zahlte ich nichts, was bedeutete, dass ich die Luftverpester nicht auch noch finanziell unterstützte.

Mein Englisch ist zwar ganz passabel, aber das Kauderwelsch der Trucker machte mir einige Probleme. Über Arkansas und Louisiana gelangte ich schließlich nach Texas.

An jeder Staatsgrenze schien die Nation neu zu beginnen. Dass die Gesetzgebung in den einzelnen Staaten der USA unterschiedlich ist, war mir bekannt und auch, dass Reisende die Uhr schneller umstellen müssen, als man sich die aktuelle Zeit merken kann, aber dass es die Menschen nicht interessiert, was auf der jeweils anderen Seite der Grenze vor sich geht, überraschte mich. Andererseits beruhigte es mich, denn bei diesem gegenseitigen Desinteresse würde sich ein toter Junkie in Kentucky sicherlich nicht bis nach Texas rumgesprochen haben.

Whatever! Ich musste Leute finden, die mir helfen konnten, und mich nach einer Arbeit umschauen. Ein Trucker namens Will hatte eine Erfolg versprechende Idee, nachdem er mich auf einer Strecke von fast zweihundert Meilen über meine Herkunft, Berufsausbildung und weiterer Pläne ausgequetscht hatte.

„Du bist zwar zu allem fähig und zu nichts zu gebrauchen,

Boy, aber du bist ein Deutscher. Geh nach Williamsburg im Gillespie County, dort gibt es eine deutsche Kolonie. Wenn du als Deutscher in Texas irgendwo weiterkommen willst, dann dort."
Zwei Tage später war ich vor Ort.

An die ersten Tage in Williamsburg erinnere ich mich gerne. Die Luft war frisch und klar, nicht zu vergleichen mit dem überhitzten Loch, in dem ich hier sitze und in dem ich es noch eine Weile aushalten muss.

Williamsburg ist in der Tat einer der schönsten Flecken der USA, zumindest von dem Teil, den ich gesehen habe. Das einzige Manko ist, dass auch dort mit der Energie geschweint wird. Ansonsten war es ziemlich gut dort, wenn Dieter nicht gewesen wäre, oder Dithör, wie sie ihn in seiner Heimatstadt nannten.
In Williamsburg war das Deutschtum allgegenwärtig. Der Mix aus Deutsch und Englisch war lustig, aber er ließ in mir wenigstens ein Gefühl von Heimat aufkommen. „Aschaffenburger Street" oder „Papst-Benedikt-Church" klangen ebenso ungewohnt wie „Bismarck-Bar" oder „Schwarzwald-Winery". Die Speisekarte im Drivers-Inn, hier „Dieselbear" genannt, war in deutscher Sprache mit englischen Untertiteln, auf der Infotafel der Gemeindeverwaltung war es umgekehrt.
Williamsburg war, wie ich später erfahren sollte, ein Nest von etwa dreitausend Einwohnern, fast allesamt mit deutschen Wurzeln. Bisher hatte ich Texas immer mit Erdöl und Rinderherden in Verbindung gebracht, hier war der Weinanbau die zentrale Wirtschaftskraft. Die Deutschen hatten die Winzerbetriebe vor mehr als hundert Jahren angesiedelt.
Ein Fremder in dieser Abgeschiedenheit bleibt nur für Sekunden unentdeckt. Als die Leute herausbekamen, dass ich quasi direkt aus Deutschland hierhergekommen war, konnte ich die Fragen nicht so schnell beantworten, wie sie gestellt wurden. Binnen Minuten ging es nicht mehr um die Frage, ob ich bleiben wollte, sondern um die Tatsache, dass ich bleiben musste. Obwohl alle deutsch mit mir sprachen, kriegte ich nur die

Hälfte mit, und mir zu merken, wer in diesem Ort wofür zuständig war, überforderte mich völlig. Da gab es Leute von der Gemeindeverwaltung, dem County, dem Council, der Church, der Winery und was weiß ich von welchen Organisationen. Sie wurden mir allesamt vorgestellt und versicherten, man werde sich um mich kümmern, aber ich möge erst mal erzählen, was es von Good-Old-Germany an Neuigkeiten zu berichten gab. Bereits nach den ersten Stunden wurde mir klar, dass ihr Informationsstand der Zeit um einige Jahre nachhinkte.

Die Familie Werner, gesprochen Wörnör, ließ es sich nicht nehmen, mich zu beherbergen, vorerst kostenlos, bis ich sesshaft geworden wäre, nur für die Verpflegung zahlte ich zehn Dollars a day. Das war soweit in Ordnung, und die Wörnörs waren überaus nett.

Ich bot mich an, tagsüber in den Weinbergen zu helfen, was gerne angenommen wurde, sogar die Bezahlung war recht zufriedenstellend.

Demnach hätte ich mich auf eine glückliche Zukunft einstellen und die düstere Nacht in Sisterscrown vergessen können, wäre Dithör nicht gewesen.

Dieter war der einzige Sohn der Werners, fünf Jahre jünger als ich und ein verzogener Taugenichts mit neonazistischen Ansichten, was ich seiner Tätowierung am Unterarm entnahm. Über die Woche arbeitete er im fast fünf Autostunden entfernten Dallas als Hotelmanager, aber das war meiner Meinung nach nur die wohlwollende Umschreibung seiner Eltern. Wahrscheinlich ging er dort irgendeiner Hilfstätigkeit als Dienstbote oder so etwas Ähnlichem nach, denn zu mehr reichten weder seine Intelligenz noch sein Arbeitswille aus. Dummheit und ein großes Maul bilden meist in Kombination eine unangenehme Mischung, und Dithör Wörnör war so ein Konglomerat.

Whatever! Am Wochenende tauchte der missratene Zögling auf, und ich merkte gleich, dass die Nachbarn und Bekannten der Familie froh waren, wenn sie ihm aus dem Weg gehen konnten. Nur die Werners himmelten ihren Sprössling an und lobten ihn über den grünen Klee, wo immer es ging. Am ersten Wochenende war das alles neu für mich, wir wurden uns vorgestellt, blieben aber auf Distanz. Ich merkte jedoch gleich, dass es Dieter nicht recht war, wie sich seine Eltern um mich bemühten. Mir war klar, dass das auf Dauer nicht gutgehen konnte. Mit dieser Einschätzung sollte ich Recht behalten. Dass die Sache allerdings so ausgehen würde, konnte ich zu diesem Zeitpunkt beim besten Willen nicht ahnen.

Am Sonntagabend verschwand Dieter wieder in Richtung Dallas, und die Situation entspannte sich. In der darauf folgenden Woche, meiner zweiten in den Weinbergen rund um Williamsburg, erkannte ich, dass ökologischer Landbau für die Weinbauern der Gegend anscheinend ein Fremdwort war. Da wurde gedüngt und mit Pestiziden gespritzt, was das Zeug hielt, ein Zustand, der unbedingt geändert werden musste, jedenfalls war das meine feste Überzeugung.

Mittwochs saßen wir alle im „Deutschen Haus" zusammen, einer Art Gemeinschaftshaus, in dem die Belange und Neuigkeiten aus dem Ort diskutiert wurden. Ich fand, dass dies eine passende Gelegenheit sei, um den Leuten die Bedrohung der Welt durch die Chemie im Ackerbau und den sorgsamen Umgang mit den Ressourcen nahezubringen. Weil ich schon mal dran war und in Fahrt kam, bemängelte ich nicht nur die Missstände im Weinbau, sondern stellte auch klar, wie unsinnig es sei, die Leuchtreklamen und Straßenlaternen im ganzen Ort über Nacht brennen zu lassen.

Selten habe ich so viel Uneinsichtigkeit erlebt! Der moderate Teil der Anwesenden begegnete mir mit Unverständnis, der Rest hielt mich für geistesgestört, das ließ man mich unmissverständlich wissen. Wie denn ein dahergelaufener crazy German boy auf die Idee kommen könne, den Amerikanern vorzuschreiben, was sie zu tun und zu lassen hatten! Von da an war ich ein Außenseiter. Binnen Minuten hatten sich die Sympathien in krasse Ablehnung gewandelt.

Am nächsten Morgen war die Unterhaltung am Frühstückstisch kühl und sachlich, alle Herzlichkeit war verflogen. In den Weinbergen erledigte ich meine Arbeit, aber keiner sprach mit mir. So ging es die ganze Woche über und mir wurde klar, dass ich hier keine Unterstützung mehr zu erwarten hatte. Ich erklärte den Wörnörs, dass ich in der darauf folgenden Woche weiterziehen wolle, was diese ohne Widerrede und mit sichtlicher Erleichterung zur Kenntnis nahmen. Ich hätte gleich und auf der Stelle gehen sollen, dann hätte ich mir einiges erspart und Dithör auch.

Als Dieter am späten Freitagabend nach Hause kam, spürte er wohl, dass sich während der Woche irgendetwas zugetragen hatte. Wahrscheinlich hatten seine Eltern ihm sofort von meinen Ausführungen berichtet und dass ich den Ort bald verlassen würde, denn am Samstagmorgen machte er abfällige Bemerkungen über mich und erklärte, dass man mir besser gleich eine Tracht Prügel verabreicht und mich davongejagt hätte. Sein Hass gegen mich war unübersehbar, und ich beschloss, ihm für den Rest des Wochenendes aus dem Weg zu gehen.

Das Wetter war herrlich, geradezu ideal, um die letzten beiden Tage in den Weinbergen zu verbringen, die Landschaft und die Sonne zu genießen und zu überlegen, wie es weitergehen sollte. Im Grunde meines Herzens hatte ich mit den USA abgeschlossen. Die Amis waren unbelehrbar, für Ökologie und Verantwortung für unseren Planeten hatten sie kein Gefühl. Ich lief gegen eine Wand von Ignoranz und sah keine Möglichkeit, daran etwas zu ändern. Warum also die Zeit nutzlos verstreichen lassen?

Da ich zu Hause alles verkauft hatte, fehlte es mir zwar im Augenblick nicht an Geld, aber für den Rest meines Lebens würde es nicht ausreichen. Ich musste irgendwo hin, wo ich Geld verdienen konnte, am besten im Bereich des Umweltschutzes oder etwas in dieser Richtung. Als Energieberater vielleicht, aber wo? Während ich im Weinberg saß und meinen Gedanken nachhing, hörte ich hinter mir ein Geräusch, das mich aufschreckte.

Ich drehte mich blitzschnell um und sah, dass Dieter hinter mir stand. Im Nachhinein kann ich nicht beurteilen, ob er zugekifft oder besoffen war oder ob es der Ausdruck seines schwachsinnigen Hasses war, der aus seinen Augen funkelte. Ich saß am Boden, eine Hand auf die Erde gestützt, halb zu ihm gedreht, als er sich mit einem Holzknüppel in der Hand auf mich stürzen wollte.

„Wie kommst du dazu, meinen Eltern mit deinem Gequatsche so etwas anzutun?", schrie er. In seinen Augen stand der Wahnsinn.

Er machte zwei Schritte auf mich zu und hob den Knüppel.

Es gelang mir mit einem Reflex, zur Seite zu rollen, sodass Dieters Schlag danebenging und in einem Weinstock landete. Vom Spanndraht in den Reben federte der Knüppel zurück und glitt Dieter aus der Faust. Er selbst kam auf dem steinigen Hang ins Rutschen, machte ein paar unbeholfene Schritte nach vorne, stürzte und landete schließlich auf dem Bauch. Das alles spielte sich in Bruchteilen von Sekunden ab, und als ich die Fassung wiedererlangt hatte, sah ich mich mit dem Knüppel in der Hand über Dieter stehen.

Er hatte sich auf den Rücken gedreht und schaute mit hasserfülltem Blick zu mir herauf. Und dann sagte er etwas, was er besser nicht gesagt hätte: „Motherfucker!"

Es waren die letzten Worte, die er in seinem Leben von sich gab.

Ich erinnere mich, dass das gleiche Gefühl wie beim ersten Mal in mir aufgestiegen war: Ich hatte gewonnen! Für einen Augenblick genieße ich diese Erinnerung, denn ich bin mir ziemlich sicher, dass ich dieses Gefühl nicht noch einmal empfinden werde. Zurzeit habe ich nur das Empfinden unendlich drückender Hitze. Der Ventilator ist anscheinend abgestellt, denn ich höre sein monotones Summen nicht mehr. Draußen ruft jemand, aber ich glaube nicht, dass ich gemeint bin. Mein Besuch wird wohl noch etwas auf sich warten lassen. Mir ist es egal – Hauptsache, sie hören mit dieser schändlichen Energieverschwendung auf.

Zunächst war ich geschockt, als ich Dieter vor mir liegen sah, aber nach wenigen Augenblicken war mein Verstand wieder intakt, und mein Fluchtreflex setzte ein. Ich eilte zurück in das Haus der Werners und begann, meine Sachen zu packen. Sie fragten mich nicht nach ihrem Sohn, nur warum ich packte. Ich erklärte, dass ich beschlossen hätte, aufzubrechen, so lange das Wetter noch so schön sei, das würde mir die Weiterreise erleichtern. Diesem Argument konnten und wollten sie sich nicht entziehen, sie waren froh, mich loszuwerden. Anscheinend hatte Dieter ihre Aversion gegen mich zusätzlich geschürt.

Am frühen Nachmittag stand ich an der Landstraße und streckte den Daumen in die Luft. Ich wollte Richtung Südwesten an die mexikanische Grenze, weil ich glaubte, nach dem Grenzübertritt erst mal in Sicherheit zu sein. San Antonio schien mir ein geeignetes Ziel, zumindest der Name klang sehr mexikanisch. Nach meiner Information lag die Stadt weniger als zwei Autostunden von Williamsburg entfernt. Dass es von dort aus bis zur mexikanischen Grenze noch über einhundertfünfzig Meilen waren und man nicht so einfach über die Grenze kam, wusste ich nicht.

San Antonio erreichte ich erst am späten Nachmittag, weil es zwei Stunden gedauert hatte, bis ein Truck anhielt.

In San Antonio eine Bleibe für die Nacht zu finden, war schwieriger als erwartet. Die Millionenstadt war total überfüllt, weil ein großes Sportereignis stattfand. Weder in der Metropole noch in den Randbezirken konnte ich mich orientieren und irrte umher, bis ich schließlich völlig erschöpft war. In einem Schnellrestaurant kaufte ich einen Hamburger, obwohl das nicht die Art von Nahrung ist, die ich gutheiße, aber der Hunger war stärker als meine Prinzipien.

Auf einer Bank in einer Parkanlage ruhte ich mich aus und kam zu dem Entschluss, dass es besser wäre, wenn ich sofort aus dieser Stadt verschwände.

Wahrscheinlich hatte man Dieters Leiche schon gefunden, und wenn nicht, würde es sicherlich nicht mehr lange dauern. Es war so sicher wie das Amen in der Kirche, dass man seinen Tod mit meiner Person in Verbindung bringen würde, und da die Wörnörs und viele andere in Williamsburg meine Identität kannten, würden binnen weniger Stunden Fahndungsfotos verbreitet werden. Dann würde es vorbei sein mit dem Autostopp und den öffentlichen Verkehrsmitteln. Ich musste mich also aus dem Staub machen, so schnell es ging, am besten direkt über die mexikanische Grenze. Mit etwas Glück konnte mir das noch am gleichen Tag gelingen. Zugegebenermaßen war ich mit dieser Annahme etwas blauäugig, aber das stellte sich erst später heraus.

Einer großen Landkarte, die im Schaufenster eines Reisebüros hing, entnahm ich, dass Laredo der nächstgelegene Grenzübergang war und dass ich am schnellsten über den Interstate Number 35 dorthin gelangen konnte. Allerdings hatte ich keine Ahnung, wie ich in die Nähe dieser Schnellstraße gelangen sollte. Deshalb ging ich weiter durch die Straßen, bis ich schließlich auf eine große Tankstation stieß. Dort wollte ich nachfragen, ob jemand in die von mir angestrebte Richtung fuhr.

Mein Ziel war es, zur Grenze zu kommen, solange die Fahndung nach mir noch nicht angelaufen war. Mir war zwar klar, dass die Kontrollen an der mexikanischen Grenze sehr streng gehandhabt wurden, ich hatte aber die Hoffnung, dass das eher für die Einreise aus Mexiko galt als für die umgekehrte Richtung.

Tatsächlich fand sich relativ schnell eine Mitfahrgelegenheit. Im Coffeeshop der Tankstelle sprach ich eine junge Frau mit mexikanischen Gesichtszügen an. Sie bestätigte, dass sie in die von mir gewünschte Richtung fahren wolle und erzählte, dass sie mit ihrer Schwester unterwegs sei, die gerade auf der Toilette weile.

Es entwickelte sich ein Gespräch, während dessen ich mich als deutscher Tourist vorstellte, der auf seiner Rundreise durch den amerikanischen Kontinent auf dem Weg nach Südamerika sei.

Die Schwestern hießen Sally und Yanina, waren sechsundzwanzig und achtundzwanzig Jahre alt und auf dem Rückweg zu ihrer Mutter in Laredo. Nach Mexiko wollten sie nicht, aber das war mir in diesem Moment egal, Hauptsache, sie nahmen mich mit.

Während der Fahrt quasselten die beiden Frauen pausenlos und rauchten eine Zigarette nach der anderen. Ich saß im Fond und bekam den ganzen Qualm ab. Von dem, worüber sie sich unterhielten, kriegte ich nicht viel mit, weil sie in einem Kauderwelsch sprachen, das wahrscheinlich nur Texaner verstehen, aber ich hatte den Eindruck, dass sie sich über mich lustig machten. Das machte mich wütend, aber ich ließ es mir nicht anmerken. Wir waren etwa eine Stunde unterwegs, als wir in einen Verkehrsstau gerieten.

„Was ist denn da vorne los?", fragte ich besorgt, worauf die Mädchen blöde kicherten.

„Border control", antwortete die Jüngere.

„Und was hat das zu bedeuten?", hakte ich nach.

„Wir nähern uns der Grenze. Da vorne ist Cotulla, der erste Außenposten der Kontrollen."

„Jetzt schon?"

„Die fangen schon fünfzig Meilen vorher oder so damit an. Deine Papiere sind doch in Ordnung, oder?"

„Ja, ich glaube schon."

„Wie, ich glaube schon? Ja oder nein? Oder hast du etwa Stoff dabei? Die haben Hunde, sieh zu, dass du das Zeug loswirst!"

„Nein, ich habe keinen Stoff! Aber ..."

„Was aber?", mischte sich jetzt die Schwester ein. „Hör zu, wenn du Scheiße gebaut hast, dann verschwinde schleunigst. Zoff mit den Bullen können wir beide uns nicht leisten!"

„Soll das heißen, dass ich aussteigen soll?"

„Man, kapierst du's nicht, oder was? Wenn du Dreck am Stecken hast und sie erwischen dich, sind wir mit dran! Also ..."

„Halt an, ich steige aus", sagte ich und hatte die Tür bereits halb geöffnet.

Eine Minute später kroch ich die Straßenböschung hinauf und verschwand zwischen den Büschen.

Dort blieb ich eine Weile sitzen und rang nach Luft, während weiter unten die Blechlawine vorbeirollte. Viel Zeit durfte ich mir nicht lassen. Ich musste die Kontrollstation weiträumig im Hinterland umgehen und danach an die Schnellstraße zurückkehren, um mein Glück erneut zu versuchen. Mir lief darüber zwar die Zeit davon, aber ich hatte keine Wahl; meine Lage war ziemlich beschissen.

Das Buschwerk ließ ich schnell hinter mir und erreichte ein riesiges Feld mit hüfthohen Tabakpflanzen, die sich bis an den Horizont ausdehnten. So schnell ich konnte, ging ich am Rande des Ackers entlang, bis ich auf einen Feldweg stieß. Er kam aus Richtung der Schnellstraße – wohin er führte, war nicht zu erkennen. Da das Buschwerk hier endete, lief ich Gefahr, am Feldrand von der Interstate aus gesehen zu werden, wenn ich weiter geradeaus lief. Über den Feldweg zu laufen, war genauso riskant, aber mir blieb nichts anderes übrig.

Einige Minuten später sah ich, dass der Weg zu einer riesigen Farm führte, und als ich näher kam, blieb mein Herz fast stehen. Mit blinkenden Signallichtern standen zwei Einsatzwagen der Polizei auf der Freifläche vor dem Farmgebäude, ein Geländewagen und eine Limousine. Zum Kaffeetrinken waren die bestimmt nicht dort, dann schon eher, weil die beiden Tussis aus dem Wagen mich verraten hatten. Falls die Polizei mich entdeckte, würde sie fragen, was ich hier zu suchen hätte, und meine Papiere kontrollieren. Selbst wenn die Fahndung noch nicht angelaufen war, würden sie wissen, wo ich steckte, wenn es so weit war. Jetzt war mir der Weg nach zwei Seiten versperrt, denn um zum Interstate zurückzukehren, war ich noch nicht weit genug von der Kontrollstelle entfernt. Zurück wollte ich nicht, demnach blieb nur der Weg durch das Tabakfeld. Nach ökologischem Landbau sah der Acker nicht aus, und da Tabak ohnehin ein verabscheuungswürdiges Gift ist, hatte ich keine Skrupel, auf meinem Weg einige Pflanzen niederzutreten. Ich musste mich in gebückter Haltung vorwärtsbewegen, denn der Sichtschutz der jungen Pflanzen reichte nicht aus.

Der Weg durch die Ackerfurchen war mühselig und ich kam nicht so schnell voran, wie ich es mir gewünscht hätte. Ich war noch keine zehn Minuten unterwegs, als ich aus der Ferne ein Geräusch hörte, das ich zunächst nicht identifizieren konnte. Dann wurde mir klar, dass es sich um einen Hubschrauber handelte. Entweder suchten sie nach mir, oder es war eine dieser chemischen Keulen, die sie aus der Luft zum Düngen oder gegen den Befall durch Ungeziefer versprühten.

In mir steigt ein ungeheurer Groll auf, wenn ich daran denke. Nicht nur, dass die Burschen dieses giftige Zeug versprühen, sie verbrauchen dabei auch noch eine Menge Treibstoff. Der ökologische Schaden ist unüberschaubar! Selbst während sie mich suchten, hätten sie sich eine umweltverträglichere Variante aussuchen können! Sie sind einfach völlig verantwortungslose Umweltverschmutzer, diese Amis. Das merkt man alleine schon daran, dass die Heizung immer noch läuft und jetzt auch der Ventilator wieder summt. So ein Schwachsinn!

Whatever! Ein paar Minuten vergingen, bis mir klar wurde, dass sie tatsächlich hinter mir her waren. Der Hubschrauber flog in immer enger werdenden Kreisen um mich herum, bis er schließlich über mir schwebte. Da die Dämmerung eingesetzt hatte, richteten sie Suchscheinwerfer auf das Feld, bis ich endlich in ihrem Lichtkegel stand. Nach einer Weile drehte der Hubschrauber ab und das Geräusch wurde leiser. Stattdessen war Hundegebell zu hören, das immer näher kam.

Wie lange es dann noch dauerte, weiß ich nicht, aber es kam der Zeitpunkt, an dem meine Flucht zu Ende war. Ich war völlig fertig, hatte mich auf den Boden gelegt und wartete. Zuerst kamen die Hunde, dann ihre Herren. Dass sie mir Handschellen verpassten und ziemlich rüde mit mir umgingen, lief wie ein Film vor mir ab. Ich kann mich nicht daran erinnern, irgendetwas empfunden zu haben.

Die Gefühle kamen erst wieder, als ich in einem Raum mit kalten weißen Wänden saß und mich ein unglaublich greller Scheinwerfer blendete. Das müssen mindestens fünfhundert Watt gewesen sein, eine unglaubliche Verschwendung! Eine Sechzig-Watt-Birne hätte es auch getan! Trotz des gleißenden Lichts schienen sie mich nicht zu verstehen, aber das beruhte auf Gegenseitigkeit. Ich verstand ihre Fragen nicht, sie nicht meine Antworten.

Ich weiß nicht mehr, was sie fragten, aber ich erinnere mich, dass ich versucht hatte, ihnen alles ganz genau zu erklären.

Dass in zwei Fällen jeweils zwei Menschen dummerweise zum falschen Zeitpunkt am gleichen Ort gewesen seien und so weiter. Und überhaupt liege die Problematik an ganz anderer Stelle: Sie sollten erst mal dafür sorgen, dass sie ihre Umweltprobleme in den Griff bekämen und so weiter. Und wie man in diesem Land mit Ausländern umgehe, sei höchst kritikwürdig und so weiter.

Ich spulte die Argumentationsketten herunter, die ich in den Seminaren der Aktivisten gelernt hatte. Dass man hier von

Aktivisten weit und breit nichts sähe, liege wohl daran, dass diese gnadenlos unterdrückt würden, sagte ich. Was für eine Art von demokratischem Verständnis das hier eigentlich sei? Ich hatte das Gefühl, als hörten sie mir überhaupt nicht zu. Stattdessen fragten sie, wo ich die beiden anderen Leichen entsorgt hätte. Entsorgt! Was für ein Ausdruck! Welche anderen Leichen?

Der Polizeipsychologe erklärte mir, es sei völlig normal, dass einer wie ich seine Taten verdränge, das sei Teil des Krankheitsbildes. Einer wie ich? Krankheitsbild? Keine Ahnung, was er damit sagen wollte.

Mein Anwalt meinte, man wolle mir eventuell etwas in die Schuhe schieben, um die Aufklärungsquote zu heben. Oder ob ich vielleicht doch … an anderer Stelle … Es wäre jetzt an der Zeit, darüber zu reden.

Whatever! Es folgte Befragung auf Befragung, Vorführung auf Vorführung, und die Zeit verging, Monat um Monat. Dann kam einer von der deutschen Botschaft oder vom Konsulat, was weiß ich? Jedenfalls verstand der mich auch nicht.

Irgendwann brachten sie mich nach Kentucky, dort waren die Räume wenigstens nicht so überhitzt wie hier. Dann wieder zurück nach Texas. Was diese Hin- und Herfahrerei an Schadstoffausstoß verursacht, ist abenteuerlich. Sie haben eben kein Gefühl dafür. Dabei war letzten Endes alles für die Katz! Mit dem Gericht konnte ich mich nicht einigen. Ich sagte „nicht schuldig", aber die Gegenseite war anderer Meinung. Ihre Umweltprobleme hatten sie damit immer noch nicht gelöst! Völlig verrückt, das Ganze!

Das sind die Stationen, die ich in den letzten zwei Jahren in diesem schrecklichen Land durchlaufen habe. Ich muss zugeben, dass ich mit anderen Absichten und Zielen hierhergekommen bin, und wenn ich Bilanz ziehe, habe ich nicht dazu beitragen können, auch nur eine einzige Kilowattstunde einzusparen. Wie denn auch? Bevor ich die Menschen von der Unsinnigkeit ihres Handelns hatte überzeugen können, waren mir unliebsame Zeitgenossen über den Weg gelaufen, die mich an der Umsetzung meines Vorhabens gehindert hatten.

Immerhin hatte ich mich durchsetzen können, wenn auch mit mäßigem Erfolg.

Ob sie mich zum Tode verurteilen werden, wird sich im Laufe des Tages herausstellen, denn auf heute ist die Urteilsverkündung terminiert. Man wird mich rechtzeitig abholen und aus diesem heißen Loch herausholen. Mein Anwalt ist optimistisch, dass sie einen Ausländer nicht final bestrafen, wie er sich auszudrücken pflegt. Falls doch, so hat er mir auf Anfrage erklärt, drohe mir der Tod durch die Giftspritze.

Das hat mich dann doch einigermaßen beruhigt, Hauptsache es ist nicht der elektrische Stuhl. Man stelle sich einmal diese Energieverschwendung vor, ich mag gar nicht daran denken.

Das wäre wirklich lachhaft, wenn einer wie ich durch die sinnlose Vergeudung fossiler Brennstoffe ums Leben käme! Oder gar durch Atomenergie – ein Skandal wäre das!

Dieter Kuhlmann

Der Speicher

„Ich habe noch keine Ahnung, warum, aber ich fühle mich verarscht", brummelte Jan van Teldern, Kriminalhauptkommissar des Morddezernates der Dortmunder Polizei, vor sich hin. „Alles so klar, so schnell, so glatt."

Und etwas lauter, nun direkt an seine Kollegin, Kriminalkommissarin Tamara Schneiders, gerichtet, fuhr er weiter fort: „Mit den Telefondaten hat sich der saubere Herr Dr. Rückert ja nun endgültig zum dringend Tatverdächtigen gemausert. Wir machen den Sack zu und hören uns an, was der Vogel hier im Präsidium denn zu diesen vielen Ungereimtheiten seiner Aussage zu berichten hat. Lass uns die Rückerts noch mal besuchen und den Doktor hierhin mitnehmen."

„Ich kann dich absolut verstehen", stimmte Tamara ihrem Chef zu, zog die Finger der linken Hand durch die Haare, um ihre Locken zu bändigen und streifte im Aufstehen ihre Jacke über. „Es ist nicht so, dass ich besonderen Wert auf komplizierte Fälle mit vielen Verdächtigen, unklaren Motiven und sonstigen Unannehmlichkeiten lege, aber hier habe auch ich das Gefühl, als würde ich nur Teile eines Puzzles aufsammeln, die jemand absichtlich so platziert hat, dass man in jedem Fall drüber stolpern muss. Aber es passt irgendwie alles zusammen."

„Genau das meine ich", ergänzte Jan, während er seiner Kollegin die Tür zum Flur öffnete. „Dass der Fund eines Toten nach Mord aussieht ... O. K. Und dass man einen Gegenstand in der Nähe findet, dem ein Schildchen ‚Tatwaffe' förmlich anhaftet, sodass selbst Ray Charles das erkennen hätte können ... kann ja auch mal passieren. Aber das alles nur in eine Richtung läuft, das kann eigentlich nicht sein. Das wirkt alles so arrangiert, so in Szene gesetzt.

Aber: Wir können uns den Fakten nicht verschließen. Das ist auch klar. Lass uns loslegen."

Kurz bevor sie die Tür zum Treppenhaus erreichten, riss hinter ihnen jemand eine Bürotür auf und rief quer über den Flur, sie sollten noch einen Moment warten. In der Tür stand, die Hand noch auf der Klinke, Kriminalinspektor Frank Brummer, zuständig für Recherche und alles, was mit Rechnern zu tun hatte.

„Gut, dass ich euch noch erwische. Die Spurensicherung hat den Baseballschläger aus dem Büro untersucht. Und tatsächlich verwertbare Fingerabdrücke gefunden. Und zwar nicht nur die von Dr. Harpens, sondern auch noch mehrere andere. Und so angeordnet, dass man einzig zu dem Schluss kommen kann, es handele sich um die Tatwaffe", führte Frank aus.

„Halt, halt. Wartet noch", ergänzte Frank, als die beiden sich schon abwenden wollten, um ins Treppenhaus zu treten. „Wegen so etwas hätte ich euch doch nicht davon abhalten wollen, das Haus zu verlassen. Ich habe aber etwas Bemerkenswertes gefunden, das ihr euch vielleicht doch noch ansehen solltet. Die Kamera, die du beim Harpens gefunden hast, nutzte unser Doktor nicht nur, um damit sich und seine Freundinnen zu knipsen."

„Sondern?", fragte Jan.

„Das solltet ihr euch besser mal selbst ansehen", antwortete Frank und wedelte dabei mit einem Schriftstück, das er Jan in die Hand drückte.

‚Die enzymatisch gesteuerte Speicherung und Aktivierung latenter Bindungsenergie' las Jan in der Kopfzeile der dicht beschriebenen, mit einigen Grafiken angereicherten Ausarbeitung.

„Was ist das? Und woher kommt diese Aufzeichnung?", fragte er auch gleich seinen Kollegen, blätterte dabei aber sehr interessiert durch die Seiten.

„Letzteres kann ich dir sofort sagen. Der Doktor hat die Speicherkarte seiner Kamera nicht nur für Fotos genutzt, sondern anscheinend auch schon mal als Zwischenspeicher für irgendwelche anderen Dokumente. Es ist übrigens nicht das einzige Dokument auf dieser Karte.

Aber worum es sich dabei genau handelt, das kann ich dir leider ebenso wenig sagen. In jedem Fall sieht es doch ganz interessant aus. Und es macht den Eindruck, als würde es – so vom Thema her – eher zu seiner Arbeit passen als zu seiner Freizeitgestaltung."

„Da gebe ich dir recht", räumte Jan ein, wobei er sehr neugierig eine der chemischen Formeln studierte.

Tamara, die zunächst an der Tür stehen geblieben war, um gleich weiter zum Wagen stürzen zu können, befand sich inzwischen wieder neben Jan und linste ebenfalls auf die Ausführungen.

„Können wir nun los? Oder schmeißt das hier alles durcheinander?"

„Ich denke, wir verschieben die Aktion mit Herrn Rückert noch für einen Moment", wies Jan seine Kollegin an.

„Frank, zeig mir doch bitte eben die anderen Dokumente, die du noch auf dem Rechner gefunden hast. Und du, Tamara, stell doch mal bitte zusammen, was die Energeto in den letzten Monaten zum Thema ‚Speichersysteme' veröffentlicht hat. Da müsste im Netz doch eigentlich ab und zu mal etwas zu finden sein. Börsennachrichten wären auch nicht schlecht. Vergiss außerdem nicht die Herren Harpens und Rückert selbst."

Frank hatte seinen Chef vor seinem Rechner platziert, wo Jan nun aufmerksam durch die Dateien blätterte, die bis vor Kurzem noch in der Kamera geschlummert hatten und druckte bald weitere Blätter aus, die er zusammen mit der ersten Ausarbeitung in seine Aktentasche schob.

„Ich melde mich gleich wieder. Jetzt muss ich aber erst mal raus. Bevor wir hier weiter etwas unternehmen, will ich von einem Fachmann wissen, ob man diese Unterlagen ernst nehmen muss", erläuterte Jan seinen erstaunten Kollegen kurz, schwang die Tasche über die Schulter und strebte Richtung Ausgang.

Dann ging er aber noch mal zurück zum Schreibtisch.

„Du bist doch im Netz mit deinem Rechner? Ach ja, ich sehe schon. Dann schicke ich mir die Dateien eben noch mal durch."

Frank und Tamara schauten sich verwundert an. Zur üblichen Ermittlungspraxis gehörte es sicherlich nicht, die Kollegen ohne Grund mal eben im Regen stehen zu lassen. Und es war durchaus nicht gängige Verfahrensweise, E-Mails vom Rechner eines Kollegen zu versenden.

Ihr Chef benahm sich merkwürdig. War aber auch schon mit einem kurzen Gruß verschwunden.

„Hast du irgendeine Ahnung, was das jetzt sollte?", fragte Tamara sogleich. „Ist auch egal. Ich schaue mal im Netz nach. Es machte ja doch den Eindruck, als wären ihm die Sachen mit Energeto wichtig."

Auch Frank hatte inzwischen wieder am Rechner Platz genommen.

„Sagt dir eigentlich ein gewisser Theo van Teldern etwas?", rief Frank wenig später durchs Büro.

„Vielleicht sein Bruder. Oder der Vater. Keine Ahnung. Warum?", antwortete Tamara kurz angebunden.

„Weil unser Boss die Dateien nicht nur an sich selbst, übrigens auch an seine private Adresse, sondern außerdem an diesen Theo gesendet hat. Wobei ich mich daran erinnern kann, dass er mal von seinem Vater Theo gesprochen hat. Der soll sogar mal Professor an der TU Dortmund gewesen sein. Nun ja."

Frank schob den Stuhl nach hinten, streckte die Füße aus und blinzelte hinüber zum Steinernen Turm neben der Westfalenhalle, wo eine Gruppe Radler sich anscheinend traf, um dann gemeinsam weiterzufahren. Auch nicht schlecht bei dem Wetter. Hatte Tilda nicht mal erzählt, dass der ADFC vom Steinernen Turm aus seine Fahrten starten würde? Frank schaute auf die Uhr.

Halb zwei. Toll. Da würde er wohl noch ein paar Jahre warten müssen, bevor er auch nur daran denken konnte, um diese Uhrzeit mit dem Rad unterwegs zu sein.

Etwas frustriert löste sich Kriminalinspektor Frank Brummer wieder von der fernen Freizeit und ging rüber zu Tamara, um mit ihr die Suche im Internet nach Interessantem über die Energeto AG abzustimmen.

„Haben die nun Dreck am Stecken oder nicht?", rief Tamara nach einer Weile.

„Es sieht fast danach aus", kam prompt als Antwort. „Auch wenn auf den ersten Blick alles ganz normal aussieht. Ich wusste gar nicht, was die Energeto hier so alles treibt. Obwohl es auch in der Zeitung gestanden hat, dass die großen vier Energiekonzerne unter Federführung der Essener REA vor einigen Jahren hier in Dortmund ein Tochterunternehmen gegründet haben, das sich schwerpunktmäßig um die regenerativen Energien kümmert."

„Was man ja eigentlich nie so richtig glauben konnte", tönte es aus dem Nachbarbüro.

„Genau. Was sich immer so ein bisschen wie die Gratulationen der Schalker zur Dortmunder Meisterschaft anfühlte", erläuterte Frank weiter.

„Ich hätte Verlogenheit nicht besser beschreiben können", schmunzelte Tamara.

Das Klingeln des Telefons unterbrach sie. Frank nahm den Hörer ab.

„Mordkommission Dortmund, Kriminalinspektor Brummer am Apparat. Was kann ich für Sie tun?"

„Ich bin's. Jan. Hallo Frank."

„Moin, moin. Was ist los? Du hörst dich etwas gehetzt an."

„Gehetzt nicht direkt. Aber es sieht eindeutig so aus, als sollten wir uns sputen. Geh' du doch bitte unverzüglich zur Staatsanwältin und lass dir für den sauberen Dr. Rückert einen Haftbefehl ausstellen. Die Indizien, die uns vorliegen, sollten sicherlich ausreichen."

„Das denke ich auch", stimmte Frank zu.

„Und wenn du den Haftbefehl hast, dann fahr bitte sofort los zur Rückertschen Villa, um ihn dingfest zu machen. Schnapp dir Kollegen von der Streife, wenn nötig", führte Jan weiter aus.

„Willst du nicht dabei sein?", fragte Frank etwas verblüfft. Die Verhaftung eines dringend Tatverdächtigen war in Mordfällen eigentlich immer Sache des Hauptermittlers.

„Nein. Ich muss an anderer Stelle noch mal nachhaken", blieb Jan etwas rätselhaft. „Aber stell mich doch bitte zu Tamara durch."

Frank verabschiedete sich, drückte ein paar Tasten und verband Jan mit seiner Kollegin.

„Zur Energeto? Jetzt sofort? Kein Problem. Wo treffen wir uns genau?", hörte Frank seine Kollegin noch sprechen, bevor sie in den Flur stürmte.

Energeto zum Zweiten, schoss es Tamara durch den Kopf, als

sie die Florianstraße langsam hinunterfuhr, um noch einen freien Parkplatz zu ergattern. So gegen halb drei waren die Parkplätze leider noch gut belegt, weshalb sie sich entschloss, den Wagen einfach vor dem Eingang abzustellen. Auch wenn sie eigentlich vermeiden wollte, sich im wahren Leben eines Ermittlers wie die Herrschaften im Fernsehen zu benehmen.

Jan stand vor einer Stele mit dem Firmenschild und deutete mit einem Winken an, sie solle sich beeilen.

Sie war schon gespannt, weshalb sie erneut der Energeto einen Besuch abstatteten. Vor etwa sechs Stunden hatten sie hier noch Dr. Harpens erschlagen in seinem Büro vorgefunden. Und relativ zügig seinen Chef Dr. Rückert als dringend tatverdächtig erkannt, weil der Ermordete offenbar ein Verhältnis mit dessen Gattin pflegte. Was den Gehörnten anscheinend zu dieser Tat getrieben hatte. Nur war es auch ziemlich sicher, dass man Herrn Rückert hier nicht antreffen würde. Zumal Jan selbst Frank zu dessen Wohnung geschickt hatte.

„Hallo Tamara. Das ging ja schneller als gedacht. Habt ihr eigentlich etwas über die Energeto herausgefunden oder war die Zeit doch zu knapp?", empfing Jan sie.

Tamara wollte schon weitergehen zum Eingang, doch Jan hielt sie am Arm fest. „Langsam, langsam. Habt ihr noch ein paar Informationen?"

Tamara blieb stehen und fasste kurz alles zusammen, was Frank und sie innerhalb der letzten Stunde so alles zusammengetragen haben. Weil die lokale Presse vor einigen Jahren die Ansiedelung der Energeto AG in Dortmund als die Wiederauferstehung Dortmunds als Standort der Energiewirtschaft feierte, kannte Jan die Grundlagen schon. Neu war jedoch, dass die Energeto nicht nur Solar- und Windparks oder Biogasanlagen plante und betrieb, sondern dass sie innerhalb des Verbundes der vier großen Stromkonzerne in Deutschland auch federführend für Speichersysteme war.

Diesen Bereich hat bis heute Morgen Dr. Harpens vertreten. „Die Speichersysteme sind, auch wenn das nicht großartig in der Öffentlichkeit verbreitet wird, das Kernstück und irgendwie auch das Stiefkind der Energiewirtschaft", führte Tamara weiter aus. Denn da die regenerativen Energiequellen wie

Wind oder Sonne zu Zeiten aktiv sind, die von Menschen nicht beeinflusst werden können, muss man die von ihnen erzeugte Energie zwischenspeichern. Um sie dann ins Netz einspeisen zu können, wenn der Bedarf es erfordert.

„Zwischen Tagesschau und Tatort", warf Jan ein.

„Genau. Oder in den Pausen der Länderspiele. Wenn mal eben die ganze Republik zur Toilette muss und überall Licht eingeschaltet wird und Wasser läuft", kommentierte Tamara weiter.

„Nun, das sieht doch so aus, als hätte der gute Dr. Harpens sich um seine Zukunft überhaupt keine Sorgen machen müssen. Als Leiter der Abteilung Speichersysteme lag ihm die Energeto, wenn nicht sogar die ganze Branche, zu Füßen", merkte Jan an.

„Sollte man meinen. Würde einleuchten", stimmte Tamara Jan zu.

„Aber? Ich meine, da ein ‚Aber' gehört zu haben."

„Genau. Denn die Energeto streute in den letzten Tagen Gerüchte, dass der Forschungsaufwand für Energiespeichersysteme so gewaltig sei, dass ihn die Energeto nicht mehr stemmen wolle. Zumal die Investitionen sich nur sehr, sehr langfristig auszahlen würden, weil die Zeit bis zur Marktreife für alle Produkte einfach zu lange sei. Wobei man auf die Brennstoffzellen verwiesen hat, die vor mehr als zwanzig Jahren als die Zukunft der Energiebranche verkauft worden sind, man aber bis heute kein System kenne, das in großtechnischem Maßstab eingesetzt werden kann."

„Wie es die Betreiber von Großkraftwerken benötigen", fügte Jan an. „Die brauchen Speicher mit einer riesigen Leistungsaufnahme, aber am besten so klein, dass man die Teile in einem Wohnhaus unterbringen kann."

„Ganz so schlimm wird es nicht sein. Das habe ich noch nachlesen können. Aber tendenziell hast du recht", stimmte Tamara zu.

„Dann stand Dr. Harpens also kurz vor der Kündigung", schlussfolgerte Jan. „Was habt ihr über die Leitung der Energeto herausbekommen?"

Tamara erläuterte, dass der Bereich Speichersysteme zusammen mit den Transportsystemen Herrn Dr. Rückert unterstand. Die Energeto als Ganzes werde von einem gewissen Dr. Philip DiMateo geleitet, der in der Branche ein hohes Ansehen genieße.

„Ob das wirklich ein richtiges Prädikat sein kann?", fragte Jan sich selbst. Sie hatten inzwischen eine große Tafel passiert, anhand der die Energeto dem interessierten Ankömmling die Vorteile der regenerativen Energien erläuterte, und strebten Richtung Eingang. Tamara wollte Jan noch einige Details über Dr. DiMateo näherbringen, wurde dabei aber unterbrochen, weil Jans Handy klingelte.

Kollege Brummer war am Apparat, wie sie dem Telefonat schnell entnahm.

„Wie, der Vogel ist ausgeflogen?", fragte Jan kopfschüttelnd, während Frank weitersprach.

„Aha, seine Frau kann uns also nicht sagen, wo er steckt", wiederholte Jan kurz seine Worte, um auch Tamara zu informieren.

„Und er hat ihr beim Kinobesuch ein Gläschen Sekt spendiert. Sehr nett. Und sie ist dann im Kino eingeschlafen. Clever gemacht, das hat sich unser Herr Doktor wahrscheinlich so ausgedacht."

„Frank, Frank", unterbrach Jan seinen Kollegen. „Hör mir mal zu. Du fährst jetzt wieder zurück ins Präsidium und veranlasst, dass nach unserem Herrn Rückert bundesweit gefahndet wird. Auch an Flughäfen und Bahnhöfen. So einfach wollen wir es dem sauberen Herrn nicht machen. Ja, Tamara hat mich schon erwischt. Wir gehen jetzt rein. Mal sehen, ob man hier mehr über die leitenden Angestellten weiß. Wir melden uns."

Jan beendete das Gespräch und trat in die Drehtür, die ihn und seine Kollegin ins Foyer der Energeto AG spülte, das ihnen diesmal nicht mehr den Atem stocken ließ – so wie beim ersten Betreten heute Morgen, obwohl sie auch jetzt kurz den Kopf reckten.

Die Energeto nutzte offenbar zwei Gebäude, die man nicht wie sonst üblich in luftiger Höhe mit einem gläsernen Gang verbunden hat, in diesem Fall wurde die Freifläche zwischen den Bauten einfach mit einer großzügigen Glasfront überbaut.

Wodurch ein riesiger Luftraum entstanden ist, der nur den Empfang und die Treppenanlage aufnimmt. Und eine gewaltige Stahlskulptur, die sich vom Boden ausgehend nach oben hin immer weiter verzweigt, bis die letzten Äste die Pfosten der Glasfassade erreichen. Heute Morgen hatten sie erfahren, dass diese filigrane Konstruktion nicht nur verdammt gut aussah, sondern vom Statiker sogar mit in die Berechnung der Fassade eingeflossen war.

„Einen schönen guten Tag", begrüßte Jan die Dame am Empfang - Sabine Kenner verriet ein Schild auf dem Tresen - und hielt ihr dabei seinen Dienstausweis entgegen. „Meine Kollegin Frau Schneiders und ich würden gerne mit Herrn DiMateo sprechen, wenn es möglich ist. Wo finden wir ihn?"

Tamara glaubte, ihren Ohren nicht trauen zu können, verzog aber keine Miene. DiMateo galt also dieser Besuch. Dem Vorstandsvorsitzenden. Sie hatte sich schon überlegt, was genau und vor allem mit wem Jan hier etwas bei der Energeto klären wollte. Die Frage ‚Mit wem?' war beantwortet. Blieb nur noch offen, was zu klären war.

„Ich weiß nicht, ob Herr DiMateo im Hause ist. Ich schelle eben durch", antwortete Frau Kenner ganz professionell und griff zum Hörer.

„Hallo Linda", begann sie das Gespräch mit DiMateos Vorzimmerdame, ohne deren Wissen kaum jemand Herrn DiMateo zu Gesicht bekommen konnte.

„In sein Büro. Gerne", beendete sie das Telefonat wenig später, legte den Hörer wieder auf und wandte sich den beiden zu.

„Herr DiMateo freut sich, Ihnen helfen zu können und bittet Sie, in sein Büro zu kommen. Es befindet sich in der sechsten Etage des Altbaus.

Den Aufzug finden Sie dort hinten. Oben treten Sie dann einfach aus dem Lift, wenden sich nach rechts und folgen dem Flur. Sie können natürlich gerne die Treppe benutzen, bis ganz nach oben, wo Sie links weiter dem Flur folgen und dabei den Aufzug passieren. Am Ende des Ganges stoßen Sie dann auf sein Sekretariat, wo Ihnen Frau Winters sicherlich weiterhilft."

Tamara und Jan bedankten sich bei Frau Kenner. Tamara

strebte sofort Richtung Aufzug, wovon Jan sie jedoch abhielt, indem er sie am Ärmel zog und Richtung Treppe drängte.

„Die Bewegung baut den Stress ab. Andere Leute geben viel Geld für den Stepper im Fitnessstudio. Und wir müssen dafür noch nicht mal etwas bezahlen", versuchte Jan den sicheren Protest seiner Kollegin gleich im Keim zu ersticken.

„Du weißt, dass ich Probleme mit den Knien habe?", protestierte Tamara am ersten Treppenpodest.

„Habe ich nicht vergessen. Aber ich brauche noch etwas Zeit. Ohne dass uns hier einer belauschen kann. Falls es dich interessiert: Ich war eben bei einem mir gut bekannten Chemiker, um ihm die Ausarbeitung von Dr. Harpens vorzulegen. Er wollte mich fast gar nicht mehr gehen lassen, so fasziniert war der gute Mann. Es kann nun aber sein, dass ich dich bei DiMateo bitte, mal kurz das Büro zu verlassen. Aber das sehen wir dann gleich", erklärte Jan.

„Nun gut", kam es etwas knapp zurück, während sie unverdrossen die Stufen erklommen.

„Dann hat sich der Besuch bei deinem Vater ja gelohnt", ließ Tamara einen Moment später einen Versuchsballon steigen. Das war geraten – sicherlich. Aber sie wollte einfach mal sehen, wie Jan reagierte. Sollte er doch wissen, dass seine Kollegen sein Verhalten merkwürdig fanden. Und durchaus mitbekamen, mit wem er Kontakt hatte.

„Der hätte dazu natürlich auch etwas sagen können. Da hast du recht", ließ sich Jan aber nicht in die Karten schauen. „Was ihr alle über mich wisst."

Sie hatten inzwischen den fünften Stock erreicht.

Oben angekommen hielt Jan so abrupt an, dass Tamara kaum zum Stehen kam, sondern beinahe auf ihn aufgelaufen wäre. Sie schauten sich kurz um, bogen dann wie geheißen nach links ab und folgten auf hochflorigem Teppich dem Flur bis zu DiMateos Vorzimmer, wo sie Frau Winters, seine Sekretärin, schon erwartete und gleich in DiMateos Büro weiterleitete.

Die getönte Glasfront des Raumes war Richtung Süden orientiert und bot einen wunderbaren Blick über den Westfalenpark, der Anfang Mai in voller Blüte stand.

Herr DiMateo hatte seinen Schreibtisch auch so positioniert, dass er von seinem Platz aus auf den Park schauen konnte. Allerdings erhob er sich sofort, als sie das Zimmer betraten, begrüßte sie freundlich und geleitete sie zu einer Sitzecke, wo er sie bat, Platz zu nehmen.

„Linda, bring uns doch bitte noch ein paar Plätzchen", wies er seine Sekretärin an, die sich auch gleich nach Getränken erkundigte, bevor sie das Büro wieder verließ.

„Tja, ich habe wohl einen der besten Arbeitsplätze in ganz Dortmund, wenn ich Sie mir so ansehe", lächelte DiMateo sie an, weil Tamara und Jan abwechselnd interessiert nach draußen schauten. „Die Rhododendronblüten in der Nähe des Turms sind erst vor wenigen Tagen aufgegangen."

„Und dort drüben", wobei er mit der Rechten zur Seite deutete, „hat die Parkleitung einen Staudengarten angelegt, in dem eigentlich ständig etwas blüht. Ich hoffe, Sie leiden beide nicht unter Heuschnupfen. Sonst fangen Sie bestimmt gleich an zu niesen.

Aber deshalb sitzen wir hier ja nicht zusammen", wurde DiMateo wieder ernsthafter.

„Leider nein", pflichtete Jan ihm bei. „Obwohl ich Sie wirklich beneide um die herrliche Aussicht hier. Woran auch der Tod ihres Mitarbeiters Dr. Harpens nichts ändern wird. Das ist natürlich der Grund, weshalb wir heute noch einmal die Energeto besuchen müssen."

„Haben Sie in dieser Angelegenheit denn schon Fortschritte erzielen können?", fragte DiMateo interessiert.

„Wir haben den Eindruck, trotz der sehr kurzen Ermittlungszeit, schon außergewöhnlich weit gekommen zu sein", führte Jan aus.

„Das hört sich ja ziemlich geheimnisvoll an", lachte DiMateo.

„So sollte es nicht verstanden werden. Nein. Sie wissen sicherlich selbst, dass Herr Dr. Harpens erst heute Morgen hier in seinem Büro tot aufgefunden worden ist. Sein Assistentin Frau Abel hat ihn anscheinend gefunden und uns sofort informiert, ohne am Fundort etwas zu zu anzurühren. Was die Ermittlungen natürlich sehr erleichtert.

Wir haben noch am Tatort einen Gegenstand gefunden, den unsere Forensik eindeutig als Tatwaffe hat identifizieren können."

„Der Baseballschläger", entfuhr es DiMateo.

„Genau den", stellte Jan überrascht fest. „Muss ich Sie jetzt verhaften? Sie kennen das Stück?"

„Ja natürlich. Jeder hier im Hause kennt diesen Schläger. Auf jeden Fall jeder, der schon mal das Büro von Herrn Dr. Harpens betreten hat. Weil er erstens unübersehbar an der Wand hing. Und weil zweitens Dr. Harpens jedem, der auch nur ansatzweise einen Blick auf den Schläger geworfen hat, die Geschichte dazu erzählt hat. Die ich Ihnen und mir hier aber erspare."

„Ich hatte mir schon Sorgen gemacht und mich gefragt, ob wir die Ermittlung noch einmal neu aufrollen müssen", erwiderte Jan freundlich.

„Aber die Bestimmung der Tatwaffe alleine macht ja noch keinen richtigen Fortschritt aus", erkundigte sich DiMateo weiter, ohne auf Jans Bemerkung näher einzugehen.

„Das ist richtig. Auch wenn dieses Detail natürlich schon sehr hilfreich ist. Wenn ein Täter irgendeinen Gegenstand nimmt, den er gerade in seiner Umgebung findet, dann liegt die Vermutung nahe, dass er die Tat nicht geplant hat, sondern sich aufregte. Und im Affekt als einzige Lösung für sein Problem den Tod seines Gegenübers gesehen hat."

„Wobei es sich dann nur noch um Totschlag handeln würde", fügte DiMateo hinzu.

„Genau. Wenn der Täter denn gefasst werden kann und die Richter entscheiden müssen", ergänzte Jan.

„Aber so weit ist es anscheinend noch nicht gekommen, vermute ich", fuhr DiMateo fort. „Sonst wären Sie nicht hier, sondern sicherlich gerade im Präsidium mit einem Verhör beschäftigt."

„Wir sind jedenfalls nicht untätig gewesen. Sondern haben die Festnahme eines dringend der Tat Verdächtigen inzwischen anordnen können."

„Das ging ja nun wirklich sehr schnell. Herzlichen Glückwunsch", unterbrach DiMateo.

„Danke sehr. Aber erst mal muss man mit der Person sprechen können. Nur weil wir vermuten, dass Herr Dr. Rückert seinen Mitarbeiter Dr. Harpens erschlagen haben soll ...", fuhr Jan fort.

„Sie meinen doch nicht unseren Dr. Rückert", unterbrach ihn DiMateo und drehte den Kopf dabei ein wenig in Richtung der neuen Parkrabatten, sodass Jan sein Gesicht nicht vollständig sehen konnte.

Hatte DiMateo da nicht eben gelächelt, fragte Jan sich.

„Leider doch", verdrängte Jan den Zweifel an DiMateos Aufrichtigkeit und bestätigte ungerührt seinen Kommentar. „Alles spricht leider dafür, dass Ihr Dr. Rückert – vermutlich aus Eifersucht – seinen Untergebenen Dr. Harpens, immerhin Leiter ihrer Abteilung ‚Speichersysteme', gestern Abend erschlagen hat. Er konnte offenbar nicht verkraften, dass seine Frau eine Beziehung mit Dr. Harpens unterhielt."

„Schrecklich", entfuhr es DiMateo. „Aber wem sage ich das?"

„In der Tat", pflichtete Jan ihm bei, auch wenn er nicht so ganz von der Ehrlichkeit des Kommentars überzeugt war. „Hinter jeder unserer Ermittlungen stecken kleine – manchmal auch große – Tragödien. Aber die Wahrheit muss ans Licht, damit nicht Unschuldige belastet werden."

„Wobei mir einfällt", wandte sich Jan an Tamara, die dem Wortgeplänkel zunächst schweigend, dann aber zusehends verwundert zugeschaut hatte. Denn normalerweise redete Jan nicht um den heißen Brei herum, was er ihrer Meinung nach seit etwa fünf Minuten tat.

„Diese Frau Zampel, die arbeitet doch auch hier?", fuhr Jan an Tamara gerichtet fort.

„In der Presseabteilung ist eine Frau Zampel tätig", ergänzte DiMateo.

„Die gestern Abend noch hier lang joggte und dabei den Wagen von Herrn Dr. Rückert gesehen haben will?", fragte Tamara nach.

„Genau die. Diese Aussage haben wir bisher nur telefonisch. Vielleicht fallen der Frau im direkten Gespräch ja noch Details ein, die uns außerdem weiterhelfen könnten. Setz dich bitte mit ihr in Verbindung und nimm ihre Aussagen zu Protokoll", erläuterte Jan und schleuste Tamara damit aus dem Büro. Sie verabschiedete sich von DiMateo und verließ das Büro.

„Das ist ja sehr praktisch, dass Ihre Zeugen hier arbeiten und Sie sozusagen zwei Fliegen mit einer Klappe erschlagen können", kommentierte DiMateo die Unterbrechung des Gespräches amüsiert.

„Man muss die Gelegenheiten eben nutzen, wenn sie entstehen", gab Jan etwas rätselhaft zurück. „Wie geht es eigentlich hier im Hause weiter, wenn Ihr Dr. Rückert der Tat überführt wird? Wovon ich nach derzeitigem Stand der Dinge ausgehen muss. Nachdem er sehr wahrscheinlich seinen Mitarbeiter ermordet hat.

Der Abteilung ‚Speichersysteme' wurde dadurch der Antrieb genommen. Und mit der zu erwartenden Verhaftung fehlt nun auch der Kopf dieser Sektion."

„Wir geraten dadurch tatsächlich in einen personellen Engpass", bestätigte DiMateo. „Da muss ich Ihnen leider recht geben. Entschieden ist natürlich noch überhaupt nichts. Schließlich war bis heute Morgen um acht die Welt bei der Energeto noch in Ordnung.

Aber hoch qualifiziertes Personal fällt nicht vom Himmel. Auch wenn die Energeto natürlich zu den attraktiven Arbeitgebern gehört, die üblicherweise kein Problem damit haben, neue Kräfte zu rekrutieren."

„Das kann ich mir gut vorstellen", ging Jan auf die Ausführungen ein. „Als Tochterunternehmen der REA und der drei anderen Energieriesen gehören Sie sicherlich zu den begehrtesten Arbeitgebern bundesweit."

„Oh. Ich sehe, Sie haben Ihre Hausaufgaben gemacht", antwortete DiMateo. „Aber Sie haben natürlich recht. Die Mütter der Energeto schaffen eine gewisse Sicherheit.

Dennoch werden wir möglicherweise die heutigen Geschehnisse für eine Umstrukturierung und Neuausrichtung nutzen." Das heißt …?", hakte Jan nach.

„Dass wir möglicherweise weder für Herrn Dr. Harpens noch für Herrn Dr. Rückert Nachfolger suchen werden, sondern uns aus dem Bereich Speichersysteme zurückziehen", erläuterte DiMateo.

„Also wird die Abteilung geschlossen", täuschte Jan Verblüffung vor. Die Kollegen hatten also richtig gelegen. „Aber den

Speichersystemen gehört doch die Zukunft, wenn alle Welt umrüstet auf regenerative Energien."

„Herr van Teldern", entfuhr es DiMateo anerkennend, „Sie kennen sich aus. Und haben auch in diesem Punkt recht. Um die Regenerativen vernünftig nutzen zu können, benötigen wir Zwischenspeicher. Überhaupt keine Frage. Womit sich Dr. Harpens hier im Hause seit etlichen Jahren befasst hat. Aber wir benötigen marktreife Technik mit einer hohen Speicherdichte. Und keine Versuchsanordnungen. Im Endeffekt sind wir als Anlagenbauer und -betreiber – auch wenn es jetzt komisch klingen mag – so etwas wie Endverbraucher."

„Und nicht Forschungseinrichtung", fuhr Jan fort.

„Oder Werkstoffwissenschaftler. Sie haben es mal wieder auf den Punkt gebracht", bestätigte DiMateo und erhob sich von seinem Sessel, um die Fensterfront abzulaufen, die Arme hinter seinem Rücken verschränkt. Und erläuterte dabei, dass die Energeto sich zukünftig darauf beschränken würde, den Markt zu beobachten – natürlich mit deutlich mehr Wissen als das einer Hausbank oder der Presse, um dann geeignete Partner zu identifizieren und mit diesen zu kooperieren. Und nicht mehr – wie in der Vergangenheit – selbst zu den Akteuren im Bereich Forschung und Entwicklung gehören würde.

Jan lauschte den Ausführungen, kramte währenddessen in seiner Tasche und zog die Harpens'schen Ausarbeitungen hervor, die er im Büro ausgedruckt hatte.

DiMateo, der gerade begann, Jan die Vorteile dieser neuen Konstellation ausführlich zu erläutern, unterbrach sein Auf und Ab vor dem Fenster und wandte sich Jan wieder zu.

„Und was soll das nun wieder?", fragte er auch sofort.

„Sie scheinen das Papier ja zu kennen, Herr DiMateo", antwortete Jan. „Dann können Sie ja auch das Potenzial der Ergebnisse abschätzen, die Dr. Harpens Ihnen anscheinend ja in der Vergangenheit schon präsentiert hatte."

DiMateo antwortete nicht, sondern schaute Jan wortlos an. Selbst aus drei Metern Entfernung konnte er sehen, dass DiMateos Kaumuskeln viel zu tun hatten.

„Ich habe", fuhr Jan ungerührt fort, „diese Ausführungen von einem Biochemiker prüfen lassen. Der bestätigt, dass Dr. Harpens auf diesen wenigen Seiten die theoretischen Grundlagen eines enzymatisch gesteuerten, chemischen Speichersystems beschreibt. Wie wir alle es in uns tragen. In jeder Zelle. Was Herr Dr. Harpens Ihnen aber sicherlich auch schon berichtet hat.

Das wäre für die Energeto nun tatsächlich noch nicht das Ergebnis, mit dem Sie etwas anfangen könnten, da Sie ja ‚marktfähige Produkte' benötigen, wie Sie vorhin so schön erläutert haben.

Nein. Herr Dr. Harpens ist trotz seiner knappen Zeit und trotz seiner kleinen amourösen Abenteuer deutlich weiter gekommen als anscheinend bisher jedes andere Labor weltweit. Denn er hat einen Weg gefunden, dieses Speichersystem mit einfachsten Materialien zu bauen und zu betreiben.

Eigentlich der Durchbruch für uns alle. Kleine, kostengünstige Speichersysteme, die sich jeder in den Keller stellen kann, der eine Solaranlage oder ein kleines Windrad auf dem Dach betreibt. Womit man dann unabhängig vom Netz werden könnte.

Das ist natürlich keine Lösung für die Energeto, die Großkraftwerke betreibt und deren wirtschaftliche Bedeutung darauf beruht, dass jeder Verbraucher einen Netzanschluss benötigt."

„Es reicht", fuhr DiMateo Jan dazwischen. „Was wollen Sie nun eigentlich?

Ich habe diesen Bericht – ob Sie das nun glauben wollen oder nicht – noch nie gesehen. Und selbst wenn: Wollen Sie mir hier vielleicht unterstellen, man hätte Dr. Harpens durch seine Ermordung daran hindern wollen, seine Ergebnisse zu veröffentlichen?"

„Dr. Rückert hat Harpens ermordet", antwortete Jan. „Das steht ziemlich eindeutig fest. Inwieweit Herr Dr. Rückert dabei von Ihnen unterstützt worden ist, kann ich nicht abschätzen. Die offizielle Firmenpolitik der Energeto fördert das Ausscheiden von Herrn Dr. Harpens jedenfalls. So viel steht fest. Aber das ist hier nicht der Punkt."

„Sondern?", fragte DiMateo, der seine Fassung offenbar wiedergefunden hatte und Jan ruhig anschaute.

„Diese Untersuchung muss veröffentlicht werden. Und zwar ohne Patentschutz. Damit dieses Speichersystem weltweit ge-

nutzt werden kann, und zwar, ohne dass die Bürger Deutschlands oder die Bauern Ruandas horrende Summen an Konzerne wie Ihren zahlen müssen", legte Jan seinen Plan offen dar.
„Sie sind ja verrückt", entfuhr es DiMateo. „Das kommt doch
einer Selbstauflösung der Energeto und ihrer Muttergesell-
schaften gleich, das können Sie nicht von mir verlangen. Auf
keinen Fall."
Jan erhob sich, schob Harpens Schriftstücke in seine Tasche
und wendete sich Richtung Ausgang. Kurz bevor er die Tür
erreichte, drehte Jan sich aber noch einmal um. DiMateo stand
immer noch starr am Fenster.
„Sie haben es in der Hand, Herr DiMateo. Das Internet steht
Ihnen für eine Veröffentlichung jederzeit zur Verfügung", zeigte Jan dem Vorsitzenden einen Weg auf.
„Sie wissen ja gar nicht, was Sie da gerade tun, Herr van Teldern", polterte DiMateo plötzlich los und stürmte unvermittelt
auf Jan zu, um ihn mit beiden Händen an den Schultern zu packen. „Ohne eine sichere Energieversorgung versinkt dieses
Land im Chaos. Wollen Sie das riskieren?"
„Langsam, langsam, Herr DiMateo", beschwichtigte Jan und
schüttelte DiMateos Hände von seinen Schultern ab. „Sie übertreiben da ziemlich, denke ich. Die Energeto und ihre Mutter-
gesellschaften könnten Probleme bekommen. Das kann passieren. Aber wieso sollte die Energieversorgung gefährdet
sein, wenn jedermann mit wenig Aufwand selbst Strom spei-
chern kann?"
Ohne auf eine Antwort zu warten, fuhr Jan fort: „Welche Aus-
sichten? Kleine und kleinste Windräder auf den Dächern von
Wohnhäusern, unterstützt von Solaranlagen, reichen plötzlich
aus, um die Haushalte weltweit mit Energie zu speisen. Weil
die gewonnene Energie ganz einfach in hauseigene Speicher
geschoben werden kann, um dort zu lagern, bis sie gebraucht
wird.
Keine Netzanschlüsse mehr, deutlich weniger Hochspan-
nungsleitungen. Aber aus diesen Geschäftsfeldern ziehen Sie
und Ihresgleichen sich ja schon heraus. Übrig bleiben nur
noch die Großkraftwerke, ohne die hier ja angeblich alles zu-
sammenbricht. Wie Sie es immer so gerne den Bürgern weis-

machen wollen.

Bevor ich mich hier weiter in Rage rede", hielt Jan plötzlich inne, „kann ich Ihnen eigentlich nur empfehlen, meinem Ratschlag zu folgen und das System zu veröffentlichen.

Es kann schon sein, dass die Energeto wirtschaftlich darunter leiden wird. Sie wird aber in die Geschichte eingehen als der Konzern, der über die Energiewende nicht nur diskutiert, sondern sie vollendet hat.

Sie bestimmen, Herr DiMateo, wo Sie stehen wollen. Und es bleiben noch zwei Stunden Zeit, um die Ausarbeitung für alle nutzbar ins Netz zu stellen", schloss Jan seine Erörterung, drehte sich um und trat in DiMateos Vorzimmer, wo er sich noch freundlich von Frau Winters verabschiedete.

„Herr van Teldern", rief sie überraschenderweise hinter ihm her, als er schon kurz vor der Tür zum Flur war.

„Ja, bitte?"

„Eine Frau Schneiders hat vorhin hier angerufen. Sie bittet um dringenden Rückruf, soll ich Ihnen ausrichten."

Das war eine gute Nachricht, fand Jan, der Tamara sofort anrief und mit ihr vereinbarte, sich im Foyer am Ausgang zu treffen.

Wenig später berichtete Tamara, dass Frau Zampel ihre Aussage von gestern in vollem Umfang bestätigt hatte.

„Womit es um den Herrn Rückert jetzt auch offiziell nicht mehr so ganz gut bestellt ist", kommentierte sie ruhig, womit Jan eigentlich nicht gerechnet hatte nach seinem Solo in DiMateos Büro. „Ich frage mal den Kollegen Brummer, wie es denn um die Verhaftung des sauberen Doktors steht."

Während sie die Eingangshalle durch die Drehtür verließen, zückte Tamara auch schon ihr Handy.

„So, so. Ausgeflogen", hörte Jan Tamaras Bemerkungen zu den knappen Ausführungen ihres Kollegen. „Jan, sollen wir die Bundespolizei informieren? Rückert ist nicht wieder aufgetaucht und niemand weiß, wo er steckt."

„Ja natürlich. Der Kerl steht unter Mordverdacht", antwortete Jan sofort, fast erleichtert, was ihn selbst verwunderte. Im Stillen vermutete er, dass sein Gelassenheit damit zusammenhing, dass er wegen der Geschichte bei DiMateo mit einem

Donnerwetter seiner Kollegin gerechnet hatte. Er an seiner Stelle hätte die Angelegenheit jedenfalls nicht unter den Teppich gekehrt.

„Ein Moloch, diese Konzerne", suchte Jan nach einem abschließenden Wort und legte Tamara die Hand auf die Schulter, um sie zum Auto zu geleiten.

„Jetzt klär mich doch mal bitte auf, was diese merkwürdige Nummer gerade eben sollte", störte Tamara jedoch Jans neu gefundenen inneren Frieden. „Ich dachte, wir sind ein Team. Und dazu gehört, dass man den anderen in seine Vorgehensweise einweiht. Kooperation . Wenn dir das etwas sagt. Und nicht einfach mal eben seine Kollegin aus dem Zimmer schieben. Was hattest du denn so Dringendes mit diesem Hai zu besprechen?"

Das war genau das Donnerwetter, das er eigentlich nicht haben wollte.

„Tamara, beruhige dich. Ich habe dem sauberen Vorsitzenden nur kurz aufgezeigt, dass sein Dr. Rückert ziemlich auf verlorenem Posten steht. Alles Sachen, die du schon weißt. Und die Aussage von Frau Zampel war ja nun wirklich der Schlüssel zu Rückerts Überführung", versuchte Jan die Lage zu beruhigen. „Komm, wir treffen uns im Präsidium treffen, damit wir dort alles Weitere besprechen können."

Mit diesen Worten ließ Jan seine Kollegin bei ihrem Auto stehen und ging weiter zu seinem Wagen. Kurz vor der Florianstraße drehte sich Jan noch mal zur Hauptverwaltung der Energeto um, sah aber keine Geschütze auf sich gerichtet oder dass sich die Truppen des Herrn DiMateo versammeln würden. Nur Tamara konnte er noch kopfschüttelnd mit ihrem Handy in der Hand erkennen. Wahrscheinlich schrieb sie gerade eine E-Mail an Brummer und beklagte sich über seinen Leichtsinn. Wobei ihm einfiel, dass auch er noch jemanden benachrichtigen wollte.

Wäre Jan in größerer Sichtweite gewesen, dann hätte er vielleicht erkannt, dass Tamara keineswegs eine E-Mail in ihr Smartphone eintippte, sondern Gesprächsprotokolle durchblätterte. Mithilfe der kleinen Bauteile, die Kollege Brummer ihnen letzte Woche noch als den letzten Schrei der Überwacherszene vorgestellt hatte. Kleine Mikrofone gekoppelt mit hocheffektiven Sendern, die zusammen kaum größer waren als ein Knopf, bildeten das Herzstück dieses Systems. Mit einer Reichweite von mehr als fünfhundert Metern. Als Empfänger konnte man jedes internetfähige Gerät nutzen. Wenn man den entsprechenden Zugang eingerichtet hatte. Brummer hatte ihr vorgeschlagen, zwei von den Knöpfen einzupacken, nachdem Jan so überraschend das Büro verlassen hatte.

Er wisse auch, dass so etwas illegal sei. Fragte sie dann aber sofort, ob sie denn ganz sicher sei, dass ihr Chef sich noch völlig normal benehme.

Zehn Minuten später hatte sie zwei der Sender in der Tasche und ihr Samsung so eingestellt, dass es die gesendeten Sprachdaten dank eines eingebauten Rekorders gleich in ein Textdokument umwandelte.

Und war erschrocken über das Gespräch zwischen Jan und diesem DiMateo, das der Knopf, den sie auf der Treppe in Jans Jackentasche hatte gleiten lassen, auf das Gerät übertragen hatte.

Zumal der zweite Knopf, den sie in DiMateos Büro unter den Tisch hatte kleben können, munter weitersendete. DiMateo hatte gerade angewiesen, eine silbergraue Limousine so abzudrängen, dass es zwar nach einem Unfall aussehen würde, der Fahrer das Fahrzeug aber nicht lebend verlassen könne.

Dieses Schwein, schoss es Tamara durch den Kopf. Sofortschaltete sie ihr Smartphone um, damit sie seine Gespräche über ihr Telefon mitverfolgen konnte und schwang sich in ihr Auto, um Jan zu folgen, der seinen Dienstwagen schon am Park und dem Hochhaus der Telekom vorbei in Richtung B1 lenkte.

Sie hatte keine Vorstellung davon, was DiMateo genau vorhatte, doch galten seine Anweisungen mit ziemlicher Sicherheit ihrem Chef. Dessen silbergrauer Wagen schon fast wieder aus ihrem Gesichtswinkel verschwand, sodass sie beschleunigte, um dranzubleiben.

„Das Zielfahrzeug fährt in wenigen Sekunden sicherlich über die B1 zum Präsidium. Nutze deine Chance", klang es aus dem Handy.

„Ein dreifaches Hoch auf die moderne Technik", feuerte Tamara sich selbst an und gab Gas, um Jan dicht auf den Fersen zu bleiben. Er hatte die Ampel am Zubringer auf die B54 bereits passiert und fädelte sich schon dort ein, von hier aus ging es kurz danach auf die B1. Ihr blieb nicht viel Zeit, weshalb sie die auf Rot umschaltende Ampel ignorierte und deutlich schneller als vorgeschrieben Jans Wagen folgte.

Die Straßen waren so gegen kurz nach drei am Nachmittag zum Glück noch nicht sonderlich belebt, sodass sie knapp hinter Jan auf die B54 einschwenken konnte. Jan schien sie nicht bemerkt zu haben, denn er folgte stoisch der Route, die jeder fährt, wenn er von der B54 kommend auf die B1 möchte und wechselte auf die Abbiegespur. Erst als Tamara laut hupte und dabei dichter auffuhr, erkannte Jan sie und winkte kurz in den Rückspiegel.

Dicht hinter Jan fuhr sie nun zunächst an der Hauptverwaltung der Signal Iduna vorbei. Nun waren es nur noch ein paar Hundert Meter bis zur Abfahrt ,Alter Mühlenweg', die speziell für die Polizei verblieben war und so überhaupt nicht den Forderungen der Verkehrsplaner entsprach.

Und nichts war passiert. Außer dass sie in ein paar Tagen den Kollegen von der Verkehrspolizei mal wieder einiges aus dem Kreuz leiern musste, um ihren Führerschein zu behalten.

Vielleicht hatte der saubere Herr DiMateo ja etwas ganz anderes gemeint, beruhigte sich Tamara schon, während sie Jans Wagen abbiegen sah, ohne dass der silbergrauen Limousine ihres Chefs etwas zugestoßen wäre. Man neigt als Mitarbeiter der polizeilichen Ermittlungsbehörden wahrscheinlich dazu, ständig nur das Schlimmste anzunehmen und Böses zu unterstellen. Eigentlich schrecklich, schoss es Tamara noch durch den Kopf, welches Weltbild man sich so zusammenreimt.

Kaum bog sie selbst in den Mühlenweg ein, wurde ihr aber klar, dass DiMateo nicht zu Spielchen neigte. Denn der Tanklaster, der mit hoher Geschwindigkeit die Straße hinaufschoss, war eindeutig keine Einbildung und steuerte direkt auf Jans Wagen zu, der vor der Einfahrt auf dem Hof stand und darauf wartete, dass die Schranke sich öffnete.

Tamara trat instinktiv auf die Bremse und zog ihren Wagen nach rechts, um Abstand zu halten. Jan hatte den anrollenden Lkw anscheinend auch bemerkt und versuchte offenbar noch, den Wagen zurückzusetzen, doch hatte er den Laster entweder doch zu spät gesehen oder in keiner Weise damit gerechnet, dass ihm direkt vor dem Präsidium etwas passieren könnte. Die Schnauze des schweren Fahrzeugs rammte den Pkw mit etwas mehr als siebzig Kilometern pro Stunde, das stellten die Spezialisten der Spurensicherung wenig später fest.

Jan van Teldern hatte keine Überlebenschance. Wie DiMateo es geschafft hatte, das Fahrzeug so schnell zum Präsidium zu leiten, wollte der Herr später niemandem erläutern, genauso wie auch die Personalien des Lkw-Fahrers nicht zu ermitteln waren.

Die Geschichte ging in den Medien auch etwas unter, weil die Presse am nächsten Tag vor allem über das neuartige Speichersystem berichtete, das die Dortmunder Energeto entwickelt hatte und im Rahmen der Energiewende allen zur Verfügung stellte. So jedenfalls verbreitete es der Blog eines Theo van Teldern schon kurz nach dem schrecklichen Unfall am Dortmunder Polizeipräsidium.

Gerda Höck

Traumhochzeit

Schon während sie aufwachte, begann sie, zu lächeln. Nach zwei Minuten strahlte sie vor Energie und Glück. Heute war es endlich soweit: Der Tag ihrer Hochzeit war gekommen. Schnell sprang sie aus dem Bett und ging auf den Balkon. Es war noch früh am Morgen, aber beim Blick in den Garten ließ der typisch durchsichtig-helle Morgendunst des Rheinlandes erkennen, dass dieser Frühlingstag wunderschön werden würde.

Der Rasen hinter dem Haus war noch mit kleinsten, glitzernden Tautropfen bedeckt, die Blüten des weißen Flieders leuchteten aus dem Maigrün der Büsche hervor.

Das weiße Festzelt war geöffnet, um die Kühle des Morgens einzufangen, sie konnte die stilvoll gedeckten Tische im Inneren sehen.

Ganz genau so hatte sie sich diesen Tag immer erträumt. Und ganz genau so hatte sie sich ihn verdient.

Drei Monate lang hatte sie Tag und Nacht Angst gehabt, dass alles doch noch scheitern könnte, dass ihr Traum sich einfach in Luft auflösen würde. Aber sie hatte gesiegt. Jeder, der sie kannte, wusste, dass sie schon immer eine Kämpferin gewesen war. Sie zu unterschätzen, war ein großer Fehler. Jakob hatte das am eigenen Leib erfahren müssen. „Selbst schuld", Ellen schüttelte sich unwillig und schob ihn aus ihren Gedanken. Heute gab es keinen Platz und keine Zeit für Versager.

Heute würde sie Hochzeit feiern, hier im großen Haus ihrer Eltern, im herrlichen Garten. Sie würde den Mann ehelichen, den sie liebte, und mit dem sie genau das Leben führen würde, das sie sich wünschte.

Vor einem Jahr hatte Felix ihr einen Heiratsantrag gemacht, sehr romantisch, im Urlaub am Strand. Fast schon zu kitschig. Natürlich hatte sie sofort Ja gesagt. Felix war ihr Traummann, denn er war nicht nur sehr attraktiv, als Unternehmensberater im Bereich erneuerbare Energien stand ihm auch eine blendende Karriere bevor. Und das Beste: Er hatte ihr noch nie einen Wunsch abschlagen können.

Nach der ersten Euphorie über den Antrag begann Ellen sofort mit der sorgfältigen Planung und Vorbereitung ihrer Hochzeit. Alles musste perfekt werden. Sie würde nicht mal die kleinste Kleinigkeit dem Zufall überlassen. Und ihr Papa hatte sich nicht lumpen lassen, sofort hatte er seiner kleinen Prinzessin das große Haus für die Hochzeitsfeier angeboten und „einen großen Sack voll Golddublonen, so viel wie du brauchst, mein Schatz", sein Standardspruch seit sie siebzehn und Mama nicht mehr bereit gewesen war, die Modeallüren ihrer Tochter zu finanzieren.

Als sie dann „nur" Bürokauffrau geworden war, hatte ihn das zunächst gar nicht amüsiert. Aber das Lernen war ihr nun mal nicht leicht gefallen. Heute war sie die wichtigste Sekretärin für den Vorstand, umsichtig und verschwiegen, genau und ehrgeizig. Natürlich hatte sie in allen Hochzeitsunterlagen als Beruf „Assistentin der Geschäftsleitung" angegeben. Was bestand da schon für ein Unterschied, es würde doch eh nie jemand bei der Bank nachfragen. Und in den Kreisen, in denen sie in Zukunft verkehren würde, musste man ja etwas darstellen.

„Kommst du bitte zum Frühstück, Ellen, deine Stylistin und der Friseur werden in einer halben Stunde da sein, die Blumen kommen in zehn Minuten und die Getränke werden auch gleich geliefert", die Stimme ihrer Mutter klang hoch und gepresst, wie immer, wenn sie sich ihre Aufregung nicht anmerken lassen wollte, in Wahrheit aber kurz vor dem Nervenzusammenbruch stand. „Bin in zwei Minuten unten, kleinen Moment noch", Ellen schloss sachte ihre Zimmertür.

Unten klingelte das Telefon, der Anrufbeantworter sprang an, Ellen war klar, dass ihre Mutter in diesem Stadium des persönlichen Hochstresses nicht an den Apparat gehen würde. Sie hörte die Stimme von Jakob durchs Haus schallen: „Es tut mir sehr leid, ich werde es nicht schaffen. Seid mir bitte nicht böse, aber es geht nicht anders. Euer Jakobus." Ellen verdrehte die Augen, schreckliche Marotte, sich ständig Jakobus zu nennen, wie ein Apostel, ein Moralapostel. Aber das passte ja.

Ihre Mutter konnte jetzt nicht mehr verbergen, dass sie in höchster Aufregung war, sie kreischte fast: „Ellen, komm endlich runter, jetzt hat auch noch der Trauzeuge abgesagt", sie verschluckte sich und schimpfte hustend und zusammenhanglos weiter: „... und musst du den Müll aus deinem Zimmer denn jetzt selbst hinunterbringen, dafür ist später die Putzfrau da, während wir in der Kirche sind. Ich kann mich doch nicht um alles kümmern, aber das ist ja wieder mal allen egal. Die Hochzeit wird in einer Katastrophe enden!" „Nein, wird sie nicht, Mama, du weißt doch, dass wir vier Trauzeugen vorgesehen haben. So gut solltest du mich doch kennen. Alles ist bestens, Tim wird das perfekt machen. Und Ruth und Silvi werden nicht mal eine Minute zu spät kommen, glaub mir. Schade, dass Jakob nicht da sein kann. Aber das ist doch keine Tragödie", Ellen kam ruhig die Treppe hinab, warf den Abfall in den Mülleimer, setzte sich an den Tisch und begann zu essen.

Jakob hatte immer irgendwelche wichtigen Termine, als ihr Kollege war er in der Bank hochgeschätzt und - weil vollkommen integer - auch für größere Kreditvergaben an Firmen zuständig. Sie kannte ihn seit Jahren und wusste, dass er sie verehrte. Das genoss Ellen natürlich sehr, nie hätte sie ihm gesagt, dass sie ihn sterbenslangweilig und öde fand. Als er von ihren Heiratsplänen erfuhr, wurde er sehr zurückhaltend und sprach nur mehr noch selten mit ihr.

Sie bemerkte das kaum, denn neben den Hochzeitsvorbereitungen taten sich auch in der Bank sehr spannende Dinge. Eine Fusion stand an, sehr hochkarätig, sehr zukunftsträchtig, sehr lohnenswert und sehr, sehr geheim. So geheim, dass selbst in der Bank niemand genaue Namen kannte. Das Geheimprojekt hatte in der Bank einen Geheimnamen: Traumhochzeit. Der große Energiekonzern SFA, der den kleinen übernehmen würde, musste natürlich geheim halten, dass man dabei war, große Anteile der Aktien vom kleineren, auf Nachhaltigkeit setzenden Unternehmen SGE aufzukaufen. Für die Trader war das Routine, sie fand es sehr aufregend.

Als ausgerechnet sie das mickrige, schmutzige Geheimnis entdeckte, dass SGE in die Lage versetzte, ihren Strom so billig abgeben zu können, konnte sie das zunächst nicht glauben. Natürlich redete sie abends viel mit Felix, aber nie über Bankgeheimnisse. Wegen der Hochzeitsplanung gab es schließlich genug zu diskutieren. Aber Felix ließ sie nun mal gerne an seinem Wissen über den Energiemarkt teilhaben. Auch wenn sie manchmal ein Gähnen unterdrücken musste, so versuchte sie doch, ihm aufmerksam zuzuhören. So erfuhr sie, dass der Umsatzsteuerbetrug mit Emissionen gerade abgelöst wurde vom gleichen Phänomen beim Strom- und Gashandel. Da das ein relativ neues Geschäftsfeld war, waren die kriminellen Strukturen schwer zu entdecken. Man brauchte bloß eine Kette von Unternehmen, die den Strom weiter- und weiterverkauften. Hatte eines davon seinen Sitz im Ausland, dann wurde das Ganze noch schwerer nachvollziehbar. Geplant und eingerechnet war, dass eine der Firmen in der Kette dann die Umsatzsteuer nicht abführte. Die trotzdem verrechnete Vorsteuer wurde dazu benutzt, den Strom zu verbilligen – und das war im hart umkämpften Markt ein deutlicher Vorteil. Oft war der Letzte in der Reihe dann wiederum ein seriöses Unternehmen, das nicht in den Betrug eingebunden war. Eigentlich, so erklärte Felix, war es nicht so wahnsinnig schwer, einen solchen Plan zu erkennen. Im Moment hielt einfach niemand eine neu gegründete Firma im Ausland, die in ein Netz von Strom verkaufenden Unternehmen eingebunden war, für verdächtig. Nicht einmal, wenn sie innerhalb von Monaten Millionenumsätze machte.

Ellen entdeckte die kleine französische Firma ROU beim Kopieren der vielen Unterlagen für die Übernahmeschlacht. Alle benötigten Aktien waren gekauft, der Kampf an der Börse eröffnet. Der Riese hatte schon beinahe gewonnen, der Kleine hatte so gut wie keine Chancen. Und der große Konzern brüstete sich bereits in der Presse mit der resultierenden umweltfreundlichen Stromstrategie, die man demnächst verfolgen würde.

Alles, was den Deal jetzt noch platzen lassen könnte, wäre

ein Rücktritt des Energieriesen vom Kauf, Ellen begann zu lächeln, ein Imageschaden wegen Umsatzsteuerbetruges würde besonders die Führungsriege der kleineren SGE treffen. Auch die Hauptaktionäre würden nicht sehr begeistert sein, wenn die Katastrophe eintreffen und der Große im letzten Moment sein Kaufangebot zurückziehen würde. Ellen dachte nicht lange nach. Natürlich hatte sie als Vorstandssekretärin der Bank beste Verbindungen zur Vorstandssekretärin des Energiezwerges. Sie ließ sich direkt mit dem Vorsitzenden verbinden. Zu dessen Überraschung wollte allerdings sie mit ihm sprechen und nicht ihr Vorgesetzter.. Das Gespräch dauerte nur fünf Minuten. Sie erklärte klar und bestimmt, was sie gerne hätte, und was sie dafür bieten würde. Schweigen konnte sie schließlich hervorragend.

Das Geld floss einen Monat später. Sie wusste genau, wo man es verstecken konnte, damit es niemand entdecken würde.

Und dann wurde Jakob aufmerksam. Er trieb sich wieder häufiger in der Nähe ihres Schreibtisches herum. Vielleicht dachte er, bevor sie heiratete, würde sie noch einmal gerne über die Stränge schlagen. Als er beim Betriebsfest am Bootshaus dann versuchte, sie zu küssen, wurde Ellen so wütend, dass sie ihm zum ersten Mal deutlich sagte, was sie wirklich von ihm hielt. Er bekam schmale Augen und äußerte mit sehr leiser Stimme: „Das wirst du bereuen …". Er nahm Haltung an und verließ das Fest. In den darauf folgenden Tagen sah er sie nicht einmal an. Als sie eine Woche später von der Mittagspause wiederkam - wieder mal vollkommen gestresst, weil die Brautschuhe nicht in der Farbe bestellt worden waren, die sie brauchte, weil das Muster für die Blumendekoration nicht ihren Vorgaben entsprochen hatte und weil der Caterer nicht erreichbar war –, stand Jakob seelenruhig von ihrem Schreibtisch auf, sah sie an und ging langsam weg. Als sie bemerkte, dass die abschließbare Schublade geöffnet war, überlegte sie fieberhaft, ob er etwas entdeckt haben könnte.

Zwei Tage später wusste sie es: Er hatte nicht nur die Unterlagen bezüglich der ROU entdeckt, sondern wusste auch von dem Geld. Es war keine gute Idee gewesen, die Dokumente zunächst in der Bank zu lassen, aber sie hatte noch keinen Platz gefunden, der ihr sicherer erschienen war.

„Ich werde diesen Vorfall unseren Vorgesetzten melden, und den Behörden. So jemand wie du gehört hier nicht hin. Du gehörst ins Gefängnis. Ich hätte nie gedacht, dass jemand mich so täuschen kann ...", er war bleich vor Empörung und Erschütterung. „Ich gebe dir einen Monat lang Zeit, dich selbst zu stellen und zu kündigen. Danach ist es zu spät, dann wirst du alles verlieren. Dein Mann wird dich sicher gut finanziell versorgen", seine Stimme triefte vor Sarkasmus und verletztem Stolz.

Noch einen Monat, meine Güte, in einem Monat ist die Hochzeit, die Gedanken wirbelten in ihrem Kopf herum, jetzt nur nicht losheulen, mir wird schon was einfallen, dachte sie bei sich.

Drei Tage später bat sie Jakob um ein Gespräch. „Du hast vollkommen recht; ich weiß überhaupt nicht, was ich mir dabei gedacht habe, ich arbeite doch so gerne hier, das ist doch mein Leben. Jakob, lass mir nur ein wenig Zeit, dann bespreche ich mit dir, wie ich alles angehen werde. Es tut mir alles so leid. Und um dir zu zeigen, wie ernst ich es meine, habe ich eine große Bitte an dich: Verzeih mir bitte und werde unser Trauzeuge. Am Donnerstag geben wir bei uns zu Hause ein Abendessen mit Freunden, sei doch bitte mit dabei, Jakobus, bitte." Jakob sah grimmig aus, er wusste nicht recht, ob er ihr Glauben schenken sollte. Aber als sie dann die Tränen fließen ließ, lenkte er ein und strich ihr sogar unbeholfen über den Rücken. Ellen wollte instinktiv sofort seine Hand abschütteln, ließ es aber sein und zwang sich sogar zu einem Lächeln und einem gehauchten Danke durch. Jetzt hatte sie erst einmal Zeit gewonnen, ihr würde schon etwas in den Sinn kommen. Und ihr würde auch noch einfallen, wie sie Felix erklären könnte, warum Jakob am Donnerstag zum Abendessen der Freunde und als zusätzlicher Trauzeuge erscheinen würde.

Und am Donnerstagabend wurde alles plötzlich ganz einfach. Als sie den Tisch deckte - der Caterer hatte ausgezeichnetes Essen geliefert - hörte sie das Telefon läuten. Gleichzeitig klingelte aber Felix an der Wohnungstür, er hatte Wein mitgebracht. Als sie Felix die Tür öffnete und ihn mit einem

Kuss begrüßte, hörten beide, wie Jakob seine Absage auf den Anrufbeantworter sprach: „Es tut mir sehr leid, aber unsere Besprechung hat länger gedauert als geplant. Ich habe mein Flugzeug verpasst. Ich werde es nicht rechtzeitig schaffen. Seid mir bitte nicht böse, der Termin hier war sehr wichtig. Natürlich seid Ihr mir auch sehr wichtig, aber es geht nicht anders. Ich melde mich, sobald ich es schaffe, Euer Jakobus." Plötzlich wurde Ellen ganz klar, was sie zu tun hatte. Jakobs Stimme auf dem Anrufbeantworter hatte ihr eine Antwort geliefert.

Zwei Tage vor der Hochzeit war Felix planmäßig bei seinen Eltern zur Übernachtung einquartiert, sie hatte die Wohnung für sich. Am späten Abend rief sie Jakob völlig aufgelöst an: „Lieber Jakobus, ich muss dich unbedingt treffen. Ich glaube, ich bekomme kalte Füße, ich kann nicht heiraten. Ich brauche dringend jemanden zum Reden. Kannst du zum Bootshaus am See kommen, dann machen wir einen Spaziergang, bitte hilf mir." Natürlich sagte er sofort zu.

Sie saßen eine Stunde lang am Ufer auf der Picknickdecke, die sie zusammen mit einer Flasche Sekt und Käse mitgebracht hatte. Jakob genoss seine Rolle als ihr Vertrauter so sehr, sie konnte ihre Verachtung nur mühsam verbergen. Es war so einfach, ihm etwas vorzuspielen. Als das Seeufer einsam dalag und auch der letzte Spaziergänger den Heimweg angetreten hatte, schenkte sie Jakob den letzten Rest Sekt ein und zog sich dann ihr Kleid über den Kopf. Darunter trug sie ihren Badeanzug. „Lass uns zum Floß schwimmen, ich brauche jetzt Bewegung." Flüchtig streifte sie seine Lippen mit ihren.

Jakob schluckte trocken und stürzte den Sekt mit einem Schluck hinunter. Dann zog er sich in Windeseile bis auf die Unterhose aus. Natürlich, Jakobus würde nie nackt schwimmen gehen. Nicht mal am menschenleeren Strand. Als er am Ufer stand, schwankte er plötzlich leicht hin und her, dann ging er aber doch entschlossen ins Wasser und kraulte ihr hinterher.

Sie brauchte nur fünf Minuten bis zum Floß. Sie war schon immer eine gute Schwimmerin gewesen. Als sie sich hinaufzog, war Jakob noch weit hinter ihr. Er keuchte, als er ebenfalls das Floß erklomm und sich auf die Planken warf. Sein Körper war sehr blass und mager. Als er ihre Hand nahm, musste sie sich sehr beherrschen, um sie nicht ruckartig zurückzuziehen. Es war zu früh. „Ach Jakob, ich danke dir für das Gespräch, es hat mir sehr geholfen." „Du weißt, dass ich immer für dich da bin", er näherte sich ihr. Sie rückte unauffällig weg: „Ja, das weiß ich doch, lieber Jakobus." Als er versuchte, sie zu küssen, konnte sie sich nicht mehr beherrschen. „Fass mich nicht an, das ist ekelhaft ..." Ihre Stimme war eiskalt. „Du bist ekelhaft, Moralapostel Jakobus, aber du wirst mich nicht aufhalten", sie sprang auf. Er sah sie verständnislos an, dann packte er ihr Handgelenk und wollte sie wieder zu sich herunterziehen. Ellen war mit einem weiten Sprung im Wasser. Jakob hechtete hinterher und versuchte sie einzuholen. Nach wenigen Metern bekam er Schwierigkeiten, seine Bewegungen wurden unkoordiniert, er begann, unterzugehen. „Ellen, Hilfe ...", auch seine Sprache wurde undeutlich. Ellen schwamm weiter, sie hörte hinter sich Geräusche im Wasser, so, als würde ein großer Schwan versuchen, hochzufliegen. Sie drehte sich nicht um, auch nicht, als die Rufe verstummten und es wieder leise wurde.

Sie hatte ihr Frühstück beendet, lächelte ihre Mutter strahlend an, tanzte mit ihr durch die Küche und küsste sie auf die Wange: „Ach, Mamilein, jetzt lass uns loslegen und alles perfekt machen." Und schon war sie die Treppe hinauf.

Vier Stunden später stand sie in ihrem schlichten, teuren Kleid mit schlichtem, teurem Make-up und entsprechender Frisur inmitten ihrer Freundinnen in der Diele. Sie sah einfach wunderschön aus, ihr alter, sentimentaler Papi hatte vor Rührung Tränen in den Augen.

Niemand aber wusste, wie unglaublich kostspielig das Kleid wirklich gewesen war. Und wie unglaublich exklusiv die Reise sein würde, die sie Felix gleich zur Hochzeit schenken würde. Das Diktiergerät mit Jakobs gekürzter, telefonischer Absage und sein Handy hatte sie sorgfältig in Zeitung verpackt, das alles würde in einer Stunde mit dem Hausmüll entsorgt werden. Natürlich hatte sie diskret dafür gesorgt, dass alle ihre

Kolleginnen während der letzten Wochen erfuhren, wie abgrundtief traurig Jakob wegen ihrer Heirat war. Das Sektglas mit den K. o.-Tropfen lag seit vorgestern Abend zersplittert im Altglascontainer.

Niemand stellte sich ihren Träumen in den Weg.

Lächelnd hob sie ihren langen Rock und wandte sich zur Tür: „Lass uns endlich fahren, Papa, ich muss doch pünktlich sein bei meiner eigenen Traumhochzeit, das ist schließlich der schönste Tag meines Lebens."

Astrid Hoerkens-Flitsch

Im Wald

Den Blick und die Taschenlampe auf den unebenen, schlammigen Weg gerichtet, um nicht zu stolpern, lief sie in den Wald hinein. Die Dämmerung war angebrochen, nun würde es nur immer dunkler werden. Sie hastete weiter. Erst als sie nur noch Bäume um sich herum sah, verlangsamte sie ihren Schritt. Immer wieder blickte sie sich ängstlich um. Der Tannenwald mit seinem diffusen Licht, dem beklemmenden Schweigen, war ihr immer schon suspekt gewesen. Doch sie trat tiefer in das Dickicht. Bäume und Unterholz umgaben sie. Es tropfte von den Zweigen, ihr Gesicht und ihre Haare waren schon völlig nass. Der Boden federte unter ihren Schritten und machte schmatzende Geräusche. Sie kletterte über umgefallene Stämme, die sich mit Rankengewächsen verbunden hatten. Einmal glitt sie aus und konnte sich nur noch mit einer Hand abfangen. Sie wischte sie an ihrer Hose ab. Es roch modrig. Finsternis und Stille wurden noch tiefer und rätselhafter. Sie hörte eine Eule und fragte sich, was das fortwährende Rascheln im Unterholz wohl bedeuten könnte. Sie fühlte sich, als wäre sie ganz allein auf der Welt. Erst vor zwei Monaten war die Verlobung groß gefeiert worden. Und jetzt - was hatte sie nur getan?! Schließlich hielt sie an einem umgestürzten Stamm an und setzte sich darauf.

Sie war spät von ihrer Freundin Maria zurückgekommen. Später als verabredet. Er hatte ihr eine Szene gemacht. Sie wusste zwar, dass er ein Choleriker war, aber diesmal war er dermaßen ausgeflippt, dass sie ihn nicht mehr beruhigen konnte. Sein Gesicht war hochrot gewesen. Er stierte sie wütend an, beschimpfte sie laut. Sie starrte Fragen in die Luft, bekam keine Antwort und wusste eigentlich auch wieder nicht, was sie fragen wollte. Er hatte gebrüllt, bis die Nachbarn an die Wand klopften. Aber Felix ließ sich nicht beirren. Er schrie sie an, stampfte mit den Füßen auf das Parkett und fuchtelte mit den Fäusten vor ihrem Gesicht herum. Sie hatte sich die Ohren zugehalten, den Kopf geschüttelt, aber nicht gewagt, etwas zu sagen, um ihn nicht noch mehr zu reizen. Nach ungefähr einer Stunde hatte er sich etwas beruhigt. Er ging ins Schlafzimmer, kam im Bademantel zurück.

„Ich gehe in die Wanne", zischte er und trampelte ins Bad.

Sie stand wie erstarrt da. Wie sollte sie das weiterhin aushalten? Sie faltete ihre Hände, die Finger immer in Bewegung, an den Knöcheln ziehend. Das knackende Geräusch der Gelenke und der leichte Schmerz halfen ihr, wieder in die Gegenwart zurückzufinden. Sie atmete tief durch.

Aus dem Bad ertönte ein Schrei: „Komm her!"

Sie zögerte lange, bis sie reagierte. Dann ging sie schleppend in Richtung Bad. Sie legte die Hand auf die Klinke, drückte sie bedächtig hinunter und öffnete die Tür.

Er lag in der Wanne. Den Schaum bis zum Kinn. Er fragte, immer noch mit kaum unterdrücktem Zorn in der Stimme:

„Was hast du bei diesem Luder gemacht? Konntest du nicht eher nach Hause kommen, wir wollten doch über die Hochzeit sprechen, hast du das vergessen?!"

„Vielleicht will ich dich ja gar nicht mehr heiraten", sagte sie mit einem Zittern in der Stimme.

Sie lief weiter, ein Flüstern und Flirren kam aus dem Waldboden und diese Geräusche irritierten sie. Was sollte sie tun? Nach Hause gehen?

Er blitzte sie aus kalten Augen an und sagte im Befehlston: „Gib mir den Föhn, aber schnell!"

Dann schaute er ihr in die Augen: „Maria ist ja bedeutend hübscher als du. Im Bett war sie auch besser." Er grinste sie an, doch das Lächeln erreichte seine Augen nicht. „Jetzt gib mir endlich den Föhn, du kleine Fotze!", schrie er.

Sie hielt den Föhn in der Hand, stöpselte ihn zögernd in die Steckdose, schaltete ihn ein und warf ihn in das Badewasser. Sie sah, wie er sich verkrampfte, die Augen verdrehte, sie schloss und dann tiefer in die Wanne rutschte.

Es klingelte, erschrocken starrte sie in die Wanne. Sie erwartete niemanden, sollte sie überhaupt an die Tür gehen?

Sie rief: „Ja, bitte."

„Hier ist Frau Müller, können Sie mir drei Eier leihen?"

Sie holte die Eier, öffnete die Tür und reichte sie der Nachbarin.

„Geht es Ihnen nicht gut?", fragte die Nachbarin. „Sie sehen so bleich aus."

Sie schüttelte den Kopf. „Nein, mir geht es gut, ich bin nur müde", äußerte sie und schloss die Tür wieder.

Sie überlegte, ob sie sich der Polizei stellen sollte. Mord im Affekt. Er hatte sie oft beleidigt und auch manchmal geschlagen. Die Hausgenossen würden die lautstarken Streitereien bezeugen können. Aber ein Gerichtsverfahren, die Anklage, sie fürchtete sich. Die Selbstmordtheorie oder der Verdacht auf einen Unfall wären vielleicht doch das Beste. Was sollte sie tun? Ihren Verlobten tot in der Badewanne finden und die Polizei informieren, oder zuerst den Arzt anrufen? Hoffentlich hatte niemand gesehen, wie sie von zu Hause weglief.

Was hatte sie erst vor einigen Wochen über Suizid in einer Zeitung gelesen?

Nach Auskunft der Experten ist der Strom-Wasser-Selbstmord entgegen landläufiger Meinung jedoch keineswegs als sanfter Abgang zu empfehlen: Diese Todesursache sei schmerzhaft und trete häufig nicht sofort ein. Zudem sei in modernen, mit raffinierten elektrischen Sicherungen ausgestatteten Wohnungen der Erfolg dieser Methode nicht garantiert: Die Stromzufuhr wird in diesen Wohnungen blitzschnell unterbrochen. Allerdings – sie wohnten noch in einer Altbauwohnung.

Der Sterbende, so warnte ein gewisser Manfred Wolfersdorf von der Deutschen Gesellschaft für Suizidprävention vor dem Stromtod, erlebe seinen Herzstillstand nach längerem „Kammerflimmern" schmerzhaft mit, und es komme zu heftigen Verkrampfungen. So hatte sie es auch bei ihrem Verlobten miterlebt.

Es war ihre Wohnung. Ganz schnell würde sie seine Sachen entfernen. Nichts sollte an ihn erinnern. Aber würde sie mit dieser Lüge leben können? Mit dem, was sie getan hatte? Hatte sie es überhaupt getan? Vielleicht litt sie ja unter Halluzinationen, vielleicht wachte sie gleich auf?

Langsam machte sie sich auf den Heimweg.

Als sie vor der Wohnungstür stand, hörte sie Musik, das Radio lief. Hatte sie es angelassen oder hatte sie vielleicht wirklich geträumt und Felix säße in der Küche beim Abendbrot? Sie öffnete vorsichtig die Tür, eine starke Anspannung überfiel sie, ihre Hände zitterten. Ganz langsam ging sie zur Badezimmertür. Nein, sie hatte nicht geträumt. Sie hatte es tatsächlich getan. Sie drehte sich abrupt um und ging zum Telefon, das auf einem Tischchen an der Balkontür stand. Sie sah hinaus. Wassertropfen des letzten Regens glitzerten an den Bäumen, von der Straßenlaterne beleuchtet.

Sie griff zum Telefonhörer und wählte.

Silke Wiest

Die Rache der Geisha

Es war nur ein ganz sachter Windhauch und dennoch ließ er einen Reigen von zartrosa Kirschblütenblättern zu Boden fallen. Sie bedeckten den Boden des Innenhofes des kleinen Teepavillons nahezu vollständig, sodass es so aussah, als ob jemand einen Teppich aus rosafarbener Angorawolle ausgebreitet hätte. Geisha war in die Betrachtung dieses Schauspiels versunken und bemerkte gar nicht, dass Geschäftsmann durch die geöffnete Schiebewand trat. Erst das Geräusch, das entstand, als er seine Schuhe auszog und abstellte, ließ sie langsam den Kopf wenden, sodass die Perlen an den Stäbchen, die aus ihrem kunstvoll hochgesteckten Haar ragten, leicht hin und her tanzten. „Sehen Sie diese Kirschblütenblätter, ihre vollendete Schönheit, sie währt nur sehr kurz – und wie eigenartig, diese wunderschönen Blüten bringen niemals Früchte hervor", sagte Geisha mit einem letzten Blick auf den Baum im Innenhof. Sie erhob sich, legte die Hände vor der Brust und verneigte sich tief, dann tippelte sie einige Schritte rückwärts und deutete mit einer einladenden Handbewegung auf ein seidenes Sitzkissen, das am Boden lag. „Nanami, Sie sollten doch schön langsam wissen, dass ich nie wieder hochkomme, wenn ich auf diesen Kissen Platz nehme", sagte Geschäftsmann, lächelte und schüttelte ein wenig den Kopf, wie ein nachsichtiger Großvater, der sein geliebtes Enkelkind tadelt. Geishas dunkelrot geschminkter Mund verzog sich zu einem Grinsen, ihre schwarzen, von einem exakt gezogenen Lidstrich betonten Augen erreichte das Lächeln nicht. Ja, ich hätte es wissen müssen, dachte sie. Sie kannte Geschäftsmann nun schon seit ihrer offiziellen Einführung als Geisha bei ihrem allerersten, großen Bankett. Seit dieser Begegnung hatte Geschäftsmann sie immer wieder für Geschäftsessen und andere formelle Anlässe gebucht, mittlerweile besuchte er sie auch allein im Teehaus. Geisha hatte sich diskret über ihn informiert und erfahren, dass er aus einer sehr angesehenen Familie stammte.

Eine Freundin und weitläufige Verwandte von Geschäftsmann hatte ihr erzählt, dass er in seiner Jugend einen ehrenvollen Beruf ergreifen wollte und entschlossen war, Sumoringer zu werden. Er hatte sich einer Mastkur unterzogen, nahm auch beträchtlich an Gewicht zu, musste aber schon bald feststellen, dass ihm die Drohgebärden bei den rituellen Kämpfen Angst einflößten und so gab er sein Vorhaben schließlich auf und speckte wieder ab. Nach einem Studium der Wirtschaftswissenschaften hatte er die Beamtenlaufbahn eingeschlagen und sich schließlich in Regierungskreise hochgearbeitet. Einige Jahre lang hatte er eine hohe Position in der Atomaufsichtsbehörde bekleidet, um dann aber eine wesentlich lukrativere Stelle in der Wirtschaft anzunehmen. Geschäftsmann hatte eine leitende Position bei einem Atomkraftwerksbetreiber inne und war verantwortlich für die Vergabe und Beaufsichtigung der Wartungsarbeiten und damit auch, zumindest in Geishas Augen, für den Tod ihrer geliebten Zwillingsschwester Tomomi.

Geisha wusste also einiges über Geschäftsmann und war stets bemüht seinen Vorlieben und Gewohnheiten gerecht zu werden. Sie hätte also wissen müssen, dass er nur ungern auf den Bodenkissen Platz nahm. Sie fragte sich, wie ihr diese Unachtsamkeit unterlaufen hatte können. Geisha verbeugte sich erneut fast bis zum Boden hin und ging mit kleinen Schritten in einen Nebenraum. Das Wasser kochte bereits. Geisha schaute in den Topf mit der brodelnden Flüssigkeit und zog unwillkürlich die Luft ein, um dies erschnuppern zu können. Das hatte sie sich seit einigen Wochen angewöhnt, obwohl sie wusste, dass es ganz sinnlos war. Es wollte einfach nicht in ihren Kopf, dass man die tödliche Gefahr, die seit der Katastrophe im nahe gelegenen Atomkraftwerk von diesem Wasser ausging, weder sehen noch riechen konnte. Geisha zuckte mit den Schultern und stellte das kochende Wasser auf das Tablett zu den übrigen Utensilien der Teezeremonie. Geschäftsmann ließ sich gerade auf einer gepolsterten Bank, dem einzigen Sitzmöbel im ganzen Raum, nieder, als Geisha in das Zimmer zurückkam. Das Klackern ihrer Holzsandalen ließ ihn den Kopf wenden und sie ansehen. Dass sie ihre Schuhe auch innerhalb des

Hauses trug, war ein grober Verstoß gegen die Tradition, doch diese Freiheit nahm Geisha sich heraus. Zu groß waren ihre Anstrengungen gewesen, ihre Füße klein und zierlich zu halten, jetzt wollte Geisha sie auch in den traditionellen Holzsandalen präsentieren. Sie liebte das Geräusch, das sie beim Gehen machten. Sie fand das Klackern erotisch. In ihren Ohren war dieser Klang wie die Ouvertüre einer Oper. Das „Klack-Klack" war zu hören, lange bevor Geisha zu sehen war. Sie empfand es als verheißungsvoll, lockend, vielversprechend. Oftmals ging Geisha einfach so, zum Vergnügen, umher, um sich daran zu erfreuen. Geisha hatte sich schon oft gefragt, ob dieses Geräusch nicht überhaupt Auslöser für ihren Wunsch, Geisha zu werden, gewesen sein könnte. Damals, als kleines Kind, Hand in Hand mit Tomomi an der Seite ihrer Mutter, als sie zum ersten Mal eine Geisha, zunächst gehört - dann gesehen hatte, seit diesem Moment stand für sie fest, dass sie Geisha werden wollte. Obwohl ihr bald bewusst geworden war, dass dieser Wunsch eigentlich unerfüllbar war, hatte sie dieses Ziel mit Ausdauer und Ehrgeiz verfolgt. Nanamis eigentlicher Name war Takumi. Ihre Zwillingsschwester und sie waren die jüngsten Kinder einer sehr traditionsbewussten Familie – und Takumi war der einzige Sohn.

Geschäftsmann schien es nicht zu stören, dass sie innerhalb des Teehauses nicht barfuß ging, sollte er diesen Regelbruch überhaupt bemerkt haben. „Perfekt, die absolute Perfektion!", rief er Geisha entgegen, noch bevor sie ihn mit dem Tablett erreicht hatte. Geisha nickte ihm zu und stellte das Servierbrett in fließenden, geräuschlosen Bewegungen, die diese alltägliche Geste wie einen kunstvollen Tanz erscheinen ließen, ab. Geschäftsmann verfolgte jeden ihrer Handgriffe mit Bewunderung. Er konnte sich nicht sattsehen an ihr. Schließlich sagte er: „Aber egal, wie formvollendet Sie den Tee bereiten, Nanami, etwas Stärkeres wäre mir jetzt lieber." Geisha verneigte sich und tippelte davon, um das Gewünschte zu holen. Als sie zurückkam, klopfte Geschäftsmann auf den freien Platz neben ihm. „Setzen Sie sich zu mir, Nanami, lassen Sie uns ein bisschen plaudern." Geisha ließ sich nieder und wartete, dass Geschäftsmann ein Gespräch beginnen würde. Doch dieser schwieg, zog ein Tuch aus seiner Hosentasche und tupfte sich die Stirn ab. „Ein ungewöhnlich warmer und strahlender Frühling dieses Jahr", bemühte sich Geisha eine Konversation zu beginnen. Geschäftsmann ließ das Tuch sinken und starrte Geisha einen Augenblick lang an, dann brach er in schallendes Gelächter aus, bis sein Gesicht an das Sonnensymbol auf ihrer Nationalflagge erinnerte. „Strahlend! Das ist gut, Nanami, das ist wirklich gut!", brachte er schließlich prustend hervor und wischte sich die Tränen von der Wange, die ihm vor lauter Lachen herunterliefen. Geisha lächelte, sie war überrascht von dem Gefühlsausbruch des Geschäftsmanns. Sie kannte ihn bisher nur als sehr kühlen und kontrollierten Mann. Dass sein Benehmen und sein Äußeres vollkommen harmonierten, war Geisha gleich zu Beginn ihrer Bekanntschaft aufgefallen. Er war schlank und groß gewachsen. Von seinen Sumo-Versuchen war körperlich nichts mehr zu entdecken. Sein Gesicht war glatt und nahezu faltenfrei, trotz seines Alters von etwa sechzig Jahren. Seine dunklen Augen blickten stets kühl und immer sehr aufmerksam. Seine eisgrauen Haare hatte er mit Frisiercreme streng zurückgekämmt. Geisha sah in seiner Frisur einen Spiegel seines Wesens, aalglatt, immer perfekt, ohne jede Veränderung. So selten, wie ihm jemals eine Strähne in die Stirn fiel, so selten hatte er eine Gefühlsregung gezeigt. Heute bröckelte die Maske zum ersten Mal. „Was amüsiert Sie so sehr?", fragte Geisha etwas unsicher. Sie wusste sehr wohl, dass Geschäftsmann die Doppeldeutigkeit ihrer Aussage über den Frühling verstanden hatte, sie war entsetzt, dass er über die Tragödie, die über sie persönlich und über ihr ganzes Land hereingebrochen war, lachte. „Es freut mich außerordentlich, dass ich Sie so erheitere. Dennoch verstehe ich Ihre gute Laune nicht ganz, zumal ich weiß, dass auch Sie Ihr Haus und Ihre ganze Habe verloren haben durch die Katastrophe, die uns heimgesucht hat", wagte Geisha zu sagen. Sie hatte gehört, dass Geschäftsmanns Haus durch das Erdbeben völlig zerstört worden war. Ebenso wie sie hatte auch er seine gesamte Familie verloren. Sie hatten nie darüber gesprochen, obwohl die Trauer um ihre Zwillingsschwester Tomomi Geishas Gedanken beherrschte. Sie hatte geahnt, dass es besser sein würde, dieses Thema nicht anzusprechen. Geisha hatte im Zuge ihrer Ausbildung gelernt ihre Emotionen zu kontrollieren, Sympathie und Antipathie dem Auftraggeber gegenüber durften keine Rolle spielen. In dieser Situation war Geisha sich allerdings nicht sicher, ob ihr das gelingen würde. „Wie alles im Leben hat auch diese Katastrophe ihre guten Seiten", antwortete Geschäftsmann und grinste. Geisha blickte ihn fragend an. „Manches Dokument ist mit meinem Haus von den Fluten des Tsunamis verschlungen worden und das bedauere ich keineswegs", sagte Geschäftsmann. „Einige Informationen über meine Tätigkeit sind in den Weiten des Ozeans besser aufgehoben als in den Händen bestimmter Personen", fügte Geschäftsmann hinzu. Geisha hatte verstanden. Unbändiger Hass stieg in ihr auf. Wie konnte er nur so egoistisch, kalt und berechnend sein. Geisha hätte ihm am liebsten ihren Zorn entgegen geschrien. Sie kämpfte ihre Wut nieder und ihre Selbstbeherrschung gewann Oberhand. Sie reichte Geschäftsmann eine Teeschale, die er nun doch ergriff, allerdings nur um gedankenverloren hineinzuschauen, als ob er darin ein Orakel erkennen könnte. Nachdem er geraume Zeit über die hellgrüne Flüssigkeit betrachtet hatte, sagte er ohne den Blick abzuwenden: „Vielleicht musste es so kommen? Wer weiß das schon." Nein, es hätte nicht so kommen müssen, dachte Geisha. „Nicht, wenn es Menschen wie dich nicht gäbe. Menschen, die ihre Machtgier und Maßlosigkeit über alles andere stellen. Geschäftsmann führte die Schale zum Mund und leerte sie in einem Zug. Geisha betrachtete ihn aufmerksam. Sie wusste selbst nicht so recht, was sie erwartete, aber irgendetwas sollte doch geschehen, dachte sie zumindest. Ihr war klar, dass Geschäftsmann sich jetzt nicht unter Krämpfen winden würde, das war ihr bisher auch noch nicht geschehen und sie trank jeden Tag von diesem Wasser, aber sie erwartete doch irgendeine Reaktion. Geschäftsmann reichte ihr die leere Teeschale mit einer langsamen Bewegung. Diese Geste, so empfand Geisha es, hatte etwas Endgültiges, Abschließendes und sie fühlte deutliches Unbehagen. Geschäftsmann sah sie mit unverhohlenem Begehren an. Sie hatte diesen Blick schon einige Male in Geschäftsmanns Augen aufblitzen sehen, aber bisher hatte er sich immer sofort wieder im Griff gehabt, jetzt hielt er dies wohl nicht mehr für notwendig. „Nanami?", flüsterte er und griff nach dem Gürtel ihres Kimonos. Geisha schreckte zurück. Sie hatte, solange sie denken konnte, den Wunsch gehabt ein Leben als Geisha zu führen und seit sich dieser Wunsch erfüllt hatte, hatte sie einen Moment wie diesen gefürchtet.

Sie hatte ihrer Familie keinesfalls von ihrem Traum erzählen können, nur Tomomi hatte davon gewusst, so wie sie beide immer alles voneinander gewusst hatten. Aber ihre Zwillingsschwester hatte geschwiegen, als Nanami mit fünfzehn Jahren das Elternhaus verlassen und vorgegeben hatte in ein Kloster gehen zu wollen, um buddhistischer Mönch zu werden. Die Eltern waren nicht überrascht gewesen von den Plänen ihres Sohnes, da er immer ein sehr stilles, in sich gekehrtes Kind gewesen war. Der Rückzug in die Abgeschiedenheit des Klosterlebens erklärte den seltenen Kontakt zu den Eltern. Nanami konnte ihn auf einen jährlichen Besuch und gelegentliche Briefe beschränken. Tomomi hatte sie natürlich regelmäßig lange Briefe geschrieben und ihr alle Einzelheiten berichtet. Sie war nach Kyoto gegangen, hatte sich zunächst mit Gelegenheitsjobs über Wasser gehalten und auf der Straße gelebt. Jeden Abend war sie durch die Gassen Gions, des Vergnügungsviertels Kyotos, gestrichen und hatte mit sehnsüchtigen Blicken die vorbei tippelnden Geishas betrachtet. Während dieser Zeit hatte sie die Fähigkeit, ihr immer männlicher werdendes Äußeres zu kaschieren, bis zur Perfektion vollendet. Selbst Tomomi hatte bei einem Treffen Mühe gehabt ihren Zwillingsbruder wiederzuerkennen. An ihrem sechzehnten Geburtstag hatte Nanami sich in einer Okiya, einem Geishahaus, vorgestellt und war aufgenommen worden. Die Okasan war ganz angetan von diesem knabenhaft zarten Wesen und hatte vom ersten Tag ihrer Ausbildung an besonderes Augenmerk auf Nanami gehabt. Nanamis Tage waren streng geregelt und gefüllt mit neuen, anspruchsvollen Aufgaben. Trotzdem war Nanami glücklich, sie brauchte sich um Essen, Kleidung und ein Dach über dem Kopf keine Sorgen mehr zu machen. Wie ein ausgetrockneter Lehmboden das Wasser der ersten,

kräftigen Regengüsse, so sog Nanami das übermittelte Wissen auf. Sie quälte sich beim Üben traditioneller Tänze, sie lernte ein Instrument und schulte ihre Stimme für den Gesang. Am Ende ihres fünften und letzten Ausbildungsjahres konnte sie eine anspruchsvolle Konversation führen und sich sicher auf jedem Bankett bewegen. Sie trug die kostbarsten Seidenkimonos in tadelloser Körperhaltung, beherrschte das kunstvolle Frisieren ihrer langen Haare und die typische Schminktechnik. Diese hatte sie zunächst vor besondere Schwierigkeiten gestellt, da der Bartwuchs und das weiß geschminkte Gesicht nicht recht harmonieren wollten. Anfangs hatte Nanami versucht die lästigen Stoppeln einzeln, mit der Pinzette, auszuzupfen. Diese mühsame, zeitraubende Prozedur kostete sie eine Stunde ihrer ohnehin kurzen Nachtruhe. Schon bald musste Nanami einsehen, dass sie eine andere Lösung für dieses Problem finden musste. Sie hatte sich im Viertel umgehört und schließlich dazu durchgerungen, als Mann verkleidet - sie hatte es als Maskierung empfunden, Männerkleidung zu tragen –, eine Bar zu besuchen, in der bekanntermaßen ein buntes Volk von Homosexuellen und Transsexuellen verkehrte. Dort hörte sie von der Möglichkeit,
sich die Barthaare mithilfe eines Lasers dauerhaft entfernen zu lassen und schnappte erste Informationen über Hormonbehandlungen auf. Sie erkaufte sich mit ihrem, für die Gäste dieses Etablissements, sehr begehrenswerten Körper Adressen von Ärzten, die verschwiegen waren und es mit der Legalität nicht so genau nahmen. Als sie die kleinen, weißen Pillen zum ersten Mal in ihrer Hand gehalten hatte, waren zaghafte Zweifel in ihr aufgekommen. Sie hatte einen zögernden Blick in den Spiegel geworfen und krampfhaft geschluckt. Als sie dabei sah, wie ihr Adamsapfel hoch und runter hüpfte wie ein Pingpong-Ball, hatten sich alle Zweifel zerstreut und sie wartete von diesem Moment an nur noch sehnsüchtig darauf, dass die erhoffte Wirkung eintreten würde. Es war zwar ein ganzes Jahr Geduld nötig gewesen, aber dann war das Ergebnis perfekt. Ihre ohnehin zarten Gesichtszüge waren noch weicher geworden, ihr Bartwuchs war ganz und gar eingedämmt worden und ihr knabenhaft schlanker Körper zeigte weiche

Rundungen. Nanami war glücklich und am Tag ihrer Einführung als Geisha am Ziel ihrer Träume angekommen. Es war ihr gelungen auch für ihre Schwester, die mittlerweile eine sehr gute Stellung in Kyoto innehatte, eine Einladung zu organisieren. Es bedeutete Geisha sehr viel, diesen wichtigen Tag mit Tomomi teilen zu können. Sie war der einzige Mensch, der ihr immer wieder Mut zugesprochen hatte. Tomomi war immer für sie da gewesen. Und nun drohte dank Geschäftsmanns Drängen alles wie eine Seifenblase zu zerplatzen. Er war nicht nur mit dafür verantwortlich, dass sie den einzigen Menschen, der ihr wichtig war, verloren hatte, nun wollte er durch eine andere Art von Gier ihr mühsam erkämpftes Leben als Geisha zerstören. Nanami stieß Geschäftsmann von sich. Sie kämpfte gegen den Hass, die unbändige Wut, die in ihr aufkeimte. „Nanami, was soll denn das jetzt noch?", fragte Geschäftsmann in gereiztem Ton und ging auf Geisha zu. Geisha sah ihm in die Augen, registrierte das Verlangen darin. „Bitte nicht. Es geht nicht", sagte Geisha. „Was sollen Regeln und Traditionen noch bedeuten? All das wird ohnehin zugrunde gehen, worauf noch Rücksicht nehmen?", raunte Geschäftsmann mit einer Stimme, die vor Lust bebte. Er fasste Geisha fest im Nacken. Nanami spürte, dass sie all die unterdrückten Gefühle nicht mehr kontrollieren konnte. Sie schüttelte so heftig den Kopf, dass ihre hoch aufgetürmte Frisur ins Wanken geriet. Die langen, silbernen Nadeln mit den kleinen Seidenblüten fielen klirrend zu Boden. Rasch griff Nanami danach. So als wäre das Auflösen ihrer Frisur ein Symbol für die Auflösung ihres Lebens als Geisha, hob sie den Kopf, streckte ihren Rücken durch und straffte die Schultern. „Nein!", sagte sie energisch, hob die Hand mit der Nadel hoch und stach zu. Geschäftsmann fiel auf die Knie und griff dabei nach ihrem Kimono. Als er in sich zusammensackte, zog er den Kimono mit zu Boden. Tränen liefen wie Rinnsale durch das dicke, weiße Make-up von Geishas Gesicht. Sie sah, dass der dünne Unterrock, der ihr noch geblieben war, die Wahrheit nicht mehr verbergen konnte. Von ihrem Kinn, das auf ihre Brust gesunken war, fielen weiße Tropfen herab, als ein heftiger Windstoß die dünnen Papierwände vibrieren ließ. Geisha wendete den Kopf und sah hinaus. Plötzlich war es sehr still. Der Wind hatte aufgehört zu toben. Geisha sah zu dem am Boden liegenden Geschäftsmann hinab.. Er atmete nicht mehr, um seinen Körper herum hatte sich eine stetig größer werdende Blutlache gebildet. Geisha beugte sich über ihn und zog ihren Kimono aus seiner verkrampften Hand. Als sie sich aufrichtete, erschütterte ein mächtiges Beben das Haus, Sekunden später öffnete sich der Boden unter ihren Füßen und die Wände stürzten ein.

Von dem Teepavillon war nichts mehr zu sehen, lediglich ein Häuflein Schutt. Nur der Kirschbaum stand noch an seinem Platz. Er trug keine Blüten mehr.

Karin Mayer

Unter Hochspannung

Das Tor ließ sich leicht öffnen. Till hatte es wochenlang zu Hause geübt. Er hatte Talent als Einbrecher. Benni stand ein Stück hinter ihm. Er trug das Protestplakat und zwei lange Stangen. Sie hatten alles genau durchgespielt. Es sollte eine spektakuläre Aktion werden. Till schaute Benni noch einmal an. Er nickte, dann ging Till leise zum Schalthaus des Umspannwerkes.

Er hatte die Aufgabe, den Netzschutz zu manipulieren. ER war sich nicht sicher, ob es ihm gelingen würde. Zu viel Technik. Benni sollte das Plakat in der Anlage aufstellen.

Das Gras war feucht vom Tau, die Nacht neblig. Till hatte schon nasse Füße, als er vor dem Schalthaus stand und dort am Schloss arbeitete. Auch dieses Schloss war kein Hindernis mehr für ihn. Im Schalthaus öffnete er zwei Schutzschränke. Sie waren voller digitaler Technik. Till holte eine Funktionsbeschreibung aus der Tasche und begann am Display nach den entscheidenden Abschaltparametern zu suchen, als es passierte.

Ein Knall, ein Blitz. Es war taghell. Benni schrie und stand in einem riesigen Lichtbogen. Till sah noch, dass er die erste Stange mit dem Protestplakat aufgerichtet hatte. Er blickte in gleißendes Licht. Eine Hitzewelle folgte. Von der Stromleitung aus bis zur Erde, mittendrin Benni.

Er fiel auf die Erde, bewegte sich nicht mehr. Im Schaltschrank knackte es. Das Display zeigte an, dass die Leitung abgeschaltet worden war.

Till war wie erstarrt, rief laut nach Benni, der rührte sich nicht. Sein Körper qualmte. Benni war tot. Jetzt musste alles ganz schnell gehen.

Klaus Södermann saß hinter dem Steuer seines Dienstwagens. Er fuhr mit quietschenden Reifen um eine Kurve. Vor ihm ein silberner Audi mit Frankfurter Kennzeichen.

„Nein, Junge, du entkommst mir nicht", knurrte er vor sich hin. Doch der Ganove hatte anderes im Sinn. Södermann gab Gas, die Tachonadel wanderte auf hundertzwanzig Stundenkilometer. Gleichzeitig beugte er sich nach rechts, öffnete das Handschuhfach und zog das blaue Martinshorn heraus. Er schaltete es ein und schob es lässig während der Fahrt aufs Dach. Das Blaulicht blinkte, doch was war das für ein Ton? Da ging doch etwas schief. Södermann schwitzte. Das Martinshorn klang wie ein Telefon. Das Telefon neben seinem Bett.

Schwerfällig griff er zum Hörer. Zwischen Schlafen und Wachen grunzte er ein „Hallo". Mehr war nach diesem Traum nicht drin. Er wusste ohnehin, was ihn erwartete. Eine ruppige Stimme am anderen Ende der Leitung sagte: „Södermann, Einsatz für Sie. Einbruch im Umspannwerk Uchtelfangen. Ein Toter, der Komplize ist offenbar entkommen. Es eilt. Die Spurensicherung ist schon vor Ort."

Södermann stöhnte. Diese Frau trieb ihn in den Wahnsinn. Die hatte einen Ton am Leib. Er konnte es einfach nicht ausstehen, herumkommandiert zu werden. Schon gar nicht von einer Frau. Mühsam setzte er sich auf den Rand seines Bettes. Er lauschte noch eine Weile den Anweisungen, antwortete einsilbig.

Seine Chefin Charlotte Himbert liebte es, ihn zu schikanieren - davon war er überzeugt. Södermann stellte sich in solchen Momenten vor, wie sie mit einem Lächeln im Gesicht wieder zwischen den Kissen verschwand und sich im Bett rekelte. Dieses rachsüchtige Weib wurde eben nicht müde, ihn dafür zu bestrafen, dass er sie bei ihrem Antritt vor wenigen Monaten als Quotenfrau beschimpft hatte.

Eine Viertelstunde später war Kriminalkommissar Södermann schon auf der Autobahn. Auf das Martinshorn verzichtete er. Um kurz nach 5 Uhr war die Straße menschenleer. Als er am Umspannwerk ankam, war er hellwach. Zwei Polizeiautos standen davor, die Kollegen von der Spurensicherung waren in weißen Overalls zugange und ein aufgeregter Sicherheitsingenieur wartete neben dem Eingangstor.

„Kriminalkommissar Södermann", sagte er und drückte die Hand, die der Mann ihm entgegenstreckte. Er war groß, hatte silbergraue Haare und trug eine Brille.

„Manfred Brill, Sicherheitsingenieur", sagte er knapp.

„Was ist passiert?"

„Er ist irgendwie zu nah an die Stromleitung gekommen. Mit einem langen Gegenstand vermutlich. Das ist tödlich", sagte er und zeigte auf die Hochspannungsleitung.

„Reicht es aus, in die Nähe so einer Leitung zu kommen, um einen Stromschlag zu bekommen?", fragte Södermann.

„Heute Nacht allemal: Die Erde ist feucht, die Luftfeuchtigkeit bei diesem Nebel hoch. Es kam zum Überschlag ..."

„Überschlag?", fragte Södermann dazwischen.

„Der, der unter der Leitung steht, steht unter Hochspannung. 380.000 Volt. Ein furchtbarer Unfall."

Södermann ging zu den Kollegen der Spurensicherung. Er hätte sich den Anblick der Leiche gerne erspart. Verbrannt bis zur Unkenntlichkeit.

„Furchtbar", entfuhr es ihm und der Kollege nickte.

„Warum bricht jemand in ein Umspannwerk ein? Ein Anschlag?"

„Wir haben keine Ahnung. Neben dem Eingang lag eine lange Stange. Mehr haben wir nicht gefunden."

„War er allein?"

„Ich glaube nicht. Es gibt weitere Fußspuren zum Schalthaus. Ein Kollege versucht gerade die Bilder der Überwachungskamera zu sichern, wenn die nicht durch das Feuer zerstört worden ist."

Södermann ging zwischen Strommasten und Leitungen hindurch zu Manfred Brill. Der stand jetzt am Schalthaus, wo die Kollegen der Spurensicherung Fragen an ihn hatten.

„Jemand hat versucht die Netzschutzrelais zu manipulieren", sagte der Ingenieur. Die Tür war aufgebrochen worden. Södermanns Blick fiel noch auf das Warnschild „Achtung Hochspannung, Lebensgefahr", bevor er Manfred Brill in einen kleinen Raum folgte. Zwei große Schaltschränke waren geöffnet worden, drei weitere schienen unberührt zu sein. Södermann schnaufte leise. Das sah alles kompliziert aus und Physik war für ihn in der Schule schon ein Buch mit sieben Siegeln gewesen.

„An der Tür befindet sich ein Warnschild. Wie gefährlich ist es hier drin?", fragte Södermann. „War der Einbrecher gefährdet?"

„Hier drin ist die Schaltzentrale, die das Umspannwerk absichert. Die Leitungen draußen sind viel gefährlicher. Die stehen unter Hochspannung, wenn Sie verstehen."

Dann begann Sicherheitsingenieur Brill ohne Hast die Funktion der Schutztechnik im Umspannwerk zu erklären.

Till lag wie gelähmt im Unterholz. Hier hatten Benni und er die Fahrräder versteckt, bevor sie zu Fuß zum Umspannwerk gegangen waren. Vor Kälte zitterte er inzwischen am ganzen Körper. Er musste hier weg, so schnell wie möglich. Aber überall war Polizei. Till schluchzte auf bei dem Gedanken an Benni. Dann quälte er sich aufs Fahrrad und bog in den nächsten Feldwirtschaftsweg ein.

Charlotte Himbert blinzelte. Gegen 8.30 Uhr kitzelte sie die Sonne im Gesicht. Sie war nach dem frühen Anruf bei Södermann wieder eingeschlafen. Normalerweise war das nicht ihre Art, aber heute hatte sie sich genüsslich noch einmal ins Bett gestreckt. Es war ein zu schöner Abend gewesen. Zu überraschend und vielversprechend, um sich jetzt mit Alltagsproblemen zu belasten. Dafür hatte sie schließlich Södermann. Der war zuverlässig, das wusste sie, hütete sich aber davor, ihn das spüren zu lassen. Er sollte sich ruhig noch eine Zeit lang anstrengen ...

Charlotte Himbert war vor wenigen Monaten nach Saarbrücken umgezogen. Sie hatte die Leitung der Kriminalpolizei übernommen. Das hatte nicht allen Kollegen vor Ort gefallen, das war ihr klar. Deshalb stürzte sie sich in die Arbeit. Die Jungs in ihrer Abteilung sollten gar nicht erst versuchen, ihr etwas vorzumachen. Privatleben hatte bis jetzt nicht stattgefunden. Immerhin hatte sie eine passende Wohnung gefunden. Drei Zimmer, Altbau, zentral gelegen. Doch die Arbeit hielt sie auf Trab und sie lebte noch immer zwischen Umzugskisten.

Gestern hatte sie es endlich geschafft und war in dieses Möbelgeschäft gegangen. Sie brauchte ein Sofa, einen Bistrotisch für die Küche und vieles mehr. Aber auf das Sofa wollte sie keinen Tag länger verzichten. Sie nahm sich Zeit, schaute sich alles in Ruhe an und verliebte sich in ein orangefarbenes Möbelstück, in dem sie bereits eine halbe Stunde lang herumgelümmelt hatte, als er sich neben sie setzte. Zuerst hatte sie ihn für den Verkäufer gehalten und war deshalb sofort auf sein Gespräch eingestiegen. Doch dann kam heraus, dass er seit Monaten über den Kauf eben dieses Sofas nachdachte, sich aber nicht entscheiden konnte.

Er war groß, sportlich, gepflegt. Sie schätzte ihn auf Anfang vierzig, vielleicht auch älter. Nachdem sie eine Zeit lang gemeinsam auf dem Sofa gesessen hatten, kaufte Charlotte das Sofa. Weil es ein Ausstellungsstück war, erhielt sie einen Preisabschlag, ohne lange zu handeln.

Anschließend blieb Jannis wie selbstverständlich an ihrer Seite, sie gingen gemeinsam ins Café gegenüber, um den Kauf zu feiern. Sie hatten einen amüsanten und fast vertraulichen Abend gehabt. Er war geschieden, hatte zwei Kinder, die mit seiner Exfrau im Ausland lebten. Sie hatten über das Reisen an sich und ihren Umzug nach Saarbrücken gesprochen.

Dass sie Polizistin war, verschwieg sie. Sie hatte die Erfahrung gemacht, dass sie anschließend nur noch über ihre Arbeit sprechen musste. Er wollte anscheinend auch nichts über seinen Beruf sagen. Charlotte fragte nicht, weil sie die entsprechende Gegenfrage vermeiden wollte.

Sie war spät nach Hause gekommen - mit dem Kaufvertrag für das Sofa in der Tasche und einer Verabredung für nächste Woche - mit Jannis.

Als sie um kurz nach 9 Uhr ins Büro kam, lag der fertige Bericht von Södermann schon auf ihrem Schreibtisch. Einbruch ins Umspannwerk Uchtelfangen, ein Toter, ein zweiter Täter war entkommen. Södermann vermutete eine Protestaktion, die zu einem Unfall geführt hatte. Ein sehr junger Mann war gestorben.

Der zweite Täter hatte versucht den Netzschutz zu manipulieren. Dadurch wurde die Tat auch zu einem Anschlag auf die allgemeine Stromversorgung, das entnahm sie Södermanns Bericht. Ein Schaden hätte zu einem massiven Stromausfall geführt.

Genau das wurde in der Branche gefürchtet. Durch den Ausbau der erneuerbaren Energien wurde seit fast zwei Jahren der Kollaps des Stromnetzes vorhergesagt. Doch bisher war es gelungen, den Notfall zu vermeiden.

Södermann hatte herausgefunden, dass die Netzgesellschaften bisher keine Erfahrungen mit so schwerwiegenden Ausfällen hatten. In den letzten Jahren hatte es aber mehrere kritische Situationen gegeben ...

Sie nahm den Bericht und ging in Södermanns Büro. Der saß mit dunklen Augenringen hinter dem Schreibtisch und starrte gebannt auf den Bildschirm.

„Kommen Sie rein, Frau Himbert", er brummte nur zwischen den Zähnen - wie immer, wenn er sie sah. „Ich hab' gerade die Bilder der Überwachungskamera bekommen. Die beiden sind sehr gut im Bild."

Sie ging um den Schreibtisch herum und schaute gespannt auf den Bildschirm. Zwei Männer, beide sehr schlank und schwarz vermummt, waren ins Umspannwerk eingedrungen. Ein Mann öffnete geschickt mit einem Werkzeug die Tür und verschwand dann in Richtung Schaltraum. Der andere hatte zwei Stangen und ein Protestplakat. Er fädelte das Plakat an einer Stange ein und richtete sie dann auf. Dann passierte es. Er stand in einem Lichtbogen und verbrannte.

„Das ist ja furchtbar", Charlotte Himbert atmete tief durch.

Södermann berichtete von den Schaltschränken, die unverschlossen und deshalb leicht zu öffnen waren. „Fast keine Spuren, die Leiche ist noch nicht identifiziert worden."

„Aber wie der die Tür geöffnet hat, das sah professionell aus. Lassen Sie doch mal die Datei nach einem Einbrecherprofil durchsuchen", ordnete Charlotte barsch an. „Irgendwelche Drohungen bei der Firma eingegangen?"

„Der Sicherheitsingenieur sagt Nein. Allerdings ... Ich habe in einer halben Stunde noch ein Gespräch mit dem Unternehmensvorstand. Es wird ja viel über den Neubau von Stromleitungen gesprochen. Ob der Anschlag damit etwas zu tun hat, kann ich nicht sagen. Aber immerhin verlaufen hier die großen Überlandleitungen."

„Gute Arbeit, Södermann. Sie halten mich auf dem Laufenden?" Södermann schaute sie erstaunt an. Was war nur mit der Chefin los? Ein Lob war ihr bisher noch nicht über die Lippen gekommen.

Jannis war bester Laune. Die Geschäfte liefen gut. Besser denn je. Dieser neue Mitarbeiter, dieser Till, war ein Anlagegenie. Er warb voller Inbrunst für die erneuerbaren Energien – und mit ehrlicher Überzeugung. Manchmal kam er Jannis fast schon fanatisch vor, wenn er über den Einstieg ins solare Zeitalter fabulierte. Aber wie auch immer – Till überzeugte die Menschen wie kein anderer davon, in Fotovoltaik zu investieren. Die Veranstaltungen, bei denen er den SolarQPlus-Fonds vorstellte, waren eine Goldgrube.

Jannis hatte sich längst aus dem Veranstaltungsgeschäft zurückgezogen. Solange er selbst in großem Stil verkaufen musste, hatte er ständig unter Hochspannung gestanden. Das war nichts für ihn. Er kümmerte sich lieber um besondere Kunden. Oder besser gesagt: Kundinnen. Er hatte da seine ganz eigene Strategie … Er fand sie in teuren Möbelgeschäften, in Boutiquen oder in feinen Restaurants. Erfolgreiche Frauen ohne familiäre Bindung, die für ökologische Geldanlagen immer zu haben waren. Eine Schwäche, wie Jannis fand, die seine Stärke war.

Erst gestern hatte er wieder so eine erfolgreiche Geschäftsfrau kennengelernt. Führungspositionen schätzte er. Alleinstehend. Sicher ein gut gefülltes Bankkonto. Passte genau in sein Konzept. Vielleicht könnte sie seine letzte Kundin werden? Nötig hatte er es längst nicht mehr. Er konnte es sportlich sehen und mit ihr den ganz großen Deal abschließen.

Jannis war seit einigen Jahren im Anlagegeschäft tätig. SolarQPlus war seine Erfindung. Ebenso wie die Projekte und Fotovoltaikanlagen, die der Fonds mitfinanzierte. Weil durch Tills Verkaufstalent die Umsätze immer weiter in die Höhe kletterten, musste er sich Mühe geben, Schritt zu halten und immer neue Projekte vorzulegen, in die SolarQPlus investierte. Sogar eine Beteiligung am Wüstenprojekt Desertec hatte er sich ausgedacht. Der Fonds wuchs und wuchs, ebenso seine Konten in Liechtenstein, Gibraltar und auf den Cayman Islands.

Die letzte Kundin hieß also Charlotte. Ein bisschen ärgerte er sich jetzt, dass er sich keine Telefonnummer von dem Rotschopf aufgeschrieben hatte. Seine Strategie: nie die Initiative ergreifen. Frauen in solchen Positionen übernahmen das gerne selbst. Nur bei Charlotte war sein Konzept nicht aufgegangen.

Er suchte auf Facebook. Ergebnislos. Sie hatte ihm weder ihren Beruf noch ihren Nachnamen verraten. Ehrensache, dass er nicht danach fragte. Doch eine Woche bis zur nächsten Verabredung? Das war eindeutig zu lang. Anscheinend hatte er gestern Abend nicht mehr alle Sinne beisammengehabt. So viel Zeit hatte er nicht mehr.

In zwei Wochen ging sein Flug auf die Cayman Islands, dann würde er den Laden dichtmachen und die Bombe platzen lassen. Jannis griff zum Telefonhörer und rief im Möbelgeschäft an, in dem er Charlotte gestern getroffen hatte. Er gab sich als der Lebensgefährte aus, schnell erfuhr er ihre Adresse und den Nachnamen. Sie würde ganz schön staunen.

Um die Mittagszeit fiel Klaus Södermann in einen biologischen Tiefpunkt. Die Augenlider waren schwer, nur mühsam konnte er sich konzentrieren. Um nicht einzuschlafen, ging er auf den Flur zum Kaffeeautomaten und zog sich einen doppelten Espresso. Dort kam ihm der Kollege entgegen, der die Einbruch-Datei durchforstet hatte. Extrem schlanker Mann, vermutlich jung und ein überaus geschickter Einbrecher – so hatten sie die Suche definiert.

„Ich hab' was", sagte er und hielt Södermann drei verschiedene Profile unter die Nase. Södermanns Lebensgeister waren sofort wieder da. Ganz ohne Espresso. Er griff sich das Papier und gemeinsam überflogen sie die Datensätze.

„Am besten du überprüfst mal die Alibis. Einfach einbestellen – das erscheint mir noch übertrieben", sagte Södermann und tigerte zurück in sein Büro. Er hatte bereits mit dem Vorstand des Energieversorgers gesprochen. Nur widerwillig hatte der zugegeben, dass das Unternehmen Drohungen erhalten hatte. „Energiewende jetzt" stand auf den Briefen. „Kohlestrom abschalten" war die Forderung. „Letzte Chance für euch" stand ebenfalls auf den Blättern.

Södermann frischte noch einmal seinen Physik-Lehrgang aus den frühen Morgenstunden auf. Ein Anschlag auf das Umspannwerk hätte weitreichende Folgen für die gesamte Umgebung. Ein Blackout wurde seit Langem diskutiert. Derzeit zögerten viele Versorger trotzdem bei den Investitionen ins Netz. Anscheinend dachten die Umweltaktivisten, dass ein richtiger Stromausfall das ändern würde.

Södermann schaute sich die Drohbriefe noch einmal an. Sie wirkten unbeholfen. Fast wie ein Kinderstreich. Der Einbrecher auf dem Video wirkte dagegen konzentriert und professionell. Wer konnte schon komplizierte Sicherheitsschlösser in so kurzer Zeit öffnen? Er beschloss noch mal eine Suchanfrage in der Datei zu starten. Die Chefin mied Södermann vorsichtshalber. „Wer weiß, was heute mit der los ist", grübelte er.

Erst am frühen Nachmittag schlug Till Neumann die Augen auf. Er lag unter seinem Dachfenster, blickte in einen strahlend blauen Himmel und wusste: Es würde ein guter Tag werden. Den hatte er auch nötig. Die Nacht war jedenfalls furchtbar gewesen. Er hatte Benni verloren. Obendrein war die Aktion ein Reinfall. Sie hatten sich vorgenommen das Stromnetz lahmzulegen. Benni und er waren der Überzeugung, dass die Energiewende dadurch entscheidenden Rückenwind bekommen hätte.

Er war unverrichteter Dinge nach Hause gekommen. Ängstlich wie eine Maus, weil er fast erwischt worden wäre. Und er wurde das Bild von Benni im gleißenden Lichtbogen nicht los. Wieder schüttelte ihn ein Weinkrampf. Er wollte die Energiewende. Das mit Benni, das hatte er nicht gewollt.

Trotzdem durfte er sich nichts anmerken lassen. Bei SolarQPlus wusste keiner, dass er nachts an Aktionen teilnahm. Oder besser gesagt: dass er Öko-Aktionen selbstständig plante und durchführte. Sein braves Aussehen, der kurze Haarschnitt, die dunkelblauen Anzüge und die Krawatten, das war seine Tarnung. Für die gute Sache ging er ohne mit der Wimper zu zucken aufs Ganze. Legal oder illegal – da machte er keinen Unterschied. In jedem Fall brachte er vollen Einsatz.

Wochenlang hatte Till mit dem Dietrich Schlösser knacken geübt. Im Internet fand er Anleitungen, am Ende war es Routine gewesen. Es fiel ihm leicht.

„Zumindest hab' ich Talent", dachte Till. Im nächsten Moment schluchzte er wieder los. Benni und er hatten sich in der letzten Zeit einen Spaß daraus gemacht, in fremde Wohnungen einzusteigen. Mitgenommen hatten sie nie etwas. Es war mehr der Nervenkitzel, heimlich in fremden Leben zu schnüffeln. Er wusste, das war nicht in Ordnung, aber es war wie eine Sucht. Das Umspannwerk hatte er auf einer Radtour entdeckt. Es war gut erreichbar, die Flucht war möglich. In der Nacht waren sie die lange Strecke mit dem Rad gefahren. Autofahren kam für ihn nicht infrage. Das war unnötiger CO_2-Ausstoß. Unheimlich war es gewesen auf der dunklen Landstraße. Noch unheimlicher auf dem Heimweg, als er hinter jedem Strauch die Polizei vermutete. Als er nach Hause kam, wurde es schon hell. Erschöpft, wie er war, hätte er im Stehen einschlafen können. Stattdessen kreisten seine Gedanken immer weiter um den Einbruch, den sie gemeinsam geplant hatten. Nun hatte er einen Freund verloren. Dann musste er doch noch eingeschlafen sein.

Einen Moment noch blieb er im Bett liegen. Heute würde er wieder auf der legalen Seite für die Energiewende kämpfen. Er würde SolarQPlus bei einer Veranstaltung vorstellen, zu der gleich mehrere Umweltorganisationen und eine Gewerkschaft eingeladen haben. Bei schönem Wetter konnte man besser über Sonnenstrom sprechen als bei schlechtem. Schon deshalb würde er viele Menschen überzeugen. So kam er seinem Ziel ein kleines Stück näher: Das war er Benni jetzt schuldig. Es musste endlich Schluss sein mit Kohle- und Atomstrom. Alle redeten von der Energiewende. Doch ihnen genügte das nicht.

Till schälte sich aus seinem Bett, lief barfuß über den Juteteppich in seiner Wohnung und setzte Kaffee auf – natürlich fair gehandelten. Er duschte kurz und kalt, um Wasser und Energie zu sparen, schlüpfte anschließend in Jeans und T-Shirt und schaltete den Computer ein.

Er hatte gleich mehrere E-Mails von Kunden bekommen. Einige wollten nach zeichnen, verlangten neue Anlage-Vorschläge. Auch der Chef hatte geschrieben. Jannis war sehr zufrieden mit ihm und kündigte einen weiteren Bonus an. Das Geld kam gelegen: Gestern war eine Spendenanfrage von Öko-Aktiv gekommen. Die Organisation setzt sich für ökologische Energiewirtschaft ein. Till war kurz nach der Gründung Fördermitglied geworden. Dort hatte er auch Benni kennengelernt.

Till machte sich an die Arbeit, bereitete seinen Vortrag am Abend vor. Er würde wieder von der „Sonnenwende" sprechen. Das kam bei seinen Zuhörern gut an.

Viel war nicht zu tun. Er hatte Routine. Als der Hunger sich meldete, verließ Till seine Dachwohnung und ging hinunter ins Nauwieser Viertel. Er würde sich ein spätes Mittagessen im Restaurant an der Ecke gönnen. Natürlich nur vegetarisch, er wollte doch keine Leichenteile auf dem Teller. Kurz danach stand ein knackiger Salat mit Kartoffeln vor ihm und Till dachte nicht länger über die neuen SolarQPlus-Kunden nach. Für einen kurzen Moment vergaß er auch seine Sorgen.

Klaus Södermann dachte nicht ans Essen. Er konnte eigentlich gar nicht mehr denken. Sein Kopf war leer. Die drei Jungs aus der Einbrecher-Datei hatten alle hervorragende Alibis. Sie saßen im Knast. Södermann war frustriert. Er hatte vorgeschlagen, die Öko-Szene zu durchforsten. Die Kollegen hatten gemurrt, waren dann aber an die Arbeit gegangen.

Aber er war am Ende. Das frühe Aufstehen machte ihn fertig. Am Nachmittag hatte er zu allem Übel gleich mehrere Anzeigen wegen Anlagebetruges auf den Tisch bekommen. Da hatten Leute in Solarenergie investiert, hatten in den neuen Bundesländern die angeblichen Flächen gesucht, um voller Stolz vor der „eigenen PV-Anlage" zu stehen und stellten fest: Dort war nichts. Södermann legte die Anzeigen auf die Seite.

„Ich kümmere mich morgen drum", sagte er laut. Selbstgespräche – bei ihm ein deutliches Zeichen dafür, dass er übermüdet war.

Södermann schwor sich, die Kollegen zu fragen, ob sie auch so viele Nacht-Einsätze hatten. Womöglich war er der Einzige? Diese neue Chefin, die hatte es auf ihn abgesehen. Er war sich ganz sicher. Warum musste auch ausgerechnet er eine Frau als Vorgesetzte bekommen? Und obendrauf dieser Tote im Umspannwerk. Der Fall gab ihm Rätsel auf. Das Unternehmen wollte am liebsten gar keine Öffentlichkeit. Der Vorstand fürchtete Trittbrettfahrer.

Ein echter Schaden am Umspannwerk oder Manipulationen an den Schutzrelais, wie er es genannt hatte, hätten einen Millionenschaden zur Folge. Das Unternehmen wollte ab jetzt einen Sicherheitsdienst beauftragen. Södermann meldete sich ab und ging nach Hause. Heute würde er ohnehin nichts mehr zustande bringen.

Als Charlotte am Abend in ihre leere Wohnung kam, lag ein dicker Blumenstrauß vor der Tür. Sie öffnete die Karte und las: „Will nicht bis nächste Woche warten. Bin im Rossini. J." Charlotte zögerte nicht lange. Sie ging kurz in die Wohnung, kam in Freizeitkleidung wieder heraus und musste sich Mühe geben, nicht zum Italiener an der Ecke zu rennen.

„Da bist du ja", sagte Jannis nur und umarmte sie herzlich.

Er hatte einen Tisch im Biergarten und bestellte für sie beide Wein und Pizza. Nun schenkte Charlotte ihrem Gegenüber ihre volle Aufmerksamkeit. Nach und nach gab sie ihre Reserve auf. Den jungen Mann, der auf der anderen Straßenseite vorbeiging, bemerkten sie beide nicht.

Es war DIE Gelegenheit. Till hatte schon lange überlegt, ob er es machen sollte. Seit einiger Zeit hatte er nämlich den Verdacht, dass sein Chef vor ihm Geheimnisse hatte. Er schaute auf die Uhr. Noch eine halbe Stunde bis zur Veranstaltung. Kurz entschlossen ging er in Richtung Jannis' Büro. Die Haustür stand offen, die Wohnungstür im vierten Stock war für ihn kein Problem. Leise schlich er sich in den Flur, dann machte er sich über die Ordner von SolarQPlus her.

Charlotte war ganz Ohr. Sie saß in der Pizzeria, trank das zweite Glas Rotwein, fühlte sich rundum satt und zunehmend entspannt.

„Ich weiß nicht, ob dich das interessiert, aber ich bin da heute auf eine Super-Geldanlage gestoßen", sagte Jannis beiläufig. „Ich weiß, das ist eigentlich kein Thema für den Feierabend, das sollte man sich in Ruhe anschauen, aber es geht um Fotovoltaik. Hundert Prozent sichere Sache. Du weißt ja, EEG, Erneuerbare-Energien-Gesetz. Du sorgst dafür, dass Sonnenstrom produziert wird und der Staat sichert dir quasi zu, dass du über zwanzig Jahre satte Renditen einstreichst. Ich hab' letztes Jahr sage und schreibe acht Prozent bekommen."

„Was du nicht sagst", staunte Charlotte. „Aber du wirst es nicht glauben. Ich bin gerade dabei eine Wohnung einzurichten. Geldanlagen sind im Moment nicht wirklich mein Thema."

„Noch ein Glas Rotwein?", fragte Jannis schnell. Diese Charlotte war wirklich eine harte Nuss. Bei acht Prozent springt normalerweise jeder, aber auch wirklich jeder, auf das Angebot an. Diese Frau war eine angemessene letzte Kundin für ihn. Er würde sie knacken, das schwor er sich.

„Wenn ich noch mehr Wein trinke, werde ich womöglich ausfallend. Das möchte ich vermeiden."

„Du gönnst mir aber auch gar nichts. Aber um noch mal auf die Geldanlage zurückzukommen: Merk dir mal SolarQPlus. Das ist DER Geheimtipp, glaub mir, ich kenn' mich da aus."

Bei Charlotte schrillten die Alarmglocken. Trotz Alkohol. SolarQPlus? - Plötzlich kam ihr das so bekannt vor. Wo hatte sie das schon mal gehört?

„Ach ja, warte, ich schreib' mir das gerade mal auf", sagte sie laut. „Finde ich dazu im Internet Informationen?"

„Mach dir gar keine Mühe. Ich bringe dir einen Prospekt vorbei. Du wirst begeistert sein", zwinkerte Jannis ihr zu und legte seinen ganzen Charme in die Waagschale.

„Eigentlich unfair, dass du jetzt meinen Nachnamen und meine Adresse kennst und ich deine nicht", flirtete sie zurück. Charlotte war nun fest entschlossen, mehr über diesen Jannis herauszufinden und beugte sich mit dem Oberkörper weit über den Tisch, um ihn anzustrahlen.

Genau in diesem Moment ging Klaus Södermann an der Pizzeria vorbei. Er hatte am Nachmittag zu Hause geruht. Der Schlaf wollte nicht so recht kommen, das war bei ihm immer so, wenn er aus einem Fall nicht schlau wurde. Außerdem machte ihn die Chefin fertig. Er stand ständig unter Hochspannung, hatte Angst etwas falsch zu machen. Von zu Hause aus hatte er wieder mit den Kollegen telefoniert. Gewaltbereite Aktivisten in der Öko-Szene waren nicht bekannt. Die Obduktion der Leiche war noch nicht abgeschlossen. Er hoffte auf einen DNA-Test, damit der Junge wenigstens identifiziert werden könnte. Vielleicht brachte ihn das weiter.

Schließlich hatte er entschieden, noch auf ein Bier in die Stadt zu gehen. Vielleicht klappte es danach mit dem Schlafen. Eigentlich wollte er zum St. Johanner Markt, aber das Bild, das sich ihm im Rossini-Biergarten bot, war ein gefundenes Fressen. Die unnahbare Chefin war also auf Freiersfüßen. Ihr gegenüber saß so ein gelackter Typ.

„Sieht aus wie ein Anlageberater", fast hätte Klaus Södermann laut losgeprustet. SolarQPlus – das waren doch diese Anzeigen wegen Anlagebetruges, die auf seinem Schreibtisch lagen, dachte er noch und war von einer Minute auf die andere sehr vergnügt.

Morgen würde er sich mal diese Betrugsfälle vorknöpfen. Jetzt hatte er richtig Lust dazu. Södermann trank noch ein Bier im „Scharfen Eck" und unterhielt sich dort am Tresen mit einigen Gästen.

Ein paar Straßen weiter durchlebte Till Neumann die zweite Hölle an diesem Tag. Alles, wofür er gearbeitet hatte, die Energiewende, der Sonnenstrom – nichts als Lug und Trug. Er hatte einige Zeit gebraucht, um das System von Jannis zu durchschauen. Die Fondsanteile von SolarQPlus waren akribisch sortiert. Was Till interessierte, waren die Solarprojekte. Außer einem kleinen Solarfeld in Thüringen hatte er selbst noch nie eine Fotovoltaikanlage gesehen. Die Unterlagen waren dürftig. Es gab keine Aufträge, keine Ausschreibungen. Die Rechnungen für den Bau der Anlagen kamen von einer Firma mit Sitz in Gibraltar.

Klingt verdammt nach einer Briefkastenfirma, Till grübelte und schaute auf die Uhr. Der Vortrag heute Abend würde ausfallen müssen. Er schickte ein SMS an die Veranstalter und entschuldigte sich. Er würde heute keine SolarQPlus-Anlagen verkaufen. Ein Schrank im Büro war verschlossen. Till hatte ihn im Handumdrehen geöffnet.

Charlotte Himbert war voll und ganz mit Jannis beschäftigt. Er war ja wirklich ein charmanter Bursche, aber er glaubte doch nicht ernsthaft, dass er ihr so schnell das Geld aus der Tasche ziehen könnte? Charlottes Kampfgeist war geweckt. Sie lenkte das Gespräch auf andere Themen, aber immer wieder kam eine Bemerkung über Investments in erneuerbare Energien, todsichere Geldanlagen mit hohen Renditen. Charlotte bedauerte lautstark, dass sie das wenige Geld, über das sie frei verfügen konnte, gerade für einen neuen Sportwagen ausgegeben hatte.

Jannis riet zu einem Kredit. Er ließ nicht locker. Er versprach ihr das Blaue vom Himmel. Sie verlangte stattdessen seine Handynummer – die gab er normalerweise nicht weiter. Aber diese Frau machte ihn mürbe. Er nannte ihr seinen Nachnamen und die Telefonnummer. Charlotte triumphierte und stellte sich langsam die Frage, wie sie ihn abschütteln konnte. Charlotte ging bis zum Äußersten, das heißt, mit der Handtasche aufs Klo, und rief von dort aus eine Freundin an.

„Bitte ruf mich in drei Minuten an. Mach es bitte unbedingt. Ich komme hier sonst nicht mehr ungeschoren davon."

„Was ist denn bei dir los? Du bist doch sonst nicht auf den Mund gefallen?", wunderte sich ihre Freundin zu Recht.

„Frag nicht, mach's einfach. Ich erzähle es dir gelegentlich. Jetzt geht's wirklich nicht."

Charlotte ging zurück an den Tisch. Jannis hatte gerade die Rechnung bezahlt.

„Der ist wirklich zu allem entschlossen", dachte Charlotte und setzte sich.

„Vielen Dank für den wunderschönen Abend", setzte sie an.

„Du lässt mich doch jetzt nicht allein?"

Das Handy klingelte, Charlotte wurde zu einer Freundin gerufen und war untröstlich.

Als Södermann kurz nach 22 Uhr wieder am Rossini vorbeikam, war von der Chefin und ihrem Anlageberater nichts mehr zu sehen.

„Na, das ging ja schnell", spekulierte Södermann.

Als er sich kurz darauf ins Bett legte, war sein letzter Gedanke nur noch: Hoffentlich lässt sie mich heute Nacht schlafen.

Jannis hatte viele Geheimnisse, mehrere Pässe und weitere Bankkonten – Cayman Islands, Liechtenstein und eben Gibraltar. Ein Vermögen von etwa dreißig Millionen Euro hatte er angesammelt. Im Schrank fand Till auch die Reiseunterlagen. Till kicherte, als er den Namen las: Das Ticket war auf den Namen Josef Müller ausgestellt worden.

„Von wegen Jannis. Das ist wohl ein Künstlername."

Josef zog es auf die Cayman Islands.

In zwei Wochen ist anscheinend Schluss mit SolarQPlus, folgerte Till. Er überlegte kurz – dann schaltete er den Computer ein. Den Blick auf die Uhr hatte er längst vergessen.

Jannis war frustriert. Der Abend hätte besser laufen können. Er hatte erwartet, dass sie ihn nach dem Essen „auf einen Kaffee" mitnehmen würde.

„Eigentlich war das doch klar", schimpfte er vor sich hin und kickte mit dem Fuß gegen eine Blechdose, die jemand auf die Straße geschmissen hatte. Sofort meldete sich ein Passant, der ihn aufforderte, seinen Müll nicht auf die Straße zu schmeißen. Jannis meckerte zurück und beschloss noch kurz ins Büro zu gehen. Er würde noch mal seine Konten kontrollieren, sein Geld zählen. Das würde seine Laune wieder heben. Vielleicht konnte er die letzte Kundin einfach abhaken?

An der Haustür angekommen, stellte er fest, dass er schon ziemlich viel getrunken hatte. Der Schlüssel wollte nicht so recht ins Schloss passen. Am besten würde er sich gleich hinlegen. Gut, dass er ein Sofa im Büro hatte. Doch bei dem Gedanken fiel ihm auch wieder Charlotte ein, die sich – wie er fand – ein ganz unmögliches orangefarbenes Möbelstück ausgesucht hatte.

„Geschieht ihr recht", schimpfte er und trat noch mal wütend mit dem Fuß aus – ausgerechnet gegen den Türrahmen. Der Schmerz kam unbarmherzig schnell. Sein Fuß brannte wie Feuer. Jannis krümmte sich stöhnend zusammen. Mühselig schleppte er sich in den vierten Stock zu seinem Büro.

Er öffnete die Tür – und wusste sofort: Hier stimmt was nicht. Da war so ein fremder Geruch, misstrauisch humpelte er vor den Schränken hin und her, kontrollierte den verschlossenen Schrank. Es schien alles in Ordnung zu sein. Wenn er es nicht besser wüsste, hätte er gesagt, dass dieser Till mit seinem Öko-Wahnsinn hier gewesen wäre. Der benutzte schließlich nur Naturseife – unparfümiertes Zeug – und merkte gar nicht, was für einen Geruch er entwickelte.

Er öffnete den verschlossenen Schrank und kontrollierte den Inhalt – hatte nicht bisher der rote Ordner ganz links gestanden? Täuschte ihn seine Erinnerung? Jannis' Misstrauen war geweckt. Er schaute auf die Uhr und wählte kurz entschlossen Tills Nummer.

„Chef, was gibt's?", meldete sich kurz darauf eine junge Stimme.

„Ich wollte nur mal hören, wie deine Veranstaltung heute Abend gelaufen ist? Du hattest dir doch viel davon versprochen?"

„Ja, das stimmt. Ich musste den Termin verschieben. Ich habe etwas Falsches gegessen und hänge schon den ganzen Abend über über der Kloschüssel."

„Ich sag' dir doch immer, hör auf in diese Bioläden zu rennen und iss mal was Anständiges", Jannis' Schadenfreude war nicht zu überhören. „Natürlich ärgerlich, dass die Veranstaltung nicht stattgefunden hat. Gibt es schon einen Ersatztermin?"

„Ich kläre das, wenn ich wieder fit bin. Sorry, Chef, es geht schon wieder los. Ich lege jetzt besser auf."

Die Leitung wurde unterbrochen. Jannis öffnete ein Fenster in seinem Büro und schaute hinunter auf die Straße. Hatte er da nicht gerade Till um die Ecke biegen sehen? Er war sich nicht sicher. Doch der Gedanke war unangenehm. Jannis legte sich aufs Ohr. Im nächsten Moment war er schon eingeschlafen.

Auch Klaus Södermann schlief den Schlaf der Gerechten. Er war in einen komatösen Tiefschlaf gefallen. Das Handy hatte er ausgeschaltet. Er wollte kein Risiko mehr eingehen. Wie konnte er auch auf die Idee kommen, dass jemand mitten in der Nacht an seiner Wohnungstür Sturm klingelte? Södermann drückte sich ein Kissen aufs Ohr. Schließlich quälte er sich aus dem Bett. Fast noch im Tiefschlaf schlurfte Södermann zur Tür. Doch da war niemand. Keine Chefin stürmte herein. Der Flur war leer.

„Chefin, Sie sind ein Albtraum. Ich werde schon zum Schlafwandler", murmelte Södermann und ging zurück ins Bett.

Schweißgebadet wachte er in den frühen Morgenstunden auf und saß schon früh hinter seinem Schreibtisch. Die DNA-Analyse lag vor. Der Mann blieb aber unbekannt. Nun mussten sie auf eine Vermisstenanzeige warten.

Die SolarQPlus-Geschichte war dagegen vielversprechend. Als Fondsgründer war ein gewisser Jannis Mühlenberg eingetragen. Er suchte im Internet nach Fotos und erkannte schnell den Mann wieder, der gestern mit der Chefin geturtelt hatte. Mit etwas Glück hatte er einen richtig dicken Fisch an der Angel.

Langsam trudelten die Kollegen ein, Södermann holte sich Kaffee und beschloss, dass er sein Telefongespräch nun lange genug hinausgeschoben hatte.

Zwei Anzeigen wegen Anlagebetrugs nahm er sich vor. Er wählte die erste Nummer und erreichte einen pensionierten Oberstudienrat, der einen Großteil seines Ersparten in SolarQPlus angelegt hatte. Aus Überzeugung habe er sein Geld in Solarenergie investiert. Seit drei Jahren erhielt er jährlich seine Anteile an den Erträgen. Das sei nicht das Problem. Doch als er vor Kurzem auf einer Reise durch Ostdeutschland die riesige Fotovoltaikanlage von SolarQPlus besichtigen wollte, war er nicht fündig geworden.

Er hatte die Firma angeschrieben, aber nur die Auskunft erhalten, das Projekt habe sich verzögert, stattdessen sei sein Geld in eine Anlage in Bayern geflossen. Die Erträge seien weiterhin gut, er solle sich keine Sorgen machen. Den Fonds hatte er bei einer Umweltmesse kennengelernt und später einen fünfstelligen Betrag investiert.

Der zweite Anruf lief ähnlich ab. Södermann machte sich Notizen, verabredete einen Termin am Nachmittag.

„Immer diese Gutmenschen", schimpfte Södermann nach dem Gespräch. Hinterher saßen weinende Gutgläubige bei ihm im Büro. Er malte es sich schon aus.

„Überzeugung allein schützt nicht vor Betrug, Leute. Wann kapiert ihr das endlich?" Södermann schüttelte den Kopf. „Zu blöd, dass ich dem Jungen nichts nachweisen kann."

Vielleicht konnte die Chefin dazu einen Beitrag leisten. Södermann stand auf und ging zu ihrem Büro.

Charlotte war früh aufgestanden. Die Unruhe hatte sie aus dem Bett getrieben. Ebenso wie Södermann hatte sie im Internet über SolarQPlus recherchiert. Jannis war der Fondsgründer. Der Fonds wurde als sehr gut bewertet, allerdings von unbekannten Ratingagenturen, die vermutlich für Geld jede Qualität bestätigten. In solche Gedanken war sie vertieft, als es an der Tür klopfte. Södermann stiefelte herein. Er legte ihr ohne Worte zwei Anzeigen gegen SolarQPlus auf den Tisch.

„Ich kann nichts beweisen", sagte Södermann, „aber der Verdacht auf Anlagebetrug im großen Stil ist nicht unbegründet. Sagt Ihnen der Name Jannis Mühlenberg etwas?" Er legte ein großes Foto auf die Unterlagen, das er aus dem Internet ausgedruckt hatte. Genüsslich beobachtete er die Reaktion ...

Charlotte Himbert zuckte zusammen.

„Klar kenn' ich den. Seit zwei Tagen. Er hat mich in einem Möbelgeschäft angesprochen. Ich hielt ihn zunächst für den Verkäufer. Gestern waren wir zusammen essen und er hat angefangen, mir eine ökologische Geldanlage schmackhaft zu machen. Ehrlich gesagt: Mir kam es eher verdächtig vor."

„Wie gesagt, ich kann nichts beweisen. Aber wenn der Fonds über ein Gesamtvermögen von fünfzig Millionen Euro verfügen soll, ist das eine große Nummer."

Charlotte Himbert sah das genauso. „Wir rufen die Kollegen von der Wirtschaftskriminalität dazu. Die müssen uns helfen."

„Wie wär's, wenn Sie Ihre Meinung ändern und Jannis anrufen, um Geld bei ihm anzulegen?", schlug Södermann vor, der nichts davon hielt, gleich andere Abteilungen hinzuzuziehen.

„So lernen wir ihn zumindest ein bisschen besser kennen. Anschließend melde ich mich bei ihm wegen der Betrugsanzeige. Wie wär's?"

Charlotte überlegte kurz, dann griff sie zum Telefon und wählte die Handynummer, die Jannis ihr gestern gegeben hatte. Er meldete sich sofort.

„Jetzt hast du es doch verstanden", lachte er. „Es ist eine Goldgrube. An wie viel dachtest du?"

„30.000 Euro", log Charlotte.

„Das ist eine gute Entscheidung. Hör zu, ich bin am Flughafen, auf dem Weg nach Hamburg. Ich komme erst übermorgen wieder nach Saarbrücken. Ich lasse dir schon mal alle Unterlagen zukommen. Wir treffen uns dann am besten, um den Rest zu regeln. Bis bald."

Charlotte gab vor, einverstanden zu sein und beendete das Gespräch. Zufrieden war sie nicht.

„Womöglich macht der den Abflug. Geben Sie eine Fahndung raus, Södermann."

Till hatte sich einige Kopien gemacht, bevor er gestern aus dem Büro verschwunden war. Jannis hatte netterweise auf der Straße einen Riesenkrach veranstaltet. Nur deshalb hatte Till sich in letzter Minute noch aus der Wohnung gerettet. Heute machte er Hausaufgaben – und es machte ihm riesigen Spaß.

Jannis hatte netterweise alle Zugangsdaten zu seinen Bankkonten im jeweiligen Ordner mit PIN und TAN abgelegt. Das machte es leichter für Till.

„Sehr ordentlich", lobte er ironisch und loggte sich ins On-linebanking der Firma SolarQPlus ein.

Till fühlte sich wie Robin Hood. Als Retter der Sonnenwende schoss er zwar nicht mit Pfeil und Bogen, heute ging es einfach nur ums Kapital. Er würde für Gerechtigkeit sorgen. Er würde es auch für Benni tun. Die Polizei hatte seine Leiche noch nicht identifiziert. Till fürchtete noch immer, entdeckt zu werden.

Till wollte auch dafür sorgen, dass Jannis nicht ungeschoren davonkam. Es sollte sich nicht auszahlen, dass er in die eigene Tasche gewirtschaftet hatte. Eine Überweisung nach der anderen wurde ausgeführt. Und Till wurde immer gelassener.

Die Fahndung wurde fast sofort an die Flughäfen herausgegeben. Der Zollbeamte in Frankfurt machte sich große Mühe und kontrollierte die Pässe der Fluggäste gründlicher denn je. Doch als Josef Müller den Schalter passierte, wurde er einfach durchgewunken. Josef trug einen Bart und Jannis war Vergangenheit.
Kurze Zeit später saß Josef im Flieger und bestellte sich einen Cocktail. Ob mit oder ohne letzte Kundin – er war auf dem Weg in die Karibik. Das musste gefeiert werden.

Klaus Södermann und Charlotte Himbert waren weniger gut gelaunt. Am Nachmittag hatte ihnen irgendjemand Unterlagen von SolarQPlus zugespielt. Die Papiere hatten im Briefkasten gelegen. Es waren Originale, also bestand kein Zweifel an deren Richtigkeit. Jetzt hatten sie es schwarz auf weiß: Anlagebetrug in vielen Tausend Fällen. Insgesamt hatte Jannis fünfzig Millionen Euro für seinen Fonds eingesammelt. Das meiste davon – etwa dreißig Millionen Euro – war ins Ausland überwiesen worden. Den Rest hatte er als Erträge ausbezahlt. So war der Schwindel bis heute nicht aufgeflogen.
„Ich könnte mich schwarz ärgern", sagte Charlotte zu Södermann. „Ich hatte ihn vor meiner Nase sitzen. Zwei Tage lang. Sogar seine Handynummer hat er mir gegeben."
„Nehmen Sie's nicht so schwer, Chefin", sagte Södermann versöhnlich. „Sie hatten ja bis eben nichts in der Hand gegen ihn. Ein Verdacht reicht eben nicht aus. Und: Sie sind wenigstens nicht auf ihn reingefallen. Eine andere hätte ihm vielleicht ihr Erspartes überwiesen und er hätte das auch noch mitgenommen."
„Schwacher Trost."
„Ich weiß, ich hatte mir schon ausgemalt, wie er bei seiner Verhaftung aussieht", ließ Södermann seinen Frust raus.
„Aber wissen Sie was, Södermann? Sie sind eigentlich gar nicht so übel. Als Polizist und als Kollege."
Södermann musste grinsen und streckte ihr seine Hand hin. Für einen kurzen Moment hatte er die Hoffnung, dass er schon

bald wieder besser schlafen könnte.

Dann setzte er sich wieder an den Schreibtisch. Der Fall vom Umspannwerk Uchtelfangen würde ihn noch einige Zeit lang beschäftigen.

Vierzehn Stunden später landete Josef in George Town, der Hauptstadt der Cayman Islands. Auch nach dem langen Flug war er noch bester Stimmung. Schnurstracks fuhr er mit dem Taxi ins Hotel. Er hatte nicht vor, hier ein bescheidenes Leben zu führen. An der Rezeption fragte er gleich nach einer Suite und zog großspurig die Gold Card aus der Hosentasche.

Zwei Wochen später stellte der Unternehmer Till Neumann seinen Sonnenwend-Fonds vor. Eingeladen hatten zwei Umweltschutzorganisationen und eine Gewerkschaft. Gekommen waren auch zwei Unternehmen, die bereits damit begonnen hatten, Fotovoltaikanlagen in seinem Auftrag zu bauen. Tills Auftreten war überzeugend wie immer. Er hatte beschlossen, aus dem Jannis-Geld eine echte Solarfirma zu machen. Das tat er auch für Benni.

Der Tiefschlag hatte aber auch Spuren hinterlassen. Till duschte jetzt wieder warm, fuhr ab und zu Taxi und nahm es mit der Ökobilanz seines Lebens nicht mehr ganz so streng. Und nachts ins Umspannwerk brachten ihn keine zehn Pferde mehr.

Etwa um diese Zeit herum kam das böse Erwachen für Josef Müller. Das Hotel verlangte eine Zwischenabrechnung und er musste erfahren, dass der Kreditrahmen seiner Karte überzogen war.

„Das ist unmöglich", sagte Josef Müller, der das süße Leben in der Karibik in vollen Zügen genossen hatte. Über Geld musste er sich ja wohl keine Gedanken mehr machen.

„Das muss ein Missverständnis sein." Verärgert zog er ab und ging in die nächste Bank. Dort legte er seine Kreditkarte und die Kontoverbindung vor. Der Bankmitarbeiter überprüfte alles. Er sprach mit dem Bankdirektor im Hintergrund. Josef-Jannis beobachtete alles und wurde langsam nervös. Als der

Bankmitarbeiter wiederkam, sagte er: „Herr Müller, es tut mir leid. Das Konto wurde gestern in der Früh gelöscht. Die Karte ist nicht mehr gültig. Wir können nichts für Sie tun."

Die Autorinnen und Autoren

Klaus Brabänder

Der 1955 im saarländischen Neunkirchen geborene Autor ist nach wie vor bekennender Saar-länder und liebt die Literatur in all ihren Facetten. Den Stoff für seine Romane und Geschichten holt er sich oft auf seinen Reisen, die ihn nach Neuseeland, Kuba, Mexiko, USA, Israel, Marokko und viele Länder Europas führten.

Janine Denne

Astrid Hoerkens-Flitsch

1938 in S`Gravenhage (Den Haag, Holland) geboren. Seit 1981 in Neuss lebend. Ihre häufigen Umzüge und verschiedenen Tätigkeiten ließen sie die Menschen mit ihren Schwächen und Stärken kennenlernen. So entstanden und entstehen authentische Geschichten, die die Beziehungen zwischen den Menschen widerspiegeln. In Literaturzeitschriften, Anthologien, WDR5-Radio und in ihrem Erzählband „Das Auto in Rot" wurden einige davon der Öffentlichkeit vorgestellt.

Gerda Höck

48 Jahre, wurde in der Nähe der holländischen Grenze geboren und kam im Alter von 22 Jahren nach Düsseldorf. Sie arbeitete mehr als 20 Jahre in der Werbeindustrie und begann kurzer Zeit mit dem Schreiben von Geschichten.

Lisa Huth

Beschloss im Alter von 11 Jahren ihr Leben mit Schreiben zu verdienen. Erste Auszeichnungen mit 16. Herausgabe von Krimi-Anthologien (gemeinsam mit Karin Mayer). 2009 veröffentlichten beide den Krimi „Steinreich". Ein Buch, das sie

gemeinsam mit Karin Mayer geschrieben hat. Radiojournalis-
tin und Moderatorin am Saarländischen Rundfunk.

KRIMINALINSKI

bürgerlich Andreas Kaminski, geb. 1969 als Kind des Ruhrge-
biets, wohnt und arbeitet heute im Rheinland, genau an der
Kölsch-Altbier-Grenze. Es hat ihn schon lange gereizt, eigene
Kurzgeschichten zu veröffentlichen. So schreibt er leiden-
schaftlich gern Kurzkrimis, für sich und für die, die sie lesen
mögen.

HEIKE KLEIN

1973 in Siegburg geboren, studierte Religionswissenschaften,
Archäologie und Geschichte in Bonn. 2009 veröffentlichte sie
ihren ersten Roman "Von Schatten und Sehnsucht".

DIETER KUHLMANN

Geboren Mitte des letzten Jahrhunderts und aufgewachsen in
Dortmund prägen die Industrialisierung und ihre Folgen sein
Leben. Eine Gärtnerlehre als Gegenpol und das Studium des
Maschinenbaus weiten zwar den Blick und führen zu vielen
Begegnungen, wecken aber den Wunsch, andere Wege wenn
schon nicht zu gehen, dann wenigstens in Geschichten zu er-
denken.

EVELYN LEIP

Jahrgang 1965, verheiratet, zwei Kinder. Soziologin.
Lebt in Norditalien. Hat immer schon gerne geschrieben. In den letzten beiden Jahren mehrere Kurzgeschichten in Anthologien veröffentlicht und damit
für einige kleinere Literaturpreise nominiert.

SANDRA NIERMEYER

Geboren 1972 in Melle/Niedersachsen, lebt mit Freund und
gemeinsamer Tochter in Bielefeld/Nordrhein-Westfalen.

2004 und 2006 wurde sie für den Glauser Kurzkrimipreis nominiert. 2009 erster Preis beim Westfalenblatt-Krimiwettbewerb und dritter Platz beim Krimi-Hörbuch-Preis „totenschmaus". In zahlreichen Krimi-Anthologien vertreten: Mord-Westfalen I und II, OWL kriminell, Mörderisches Münsterland, Schöner Morden in Ostwestfalen-Lippe.

KARIN MAYER

Schreibt seit 2007 Kurzkrimis. Gemeinsam mit Lisa Huth zwei Krimi-Anthologien „Mord vor Ort" herausgegeben. Ein gemeinsamer Roman „Steinreich" erschien 2009. Hauptberuflich arbeitet sie beim Saarländischen Rundfunk. Karin Mayer besuchte die Deutsche Journalistenschule in München, lebt seit 1992 in Saarbrücken. 1997 wurde sie mit dem Deutsch-Französischen Journalistenpreis ausgezeichnet.

AGNES SCHMIDT

Früh die Liebe zur Literatur entdeckt. Studium der Pädagogik und der Psychologie, in Budapest Pädagogin und Dozentin in Schulen, Erwachsenenbildung und als freie Marketing-Trainerin. In Ungarn mehr als 30 Kurzgeschichten veröffentlicht.

SILKE WIEST

Geboren in Klinge 1960, Studium der Germanistik und Geographie M. A. Verheiratet, zwei Töchter. Seit mehreren Semestern in einer Schreibwerkstatt, zahlreiche Veröffentlichungen.

Unser herzlicher Dank für die beherzte Mitarbeit geht an:
Daniela Jungmeyer, Barbara Klein, Klaus Söhnel, Thomas
Wiesen , Claudia Übach-Pott und Regina Knut.

Dankeschön natürlich auch an das TextArt-Magazin für
kreatives Schreiben.

Der Würzburger Kommissar Walter Braunagel verbringt nach einem tödlichen Schusswechsel ein paar Tage Auszeit bei seinem Ingolstädter Kollegen. Um ihn ein wenig abzulenken erzählt er ihm von zwei auf kuriose Weise miteinander verbundenen, längst abgeschlossenen Fällen:

1988 wurden bei Aushubarbeiten die sterblichen Überreste eines Mannes gefunden, der offenbar während eines Bombenangriffs im Zweiten Weltkrieg ums Leben kam. Wenige Zeit später meldeten Nachbarn den Tod eines ehemaligen Lehrers, in dessen Nachlass unter anderem ein Brief des ,Toten aus der Altstadt' gefunden wurde.

Braunagel macht sich außer Konkurrenz auf Spurensuche. Dabei gerät er in die düstere Vergangenheit zweier Männer, die durch mysteriöse Briefe und vier geheimnisvolle Kreuzzeichen miteinander verbunden sind.

Plötzlich rückt ihr Tod in ein völlig anderes Licht …

200 S., Maße: 12 x 19 cm, Taschenbuch
ISBN: 978-3-943121-13-1,
Preis (D) 11,99 €, (A) 12,49 €, (CH) 21,50 SFr.

Claudia Dupont wurde durch eine schwere Krankheit ihrer wundervollen Haarpracht beraubt. Auf einer Erholungsreise durch die Türkei besucht sie in einem kleinen Ort in Kappadokien das einzige Haarmuseum der Welt. Der Anblick der Haarsträhnen löst bei Claudia eine Psychose aus, in deren Folge sie die freiwilligen Spender der Haare aufsucht und ermordet. Zunächst sieht die Polizei keine Zusammenhänge zwischen den Frauenmorden, deren Opfer aus verschiedenen Orten der Republik stammen. Erst als Hauptkommissar Robert Birk Zusammenhänge erkennt, wird eine Sonderkommission tätig, die bundesweit ermittelt und versucht, dem Täter auf die Spur zu kommen.

200 S., Maße: 12 x 19 cm, Taschenbuch
ISBN: 978-3-943121-12-4,
Preis (D) 11,99 €, (A) 12,49 €, (CH) 21,50 SFr.